LE MASQUE
Collection de romans d'aventures
créée et dirigée par
ALBERT PIGASSE

W0366827

LA MORT DANS LES NUAGES

AGATHA CHRISTIE

LA MORT DANS LES NUAGES

(Death in the clouds)

Traduit de l'anglais par Louis Postif

PARIS
LIBRAIRIE DES CHAMPS-ÉLYSÉES

© 1935, by Agatha Christie.
© Librairie des Champs-Élysées, 1936.
Tous droits de traduction, reproduction, adaptation, représentation réservés pour tous pays.

LA MORT DANS LES NUAGES

CHAPITRE PREMIER

De Paris à Croydon

Le soleil de septembre dardait ses rayons encore chauds sur l'aérodrome du Bourget, au moment où les passagers traversaient le terrain et montaient dans l'avion de ligne le *Prométhée*, en partance pour Croydon.

Jane Grey arriva une des dernières pour prendre sa place, le numéro seize. Déjà plusieurs voyageurs avaient franchi la porte médiane et, passant devant la petite cuisine et les lavabos, s'étaient rendus dans le compartiment avant.

Presque tout le monde se trouvait assis. De l'autre côté du couloir, les langues allaient bon train... Le timbre aigu d'une femme dominait les conversations. Jane pinça légèrement les lèvres, elle ne connaissait que trop ce genre de voix.

— Oh! ma chère, mais c'est inouï... quelle rencontre!... Comment? Vous dites? Juan-les-Pins? Oh! naturellement... toujours les mêmes têtes... Ah! Le Pinet... Asseyons-nous l'une à côté de l'autre. Oh! c'est impossible. Qui...? Ah! oui, je comprends...

Puis on entendit une voix d'homme, à l'accent étranger, qui disait aimablement:

— Mais comment donc? Avec le plus grand plaisir, madame.

Du coin de l'œil, Jane observa le personnage qui venait de parler.

C'était un petit homme d'âge mûr, aux énormes

moustaches et au crâne oviforme. Pour céder sa place à l'une des deux dames, il déménageait ses bagages du siège retenu par lui et qui correspondait à celui de Jane mais du côté opposé du couloir.

Jane tourna légèrement la tête et aperçut les deux femmes dont la rencontre inopinée avait provoqué cet acte d'obligeance de la part de l'étranger. L'allusion faite du Pinet éveilla la curiosité de Jane, car elle aussi avait séjourné au Pinet.

Elle reconnaissait parfaitement l'une des deux voyageuses... elle se rappelait même l'avoir vue à la table du baccara, crispant nerveusement ses mains fines, tandis que son visage maquillé, délicat comme une porcelaine de Saxe, rougissait et pâlissait tour à tour. Avec un petit effort, Jane aurait pu se souvenir de son nom. Une amie le lui avait dit, en ajoutant: « C'est une pairesse, mais pas de bonne souche... elle chantait jadis dans les chœurs de music-hall. »

Un profond mépris avait percé dans la voix de l'amie en question, Maisie, une jeune masseuse diplômée, spécialisée dans l'art de réduire l'embonpoint disgracieux des dames mûres et coquettes.

Quant à l'autre femme, Jane estima qu'elle était une véritable lady, de noblesse campagnarde, sûrement habituée à la vie au grand air et aux sports.

Puis, Jane détourna son attention de ces deux passagères et s'absorba dans la contemplation de l'aérodrome du Bourget, vu à travers la fenêtre. Divers appareils se trouvaient sur le terrain, l'un d'eux lui fit l'effet d'un monstrueux insecte métallique.

Le seul point qu'elle s'obstinait à ne pas regarder était le siège en face d'elle qu'un jeune homme occupait.

Il portait un chandail de laine bleu pervenche, et son visage... Mais Jane était fermement résolue à ne pas lever les yeux sur son visage.

Les mécaniciens crièrent des ordres en français...

le moteur se mit à rugir... se tut, puis rugit à nouveau... les cales furent enlevées... et l'avion décolla.

Jane retint son souffle. C'était seulement sa seconde traversée en avion et elle ressentait encore quelque crainte. Elle songea: « On dirait... on dirait que l'avion va se jeter contre cette barrière... » Non, il quitte le sol, il monte... monte... vire... et Le Bourget apparaît tout en bas.

L'avion qui assure le service de jour entre Le Bourget et Croydon s'envolait emportant vingt et un passagers: dix dans le compartiment avant et onze à l'arrière, plus deux pilotes et deux garçons de restaurant. Le vrombissement des moteurs était assourdi et point n'était nécessaire de s'introduire du coton dans les oreilles. Toutefois, le vacarme suffisait à décourager toute velléité de conversation.

Tandis que l'avion planait au-dessus de la France, en direction de la Manche, les passagers eurent tout le loisir de se livrer à leurs réflexions.

Jane Grey pensait:

« Non, je ne le regarderai pas. Cela vaudra bien mieux ainsi. Je tournerai les yeux vers la fenêtre et, afin d'occuper mon esprit, je choisirai un sujet bien défini. Je commencerai tout à fait au début et l'épuiserai avant de passer à un autre... »

Résolument, elle reporta sa pensée vers ce qu'elle considérait comme sa grande aventure: l'achat d'un billet du *Sweepstake* irlandais. Bien sûr, elle avait fait là une dépense extravagante, mais aussi quelle source d'émotion!

Les rires et les plaisanteries avaient fusé dans le salon de coiffure où Jane et cinq autres jeunes filles étaient employées.

— Que ferais-tu si tu gagnais le gros lot?

— Oh! je ne suis pas embarrassée!

Des projets... des châteaux en Espagne... et des persiflages à n'en plus finir!

Jane n'avait pas gagné le gros lot, mais cent livres sterling.

Cent livres sterling!

— Dépenses-en la moitié, ma petite, et place le reste. Il est prudent de se réserver une poire pour la soif.

— Si j'étais toi, je me paierais un manteau de fourrure... tu sais, de la vraie fourrure!

— Une croisière ne te tente pas?

Au mot de croisière, Jane avait hésité, mais en fin de compte, elle en revint à sa première idée: une semaine au Pinet. Nombre de ses clientes étaient allées au Pinet ou en revenaient. Tout en manipulant de ses doigts agiles les ondulations des dames du grand monde et en formulant les habituels clichés: « Voyons un peu, madame, combien de temps s'est-il passé depuis votre dernière permanente? » « Vous avez une teinte de cheveux ravissante, madame. » Ou encore: « L'été a été admirable, n'est-ce pas, madame? », Jane pensait en elle-même: « Pourquoi diable ne puis-je, moi aussi, aller au Pinet? »

Ce coup de chance lui permettait d'y aller...

La question toilette ne présenta pour elle aucune difficulté. Comme la plupart des jeunes employées dans les magasins élégants de Londres, Jane réalisait des miracles de coquetterie pour des sommes ridiculement minimes. Ses ongles, son maquillage et sa coiffure étaient sans défaut.

Jane alla donc au Pinet.

Etait-ce possible que, de ces dix jours passés au Pinet, un seul incident marquant se présentât à son souvenir?

Il avait eu lieu à la roulette. Jane s'était fixé chaque soir une certaine somme à risquer au jeu, bien résolue à ne jamais la dépasser. Contrairement à la croyance superstitieuse selon laquelle la chance favorise les débutants, Jane en était à sa quatrième soirée et ne cessait de perdre. Elle attendait, tenant en main son dernier enjeu.

Elle remarqua deux chiffres sur lesquels personne ne plaçait rien, le cinq et le six. Fallait-il jouer sur l'un d'eux? Lequel? Le cinq? Le six? Quel était le bon?

Cinq... le cinq allait-il sortir? La boule était lancée. Jane allongea le bras... et elle misa sur le six.

Juste à temps. Jane et un autre joueur misèrent au même moment, elle sur le six, lui sur le cinq.

— Rien ne va plus, annonça le croupier.

La balle tournoya avec son petit bruit sec, puis s'immobilisa.

— Le numéro cinq, rouge, impair, manque.

Jane en aurait pleuré de dépit. Le croupier ramassa les enjeux et paya les gagnants. L'homme en face de Jane lui dit:

— Vous ne ramassez donc pas votre gain, mademoiselle?

— Mon gain?

— Oui.

— Mais j'avais misé sur le six!

— Pas du tout. C'est moi qui ai misé sur le six et vous sur le cinq.

Il sourit, d'un sourire très séduisant. Dents blanches dans un visage très bronzé, yeux bleus, cheveux courts et crépus.

A demi incrédule, Jane ramassa son gain. Ne rêvait-elle pas? Tout s'embrouillait dans son esprit. Peut-être après tout avait-elle placé son argent sur le cinq. Elle lança vers l'inconnu un regard hésitant et il répondit par un nouveau sourire:

— Je vous conseille de ne jamais laisser traîner votre argent sur la table de jeu, mademoiselle. Il se trouve toujours quelque aimable voisin pour vous le subtiliser. C'est un vieux truc.

Avec un léger salut de la tête, il s'éloigna. Jane

avait apprécié cette discrétion. Eût-il adopté une attitude différente elle eût pu soupçonner qu'il lui avait abandonné son gain en vue de lier connaissance avec elle. Mais il n'appartenait pas à cette catégorie d'individus. Il était chic... (Et dire qu'il se trouvait assis maintenant dans l'avion en face d'elle!)

A présent le rêve était terminé — l'argent dépensé — après deux journées, plutôt décevantes, passées à Paris, elle utilisait son billet de retour pour rentrer à Londres.

Ensuite?

Halte-là! Jane mit un frein à ses pensées. A quoi bon songer à demain? Pourquoi se créer des soucis et s'énerver pour rien?

Les deux femmes assises l'une en face de l'autre à droite du couloir ne bavardaient plus.

Jane tourna son regard vers elles. La femme au visage très maquillé poussa un cri en constatant qu'un de ses ongles était brisé. Elle sonna, le garçon en veste blanche apparut.

— Veuillez m'envoyer ma femme de chambre, lui dit-elle. Elle se trouve dans l'autre compartiment.

— Bien, madame.

Très empressé, le garçon s'éclipsa, et bientôt arriva une jeune personne brune vêtue de noir, portant à la main une petite sacoche de cuir.

Lady Horbury lui adressa la parole en français.

— Madeleine, passez-moi mon sac en maroquin.

La servante suivit le couloir et se dirigea vers l'extrémité du compartiment où s'entassaient des couvertures et des valises.

La jeune fille revint avec un nécessaire de toilette de cuir rouge.

Cicely Horbury s'en saisit et renvoya la femme de chambre.

— C'est bien, Madeleine, je le garderai avec moi.

La jeune Française s'en alla. Lady Horbury ouvrit

la mallette magnifiquement garnie à l'intérieur et choisit une lime à ongles. Puis elle étudia longuement son visage dans un petit miroir et esquissa quelques retouches çà et là... un nuage de poudre, un peu de rouge...

Les lèvres de Jane Grey se plissèrent de mépris; puis son regard erra plus loin dans le compartiment.

Derrière les deux femmes, elle reconnut le petit étranger qui avait galamment cédé sa place à la « châtelaine sportive ». Emmitouflé dans un inutile cache-nez, il paraissait profondément endormi. Mais sous le regard scrutateur de Jane, il ouvrit les yeux, la dévisagea, puis abaissa ses paupières.

A côté de lui était assis un homme de haute taille à la chevelure grise et au visage autoritaire. Il tenait ouvert sur ses genoux un étui à flûte et polissait l'instrument avec un soin amoureux. Jane lui trouva plutôt l'allure d'un médecin ou d'un homme de loi que celle d'un musicien.

Derrière ces deux voyageurs, un couple de Français, le père et le fils, parlaient avec force gestes.

De son côté du compartiment, la vue de Jane était obstruée par l'homme au chandail bleu, que sans raison plausible elle s'obstinait à ne pas vouloir regarder.

« Est-ce idiot de ma part! pensa Jane, mécontente d'elle-même. Ne dirait-on pas que je suis une gamine de dix-sept ans! »

En face d'elle, Norman Gaile songeait:

« Elle est jolie... vraiment jolie... Elle se souvient parfaitement de moi. Elle paraissait si déçue de perdre! J'aurais donné bien davantage pour contempler sa joie de gagner. Avouons que je m'y suis pris adroitement. Elle possède un sourire délicieux et des dents admirables... Tiens, voilà que je m'emballe! Du calme, petit. »

Au garçon qui lui tendait le menu, il dit:

— Donnez-moi de la langue de bœuf.

La comtesse d'Horbury réfléchissait:

« Que faire, mon Dieu? Je ne vois qu'un seul moyen de me tirer du pétrin dans lequel je me suis fourrée. Si seulement j'avais le cran nécessaire... mais je n'oserai jamais... Je suis à bout de forces. C'est l'effet de la coco... Pourquoi me suis-je laissée entraîner à ce vice? Ma figure enlaidit, je deviens affreuse. La présence de cette chipie de Venetia Kerr me donne sur les nerfs. Elle me regarde avec mépris. Ah! elle aurait voulu épouser Stephen, mais elle ne l'a pas eu! Son profil chevalin m'exaspère. Je déteste ces provinciales. Mon Dieu! Que devenir? Il faut absolument prendre une décision. La vieille vipère mettra sa menace à exécution... »

Elle chercha son étui à cigarettes dans son sac, et, d'une main légèrement tremblante, piqua une cigarette dans le long tuyau.

« L'honorable [1] » Venetia Kerr pensait:

« Une poule! Voilà la femme qu'il a épousée. Je ne conteste pas son talent, mais ce n'est qu'une poule. Pauvre Stephen!... Si seulement il pouvait s'en débarrasser... »

Elle aussi chercha son étui à cigarettes et accepta l'allumette que lui tendait Cicely Horbury.

Le garçon de restaurant intervint:

— Pardon, mesdames, il est défendu de fumer.

— Zut! s'exclama Cicely Horbury.

M. Hercule Poirot songeait:

« Elle est gentille, cette petite, là-bas. Son menton indique une forte volonté, mais qu'est-ce qui peut bien la tracasser? Pourquoi évite-t-elle de regarder l'élégant jeune homme assis en face d'elle? »

L'avion descendait légèrement.

[1] Titre donné en Angleterre aux fils et aux filles des pairs.

— Oh! mon estomac! soupira Hercule Poirot, puis il referma les yeux.

A côté de lui, le docteur Bryant tenait sa flûte dans sa main nerveuse:

— Non, je ne puis encore prendre une décision... Cela m'est simplement impossible. J'arrive à un tournant de ma carrière...

Il tira la flûte de son étui et la caressa avec amour... La musique... La musique vous fait oublier tous vos ennuis. Souriant à demi, il porta l'instrument à ses lèvres, puis le reglissa dans l'étui.

Son voisin immédiat, le petit homme à moustaches, dormait. A un certain moment où l'aéroplane avait fait quelques embardées, il était devenu vert. Le docteur Bryant bénissait le ciel de ne se sentir malade ni dans un train, ni en bateau, ni dans les airs...

M. Dupont père s'enfonçait dans son siège et criait à M. Dupont fils, assis à son côté:

— Cela ne fait aucun doute. Ils se fourvoient tous, Allemands, Américains et Anglais! Ils situent mal les différentes phases de la poterie préhistorique... Tiens, prenons le Samara...

Jean Dupont, grand jeune homme, avec un faux air de nonchalance, répondit:

— Il faut consulter les différentes sources. Tall Halaf et Sakje Geuze...

Et la discussion se poursuivit sur ce ton.

Armand Dupont ouvrit une vieille mallette.

— Regarde un peu ces pipes kurdes, telles qu'on les fabrique aujourd'hui. Leur décoration est presque identique à celle que l'on retrouve sur les poteries datant de cinq mille ans avant Jésus-Christ.

Un geste éloquent de Dupont fils faillit renverser le plateau qu'un des garçons plaçait devant M. Dupont père.

Mr. Clancy, auteur de romans policiers, se leva de

son siège, derrière Norman Gaile et se dirigea d'un pas léger vers le fond du compartiment, tira de la poche de son imperméable un horaire Bradshaw et regagna sa place pour élaborer un alibi extrêmement compliqué qu'il destinait à l'un de ses récits.

Derrière lui, Mr. Ryder pensait:

— Il faut à tout prix que je tienne le coup, mais voilà le hic: où trouver le *fric* pour payer les prochains dividendes... Si nous laissons passer l'échéance, le pot aux roses est découvert... Oh! quel tracas!

Norman Gaile se leva et se rendit au lavabo. Dès qu'il eut disparu, Jane prit un miroir de poche et étudia ses traits attentivement. Elle aussi se mit de la poudre et du rouge aux lèvres.

Un garçon lui apporta le café sur un plateau.

Elle jeta un coup d'œil par la fenêtre: en bas, la Manche, toute bleue, miroitait au soleil.

Une guêpe bourdonna autour de la tête de Mr. Clancy au moment où il cherchait une correspondance avec le train de 19 h 55 à Tzaribrod, et il la chassa distraitement du revers de sa main. L'insecte se réfugia vers les tasses de café des Dupont.

Jean Dupont le tua d'un coup sec.

Le calme régnait.

Les conversations avaient cessé, mais les pensées poursuivaient leurs voies diverses.

A l'extrémité du compartiment, dans le siège n° 2, la tête de Mme Giselle s'affaissa légèrement sur sa poitrine. On aurait pu croire la passagère endormie. Mais elle ne dormait pas plus qu'elle ne parlait ou ne pensait.

Mme Giselle était morte...

CHAPITRE II

Premières constatations

Henry Mitchell, le plus âgé des deux garçons, allait d'une table à l'autre pour distribuer les additions.

D'ici une demi-heure on débarquerait à Croydon. Il ramassait les billets de banque et les pièces de monnaie et s'inclinait en disant: « Merci, monsieur » ou « Merci, madame ».

A la table des deux Français, il dut attendre une ou deux minutes avant que ces messieurs Dupont interrompissent leur discussion. Tristement, Mitchell songea qu'il ne fallait pas espérer un généreux pourboire de la part de ces deux-là.

Deux passagers dormaient: le petit homme aux longues moustaches et la vieille dame du fond. De celle-là rien à redire. Elle avait l'argent facile. Il se souvenait de l'avoir eue plusieurs fois dans son compartiment; il attendit donc pour la réveiller.

Le petit homme aux moustaches ouvrit les yeux et régla une bouteille de soda et un paquet de biscuits légers: tout ce qu'il avait pris durant la traversée.

Mitchell laissa dormir la passagère aussi longtemps que possible. Environ cinq minutes avant l'arrivée à Croydon, il s'approcha d'elle et se pencha en lui disant:

— Pardon, madame, voici votre addition.

Il lui posa respectueusement la main sur l'épaule. Elle ne bronchait toujours pas. Il appuya plus fort, la secoua doucement; le seul résultat fut un affaissement inattendu du corps de la vieille dame. Mitchell se pencha davantage, puis se redressa, le visage blême.

Albert Davis, le second garçon, s'exclama:

— Morte! Pas possible!

— Aussi vrai que je te le dis!

Mitchell était pâle et tremblait.

— Tu en es sûr?

— Eh! oui. A moins... que ce ne soit une attaque.

— Nous arrivons à Croydon dans cinq minutes.

— Et si elle était seulement évanouie?

Après un instant d'hésitation, Mitchell retourna vers le compartiment arrière. Il se rendit d'une table à l'autre, inclina la tête en avant et murmura discrètement à chacun des passagers.

— Pardon, monsieur, ne seriez-vous point, par hasard, médecin?

Norman Gaile répondit:

— Je suis dentiste, mais si je puis me rendre utile...

Il se leva à demi sur son siège.

— Je suis médecin, déclara le docteur Bryant. Que se passe-t-il?

— Il y a là-bas une dame qui me paraît très souffrante.

Bryant se mit debout et accompagna le garçon. Sans se faire remarquer, le petit homme aux moustaches les suivit.

Le docteur Bryant se pencha sur la forme tassée dans le siège n° 2, une femme d'un certain âge, assez forte et vêtue d'un lourd manteau noir.

Le jugement du médecin fut rapide. Il prononça:

— Elle est morte.

Mitchell demanda:

— De quoi est-elle morte? à la suite d'une crise?

— Je ne pourrai le préciser qu'après un examen détaillé. Quand l'avez-vous vue en vie pour la dernière fois?

Mitchell réfléchit quelques secondes.

— Elle allait très bien au moment où je lui ai servi son café.

— Quand cela?

— Il y a environ trois quarts d'heure, une heure. Ensuite, lorsque je lui ai porté l'addition, j'ai cru qu'elle dormait.

Bryant observa:

— Depuis une demi-heure au moins elle a cessé de vivre.

Leur discussion commençait à éveiller l'intérêt des autres passagers. Les cous s'allongeaient et les têtes s'avançaient pour mieux entendre.

— Je suppose qu'il s'agit d'une sorte de crise, répéta Mitchell.

Il tenait à son idée première. Sa belle-sœur souffrait de crises. A son avis, les crises constituaient des accidents familiers, compréhensibles pour tous.

Sans vouloir se compromettre, le docteur Bryant hocha la tête avec un sourire énigmatique.

Une voix s'éleva à proximité de lui: la voix de l'homme emmitouflé.

— Il y a, disait celui-ci, une marque sur le cou.

Il parlait avec modestie, car il s'adressait à un homme d'une science supérieure.

— C'est exact, approuva le docteur Bryant.

La tête de la femme, penchée sur le côté, laissait voir, en effet, une trace de piqûre sur le cou.

Les deux Dupont, qui prêtaient l'oreille à la conversation, se joignirent au petit groupe.

— Pardon, dit le plus jeune des Dupont, vous dites que cette dame porte une marque sur le cou? Me serait-il permis de risquer une supposition? Tout à l'heure, une guêpe volait dans le compartiment. Je l'ai tuée. (Il montra le cadavre de l'insecte dans sa soucoupe.) Serait-il possible que cette malheureuse fût morte d'une piqûre de guêpe? J'ai déjà entendu parler d'accidents de ce genre.

— En effet, acquiesça le médecin, je connais moi-même des cas identiques. Cette explication me semble plausible, surtout si la victime était atteinte de troubles cardiaques.

— Puis-je me retirer, monsieur? demanda le garçon. Nous arrivons à Croydon dans une minute.

— Mais oui! mais oui! dit le docteur Bryant en s'éloignant d'un pas. Il n'y a plus rien à faire. Qu'on ne déplace le corps sous aucun prétexte.

— Bien, monsieur, j'y veillerai.

Le docteur Bryant se disposait à reprendre sa place et regardait avec quelque surprise le petit étranger aux grandes moustaches, debout devant lui.

— Cher monsieur, lui dit-il, le mieux est de regagner votre place. Nous allons débarquer à Croydon d'un instant à l'autre.

— C'est exact, monsieur, appuya le garçon. Que chacun veuille bien reprendre sa place, ajouta-t-il en élevant la voix.

— Pardon, insista le petit homme, je vois quelque chose...

— Quelque chose?

— Mais oui, un détail, que personne n'a remarqué.

Du bout de son soulier verni, il désigna l'objet auquel il faisait allusion. Le garçon et le docteur Bryant suivirent son geste des yeux et aperçurent, à demi caché par le bord de la jupe noire, un reflet noir et jaune.

— Encore une guêpe! s'exclama le médecin avec surprise.

Hercule Poirot s'agenouilla, tira de sa poche une

minuscule paire de pinces et s'en servit délicatement. Il se releva, tenant sa prise bien en vue.

— Cela ressemble à une guêpe, mais ce n'en est pas une!

Il tourna l'objet d'un côté puis de l'autre, de façon que le médecin et le garçon puissent le distinguer nettement: un petit nœud de fil de soie jaune et noir, duveteux, retenant une longue épine.

— Oh! par exemple!

L'exclamation émanait du petit Mr. Clancy, qui avait quitté son siège et avançait désespérément sa tête par-dessus l'épaule du garçon.

— Etonnant! Merveilleux! De ma vie je n'ai vu pareil phénomène! Sur mon âme, j'en crois à peine mes yeux!

— Expliquez-vous, s'il vous plaît, lui dit le garçon. Reconnaissez-vous ceci?

— Si je le reconnais? Certes, oui! (Mr. Clancy se gonflait de fierté et d'importance.) Cet objet, messieurs, est une épine dont les indigènes de certaines tribus, je ne sais exactement si c'est en Amérique du Sud ou dans l'île de Bornéo, se servent comme d'un projectile qu'ils lancent à l'aide d'une sarbacane, et je présume fort qu'au bout de ce dard se trouve...

— Le fameux poison dont les Indiens de l'Amérique du Sud imprègnent leurs flèches, acheva Hercule Poirot. (Puis il ajouta:) Est-ce possible?

— C'est en tout cas extraordinaire, poursuivit Mr. Clancy, au comble du ravissement. J'écris moi-même des romans policiers, des œuvres de pure imagination, mais rencontrer dans la vie réelle...

Il fut interrompu par une secousse.

L'avion descendit et les passagers qui se tenaient debout perdirent légèrement l'équilibre. Le *Prométhée* décrivait un cercle avant d'atterrir sur l'aérodrome de Croydon.

CHAPITRE III

Croydon

Le garçon et le médecin, qui, jusque-là, semblaient maîtres de la situation, virent leur place usurpée par le bizarre petit bonhomme emmitouflé jusqu'aux oreilles. A présent, il s'exprimait avec une autorité que nul ne songeait à discuter.

Il murmura quelques mots à Mitchell qui approuva de la tête, puis, passant entre les passagers, il se posta devant le couloir conduisant aux lavabos et à l'avant de l'aéroplane.

Maintenant le *Prométhée* roulait sur le terrain. Lorsqu'il fut complètement arrêté, Mitchell éleva la voix:

— Mesdames et messieurs, je vous prie de bien vouloir rester assis à vos places jusqu'à la visite des autorités. J'espère qu'on ne vous retiendra pas longtemps.

Cette recommandation parut raisonnable à tous les occupants du compartiment, sauf à lady Horbury, qui protesta d'une voix aigre:

— Mais c'est ridicule! Vous ne me connaissez donc pas? J'insiste pour qu'on me laisse sortir immédiatement.

— Mille excuses, madame, mais cette règle ne souffre aucune exception, lui fit remarquer Mitchell.

— C'est grotesque, absolument grotesque! criait lady Horbury en frappant du pied avec colère. Je vous signalerai à la compagnie. Il est inadmissible de nous séquestrer ici avec un cadavre.

— Vraiment, ma chère, lui dit Venetia Kerr avec un accent traînant, c'est affreux, je vous l'accorde, mais il faut bien en passer par là.

Elle s'assit et ouvrit son étui à cigarettes:

— Garçon, puis-je fumer?

Harassé, Mitchell répondit:

— Je n'y vois pas d'inconvénient à présent, madame.

Il jeta un coup d'œil par la fenêtre. Davis, le second garçon, avait fait descendre par la porte de secours les passagers du compartiment avant et allait prendre des ordres.

L'attente ne fut pas longue. Cependant les passagers, impatients, croyaient qu'une demi-heure s'était déjà écoulée au moment où un homme à l'allure militaire, mais vêtu en bourgeois, accompagné d'un policeman en uniforme, traversa prestement l'aérodrome et monta dans l'avion par la porte que Mitchell lui tenait ouverte.

— Que se passe-t-il donc? demanda-t-il d'un ton sec.

Après avoir écouté Mitchell et le docteur Bryant, il regarda rapidement la femme morte, affaissée sur son siège.

Il donna un ordre au constable, puis s'adressa aux passagers:

— Mesdames et messieurs, je vous prie de me suivre.

Il les fit sortir de l'avion puis traverser le terrain, mais au lieu de les conduire vers le bâtiment de la douane, selon la coutume, il les introduisit dans un petit bureau privé.

— Je m'efforcerai de ne point vous retenir plus longtemps qu'il ne sera indispensable, leur déclara-t-il.

— Inspecteur, dit Mr. James Ryder, un important rendez-vous d'affaires me réclame à Londres.

— Mille regrets, monsieur.

— Je suis lady Horbury. Je considère comme un affront d'être gardée ici de cette manière!

— Je m'excuse infiniment, lady Horbury, mais sachez qu'il s'agit d'une affaire sérieuse, selon toute vraisemblance, d'un assassinat.

— La flèche empoisonnée des Indiens de l'Amérique du Sud, murmura Mr. Clancy, le visage rayonnant de joie.

L'inspecteur tourna vers lui un regard soupçonneux.

Le romancier parlait avec animation en français, et l'inspecteur lui répondit posément dans cette même langue.

— Cet incident est bien fâcheux, inspecteur, observa Venetia Kerr, mais vous ne pouvez que remplir votre devoir.

A quoi l'honorable représentant de la loi répondit, avec un accent de gratitude:

— Je vous remercie, madame.

Puis, il ajouta:

— Mesdames et messieurs, veuillez demeurer ici. Je voudrais échanger quelques mots avec le docteur... euh... le docteur...

— Docteur Bryant.

— Merci. Voulez-vous me suivre de ce côté, docteur?

— Puis-je assister à votre entretien?

C'était la voix du petit homme aux grandes moustaches.

L'inspecteur se retourna, prêt à invectiver contre cet intrus, mais il changea soudain d'expression.

— Ah! pardon, monsieur Poirot. Vous êtes si emmitouflé que je ne vous avais pas reconnu. Entrez donc, je vous prie.

Il ouvrit la porte, laissa passer Bryant et Poirot, sur lequel se tournèrent les regards soupçonneux des autres.

— Pourquoi permet-on à cet homme-là de sortir et nous tient-on enfermés ici? protesta Cicely Horbury.

Résignée, Venetia Kerr s'assit sur une banquette.

— Peut-être appartient-il à la police française, ou est-ce un espion de la douane, dit-elle, en allumant une cigarette.

D'un air timide, Norman Gaile s'adressa à Jane:

— Il me semble, mademoiselle, vous avoir déjà rencontrée... à... au Pinet?

— Je reviens, en effet, du Pinet.

— Quel ravissant pays! Les pins sont admirables.

— Oui. Et ils sentent si bon!

Ils se turent un instant, ne sachant plus que dire ensuite.

Enfin, Gaile se hasarda:

— Je... je vous ai reconnue tout de suite dans l'avion.

Jane exprima sa surprise:

— Pas possible?

Gaile ajouta:

— Croyez-vous vraiment que cette pauvre femme ait été assassinée?

— Oui, je le crois, dit Jane. Le fait d'être mêlée à un crime... procure une petite émotion, mais aussi bien des désagréments.

Elle frissonna et Norman Gaile s'approcha un peu d'elle comme pour la protéger.

Les Dupont conversaient entre eux en français. Mr. Ryder faisait des calculs sur un carnet et consultait sa montre de temps à autre. Cicely Horbury frappait impatiemment le parquet du bout de son soulier. Elle alluma une cigarette d'une main tremblante.

Dans la pièce où attendaient les passagers, un

robuste gaillard, vêtu de l'uniforme des policemen, se tenait appuyé contre la porte, impassible.

Dans une pièce voisine, l'inspecteur Japp s'entretenait avec le docteur Bryant et Hercule Poirot.

— Vous avez toujours l'art de vous trouver dans les endroits les plus insolites, monsieur Poirot.

— Et vous, cher ami? Croydon, ce me semble, n'est point votre lieu de chasse habituel?

— Ah! Je suis en quête d'un gros gibier spécialisé dans la contrebande. C'est tout à fait le hasard qui m'amène ici. Voilà des années que je n'ai entendu parler d'une affaire aussi étonnante. Allons, mettons-nous à l'ouvrage. D'abord, docteur, veuillez me décliner vos nom et adresse.

— Roger James Bryant, spécialiste de l'oreille et de la gorge. J'habite, 329, Harley Street.

Un constable, assis à une table, inscrivit des déclarations.

— Notre médecin légiste examinera le corps, remarqua Japp. Toutefois, nous aurons besoin de vous pour l'enquête.

— Bien.

— Pouvez-vous nous donner une idée de l'heure de la mort?

— Quand j'ai examiné cette femme, la mort devait remonter à une demi-heure au moins. J'ai constaté son décès quelques minutes avant notre arrivée à Croydon. Je ne puis préciser davantage, mais le garçon m'a dit lui avoir parlé une heure auparavant.

— Voilà qui, au point de vue pratique, circonscrit assez nettement le moment où le crime, si crime il y a, s'est perpétré. Je suppose qu'il est inutile de vous demander si vous avez observé autour de vous quelque chose de suspect?

Le médecin hocha la tête négativement.

— Moi non plus, je dormais, soupira Poirot avec tristesse. Je suis presque aussi malade dans l'air que sur mer, alors je m'enveloppe bien chaudement et j'essaie de recourir au sommeil.

— A votre avis, quelle est la cause de la mort, docteur?

— Je n'aimerais pas à me prononcer de façon catégorique au point où nous en sommes; l'autopsie et l'examen des viscères s'imposent en pareil cas.

Japp approuva de la tête.

— Bien docteur; je ne crois pas devoir vous retenir plus longtemps. Pourtant, je vous prierai de remplir certaines formalités... comme tous les passagers. Nous ne pouvons faire d'exception.

Le docteur Bryant sourit.

— Je tiens d'abord à ce que vous vous assuriez que je ne possède point de... de sarbacane ou autre arme mortelle, dissimulée sur ma personne, fit-il gravement.

— Rogers va s'en charger, dit Japp en faisant signe à son subordonné. A propos, docteur, soupçonnez-vous la nature du poison qu'on a mis sur ce dard?

Il indiquait la pointe décolorée de l'épine placée dans une petite boîte sur la table, devant lui.

Le médecin secoua négativement la tête.

— Très difficile à déterminer sans analyse. Le curare est le poison habituellement employé par les indigènes.

— Peut-il provoquer une mort aussi rapide?

— L'action du curare est foudroyante.

— Il ne doit pas être facile de s'en procurer, n'est-ce pas?

— Du moins, pour le commun des mortels.

— En ce cas, nous allons vous fouiller avec un soin tout particulier, annonça Japp, toujours fier de ses plaisanteries. Rogers!

Le médecin et le constable quittèrent la pièce.

Japp recula sa chaise et regarda Poirot.

— En voilà une drôle d'histoire! Trop fantastique pour être vraie. Comment admettre que, dans un avion, il soit possible de lancer un dard avec une sarbacane ou un chalumeau sans se faire voir?

— Ah! mon ami, vous venez de prononcer une très judicieuse remarque.

— Deux de mes hommes s'occupent à fouiller l'avion en ce moment, annonça Japp. Nous attendons, en outre, un photographe et un spécialiste pour relever les empreintes. Pour le moment, écoutons ce que vont nous raconter les garçons.

A grandes enjambées, il alla vers la porte puis donna un ordre. Les deux garçons entrèrent. Le plus jeune avait recouvré tout son sang-froid, tandis que son aîné, toujours pâle, semblait effaré.

— Asseyez-vous, mes enfants, leur dit Japp. Vous avez les passeports? Bon.

Rapidement, il les feuilleta.

— Ah! Nous y voici: Marie Morisot... passeport français. Que savez-vous de cette personne?

— Je l'avais déjà vue, répondit Mitchell. Elle voyageait assez souvent sur la ligne.

— Ah! sans doute pour affaires. Savez-vous quelle était sa profession?

Mitchell hocha la tête. Le second garçon dit alors:

— Je me rappelle également l'avoir vue... mais à l'avion du matin... qui part de Paris à huit heures.

— Qui de vous deux l'a vue en vie le dernier?

— Lui, fit le second garçon, en désignant son collègue.

— En effet, déclara Mitchell, lorsque je suis allé lui porter son café, elle vivait encore.

« Je n'ai rien remarqué d'anormal. Je lui ai tendu le sucre, puis je lui ai offert du lait, qu'elle a refusé.

— Quelle heure était-il?

— Je ne saurais préciser. Nous passions au-dessus de la Manche. Il pouvait être deux heures environ.

— Oui, à peu près, appuya aussitôt Davis, le deuxième garçon.

— Au moment où je distribuais les additions.

— Vers quelle heure?

— Un quart d'heure après. Je la croyais endormie... Hélas! elle était peut-être déjà morte!

— Vous n'avez pas remarqué ceci...

Japp indiquait le dard affectant la forme d'une guêpe.

— Pas du tout, monsieur.

— Et vous, Davis, dites-nous ce que vous savez.

— Je vis cette dame pour la dernière fois au moment où je lui apportais les biscuits que nous servons avec le fromage. Je n'ai observé sur sa personne aucun symptôme alarmant.

— Comment organisez-vous le service des repas? demanda Poirot. Chacun de vous s'occupe-t-il exclusivement d'un compartiment?

— Non, monsieur. Nous travaillons tous les deux ensemble. D'abord nous servons le potage, puis la viande, les légumes et la salade, les desserts, et ainsi de suite. D'ordinaire, nous commençons par le compartiment arrière, ensuite nous nous occupons du compartiment avant.

D'un mouvement de tête, Poirot leur indiqua qu'il avait parfaitement compris.

— Cette dame Morisot a-t-elle parlé à quelqu'un dans l'avion... ou adressé un signe quelconque à un passager?

— Je n'ai rien remarqué, monsieur.

— Et vous, Davis?

— Moi non plus, monsieur.

— A-t-elle quitté son siège au cours du voyage?

— Je ne crois pas, monsieur.

— Ni l'un ni l'autre ne vous souvenez d'aucun détail, même infime, de nature à guider nos recherches?

Les deux hommes réfléchirent, puis hochèrent la tête.

— Bien. Cela suffit pour l'instant, dit Japp. Je vous reverrai plus tard.

Henry Mitchell lui dit, du ton le plus sérieux:

— Quelle sale tuile pour moi! Il a fallu que ce crime se produise pendant mon service!

— Je ne vois pas que vous ayez commis quoi que ce soit de répréhensible. Toutefois, je vous l'accorde, c'est une sale tuile, acquiesça Japp.

Il les renvoya d'un geste.

Poirot se pencha en avant:

— Vous me permettez de leur poser une petite question?

— Allez-y, monsieur Poirot.

— L'un de vous deux n'aurait pas remarqué une guêpe qui volait dans l'avion?

Les deux hommes secouèrent la tête.

— Je n'ai pas vu de guêpe du tout, répondit Mitchell.

— Pourtant, il y en avait une, déclara Poirot. Nous avons vu son cadavre dans la soucoupe de l'un des passagers.

— Ma foi, monsieur, je ne l'ai pas vue, répéta Mitchell.

— Ni moi non plus, dit Davis.

— Peu importe.

Les deux garçons s'éloignèrent. Japp parcourut rapidement des yeux les passeports.

— Nous avons une comtesse à bord, dit-il. Sans doute cette personne qui fait son importante. Mieux vaut la voir avant qu'elle sorte de ses gonds et fasse déposer une interpellation au Parlement contre les agissements brutaux de la police.

— J'espère que vous ferez fouiller sérieusement tous les bagages... n'est-ce pas? valises et sacs à main... des passagers du compartiment arrière de l'avion, demanda Poirot.

Japp cligna de l'œil d'un air amusé.

— Pourquoi pas, monsieur Poirot? il faut absolument retrouver le chalumeau... du moins si ce chalumeau existe autrement que dans votre imagination. Il me semble vivre un cauchemar. Je me plais à croire que l'écrivaillon de romans policiers, perdant brusquement la boussole, n'a pas commis un de ses crimes dans la réalité au lieu de le coucher sur le papier. Cette histoire de flèche empoisonnée serait assez dans ses cordes.

Poirot hochait négativement la tête.

— Parfaitement, poursuivit Japp, il faut fouiller tous les passagers, et tous leurs bagages à main... Voilà qui est formel.

— Peut-être conviendrait-il de dresser une liste exacte du contenu des bagages? suggéra Poirot.

Japp le considéra d'un œil intrigué.

— Oui, si vous le jugez utile, monsieur Poirot. Encore que je ne voie pas où vous voulez en venir... Ne savons-nous point ce que nous cherchons?

— Vous, peut-être, mon ami; moi je n'en suis pas aussi convaincu. Je cherche quelque chose, mais j'ignore quoi.

— Vous voilà encore, monsieur Poirot! Vous compliquez toujours les choses à plaisir. Appelons maintenant la Seigneurie avant qu'elle soit prête à m'arracher les yeux.

Cependant, lady Horbury parut un peu calmée. Elle consentit à s'asseoir et répondit aux questions de Japp sans la moindre hésitation. Elle se fit connaître comme l'épouse du comte d'Horbury, donna son adresse dans le Sussex, au château d'Horbury, et à Londres 315, Grosvenor Square. Elle rentrait à Londres, venant du Pinet. La défunte lui était tout à fait inconnue, et elle n'avait rien vu d'anormal durant le trajet. D'ailleurs, elle était assise le visage tourné vers l'avant de l'avion et ne pouvait voir ce qui se passait derrière elle. Elle n'avait pas bougé de son siège pendant tout le voyage, et, autant qu'elle pouvait se fier à sa mémoire, nul n'était entré dans le compartiment venant de l'avant, à l'exception des garçons. Elle se rappelait vaguement, toutefois, que deux des passagers avaient quitté le compartiment pour se rendre aux lavabos, mais elle n'eût pas osé l'affirmer. Elle n'avait vu entre les mains de personne un objet identique à un chalumeau, ni la moindre guêpe dans le compartiment, répondit-elle à Poirot.

Lady Horbury sortit, et l'honorable Venetia Kerr vint prendre sa place.

La déposition de miss Kerr ressembla fort à celle de son amie. Elle déclina son nom, Venetia Anne Kerr, et déclara qu'elle habitait Little Paddocks, Horbury, dans le Sussex. Elle revenait du midi de la France. Elle n'avait jamais rencontré la morte auparavant ni relevé rien de suspect au cours de voyage. Oui, elle avait vu des passagers, un peu plus loin dans le compartiment, essayant d'attraper une guêpe, et elle croyait que l'un d'eux l'avait tuée. Cela se passait tout de suite après que le lunch fut servi.

Miss Kerr sortit.

— Vous semblez attacher une énorme importance à cette guêpe, monsieur Poirot, observa Japp.

— La guêpe ne m'intéresse guère en elle-même, mais elle peut suggérer certaines idées.

— Si vous voulez mon opinion, dit Japp, changeant de sujet, les coupables sont les deux Français. Ils se trouvaient assis de l'autre côté de la dame Morisot. Ils ont l'air plutôt mieux et leur vieille valise est presque entièrement recouverte d'étiquettes de pays étrangers. Je ne serais pas étonné d'apprendre qu'ils reviennent de Bornéo ou de l'Amérique du Sud. Évidemment, nous ne pourrons savoir ici le mobile du crime, mais Paris nous le fournira. Nous demanderons à la Sûreté de collaborer avec nous; cette affaire la concerne plus que nous. Mais si vous désirez mon avis, ces deux forbans sont les coupables.

Poirot lui sourit d'un air malicieux.

— Ce que vous dites est plausible, mais vous vous méprenez sur plusieurs points, mon ami. D'abord, ces deux hommes ne sont point des forbans ni des assassins comme vous le prétendez. Il s'agit, au contraire, de deux archéologues distingués.

— Monsieur Poirot, vous vous moquez de moi!

— Pas le moins du monde. Je les connais parfaitement de vue. Ce sont M. Armand Dupont et son fils M. Jean Dupont. Depuis peu, ils sont revenus de Perse où ils ont procédé à des fouilles très intéressantes non loin de Suse.

— Non, vraiment?

Japp prit un passeport et l'examina.

— Vous avez raison, monsieur Poirot. Admettez tout de même qu'ils ne paient pas de mine.

— C'est ordinairement le cas des hommes célèbres. Tenez, moi qui vous parle, on m'a déjà pris pour un barbier!

— Pas possible! s'exclama Japp en riant. Eh bien! voyons un peu vos « archéologues distingués ».

M. Dupont père déclara qu'il ne connaissait nullement la défunte. Il n'avait rien remarqué d'anormal pendant le voyage, car il discutait avec son fils un sujet passionnant. Il n'avait pas quitté sa place. Cependant, il avait vu une guêpe vers la fin du repas. Son fils l'avait tuée.

M. Jean Dupont confirma cette déposition. Lui-même n'avait rien observé de ce qui se passait autour de lui. La guêpe l'ayant agacé, il l'avait écrasée. Quel avait été leur sujet de conversation? La poterie préhistorique du Proche-Orient.

Mr. Clancy, qui se présenta ensuite, fut fort mal

accueilli. L'inspecteur Japp estimait que cet écrivain en savait trop long sur les chalumeaux et les fléchettes empoisonnées.

— Avez-vous jamais eu de ces chalumeaux en votre possession?

— Euh... ma foi, oui...

— Tiens! Tiens!

L'inspecteur Japp sauta sur cet aveu.

Sous le coup de l'émotion, Mr. Clancy faillit pousser un cri.

— Mais, monsieur, mes mobiles étaient tout à fait inoffensifs. Je puis vous expliquer...

— J'attends, monsieur, vos explications.

— Voici, monsieur. Je suis en train d'écrire un roman dans lequel le meurtre a été commis de la même manière.

— Ah! vraiment!

Encore ce ton menaçant! Mr. Clancy se hâta de poursuivre:

— Il s'agissait surtout d'empreintes digitales. Pour bien élucider ce point, je dus me procurer un chalumeau... afin de situer exactement la position des empreintes sur le tube. Un jour, en me promenant à Charing Cross — il y a deux ans de cela — je vis un de ces instruments à la devanture d'une boutique. Je l'achetai et un artiste de mes amis me le dessina avec les empreintes... Je puis vous donner le titre du livre: *Le Mystère du pétale rouge*, et, si vous y tenez, le nom de mon ami.

— Avez-vous conservé ce chalumeau?

— Euh... oui... oui... du moins, il me semble l'avoir rangé.

— Ou se trouve-t-il à présent?

— Eh bien!... quelque part chez moi.

— Que signifie exactement ce « quelque part chez moi », monsieur Clancy?

— C'est-à-dire... euh... que je ne saurais préciser

l'endroit où je l'ai fourré... Voyez-vous, monsieur, je ne suis pas très ordonné.

— Ne l'auriez-vous point emporté avec vous, par hasard?

— Certes, non. Voilà plus de six mois que je ne l'ai revu.

L'inspecteur lui lança un regard chargé de méfiance et continua son interrogatoire.

— Avez-vous quitté votre place pendant le voyage?

— Non... non, évidemment... à moins... ah! si.

— Ah! Et où êtes-vous allé?

— Je suis allé prendre un horaire dans la poche de mon imperméable, qui était placé avec des couvertures et des valises tout au bout de l'entrée.

— Ainsi, vous avez passé près du siège de la morte?

— Non... c'est-à-dire... ah! oui! J'ai dû passer près d'elle... mais longtemps avant que rien ne se fût produit. Je venais de prendre mon potage.

D'autres questions amenèrent des réponses négatives. L'esprit absorbé par l'amélioration de son alibi, Mr. Clancy n'avait, lui non plus, rien remarqué de suspect.

— Un alibi, vous dites? Ah! oui, pour votre roman...

Poirot l'interrogea au sujet de la guêpe.

Mr. Clancy avait, en effet, vu une guêpe. Elle s'était attaquée à lui. Ces insectes lui inspiraient une véritable répulsion. A quel moment cela se passait-il? Aussitôt après que le garçon lui eut apporté son café. Il avait éloigné la guêpe d'un coup sec de la main.

Note fut prise du nom et de l'adresse de Mr. Clancy, puis on l'autorisa à se retirer; il ne se fit du reste pas prier.

— Ce client me paraît louche, dit Japp. Il avoue avoir un chalumeau en sa possession. Avez-vous vu son air embarrassé?

— Votre attitude sévère l'aura sans doute intimidé, mon cher Japp.

— L'homme qui dit la vérité n'a rien à redouter, rétorqua l'homme de Scotland Yard d'un ton austère.

Poirot le regarda avec compassion.

— Oh! vous croyez cela?

— J'en suis absolument sûr. A présent, au tour de Norman Gaile.

Norman Gaile donna comme adresse: 14, Shepherd's Avenue, Muswell Hill, Londres. Dentiste de profession, il revenait du Pinet, où il avait passé quelques jours de vacances. Au retour, il s'était arrêté à Paris pour étudier différents instruments nouveaux de chirurgie dentaire.

Il n'avait jamais vu la défunte et n'avait rien remarqué de spécial pendant le voyage. Du reste, il était assis vers l'avant du compartiment et tournait le dos à la victime. Il avait quitté son siège une seule fois pour se rendre aux lavabos, et regagné tout droit sa place. A aucun moment, il n'était allé au fond du compartiment. Il n'avait point vu de guêpe.

Après lui, se présenta James Ryder, brusque de manières et continuellement sur le qui-vive. Il revenait d'un voyage d'affaires à Paris. Il ne connaissait nullement la défunte. Il occupait, en effet, le siège placé immédiatement devant elle, mais, pour la voir, il aurait dû se lever et regarder par-dessus le dossier. Il n'avait rien entendu, ni un cri ni une exclamation, et n'avait vu personne venir de leur côté, sauf les garçons. Oui, les deux Français, placés de l'autre côté du couloir, avaient bavardé pendant presque tout le trajet. Vers la fin du repas, le plus jeune des deux avait tué une guêpe. Non, il n'en avait pas aperçu auparavant. Ignorant ce qu'était un chalumeau, il n'aurait donc pu dire s'il en avait vu pendant le voyage.

A cet instant, on frappa à la porte. Un policier entra, avec un air de triomphe contenu.

— Monsieur, voici ce qu'a trouvé le sergent, dit-il. Il m'a chargé de vous le remettre tout de suite.

Il déposa sur la table un objet enveloppé dans un mouchoir qu'il déplia avec soin.

— Le sergent n'a pas relevé d'empreintes digitales mais il m'a recommandé de le manier délicatement.

Un chalumeau, sans conteste de fabrication exotique, apparut à la vue de tous.

Japp poussa un profond soupir.

— Ainsi, cette chose-là existe. Je ne l'aurais jamais cru!

Mr. Ryder se pencha en avant, vivement intéressé.

— On s'en sert, paraît-il, dans certains pays de l'Amérique du Sud. J'ai lu bien des histoires à ce sujet, mais c'est la première fois qu'un objet de ce genre me tombe sous les yeux. A présent, je puis vous assurer que je n'ai vu personne en tenir dans l'avion.

— Où l'a-t-on trouvé? demanda Japp.

— Caché derrière un des sièges, monsieur.

— Lequel?

— Le numéro 9.

— Voilà qui est drôle, par exemple, remarqua Poirot.

— Qu'y a-t-il de drôle?

— Rien, sinon que le numéro 9 était ma propre place.

— Eh bien! j'aime autant que ce soit vous que moi!

Japp fronça le sourcil.

— Monsieur Ryder, vous pouvez vous retirer.

Ryder disparu, l'inspecteur se tourna vers Poirot en grimaçant un sourire.

— Alors, c'est vous l'assassin, vieux frère.

— Mon ami, observa Poirot avec dignité, quand je m'aviserai de commettre un meurtre, je n'emploierai pas la flèche empoisonnée des Américains du Sud.

— C'est bien un procédé bizarre, mais avouons qu'il a réussi.

— Voilà justement ce qui donne à réfléchir, dit Poirot.

— En tout cas, le criminel, quel qu'il soit, a couru des risques inouïs. Ce type-là doit avoir perdu la boule. Qui reste-t-il encore à voir? Seulement une jeune fille. Qu'elle entre et finissons-en. Jane Grey... Cela rappelle le titre d'un roman.

— C'est un beau brin de fille.

— Tiens! Vous n'avez donc pas dormi tout le temps?

— Elle est jolie... et paraissait agitée.

— Ah! Elle paraissait agitée, répéta Japp, intrigué.

— Cher ami, quand une jeune fille est nerveuse, il s'agit plutôt d'amour que de crime.

— Vous avez sans doute raison. La voici.

Jane répondit aux questions posées de façon assez claire. Elle se nommait Jane Grey, et travaillait chez Messrs. Antoine, salon de coiffure, Burton Street. Elle habitait, 10, Harrogate Street, N. W. 5. Elle rentrait à Londres, venant du Pinet.

— Hum! Du Pinet?

L'interrogatoire qui suivit amena Jane à raconter l'histoire du billet du Sweepstake.

— La loi devrait interdire ces jeux de hasard, grogna Japp.

— Pour moi, je les trouve merveilleux, dit Jane. N'avez-vous donc jamais parié une demi-couronne sur un cheval?

Japp rougit et prit un air confus.

Lorsqu'on lui montra le chalumeau, Jane nia avoir vu quelque chose de semblable. Elle ne connaissait pas la morte, mais l'avait remarquée au Bourget.

— Qu'est-ce qui avait particulièrement attiré votre attention sur elle?

— Elle était laide à faire peur, avoua Jane.

Ne pouvant tirer d'elle rien d'intéressant, on l'autorisa à se retirer.

Japp contempla rêveusement le chalumeau.

— Ce problème policier dépasse tout ce que l'imagination peut concevoir! De quel côté allons-nous diriger nos recherches à présent? Il s'agit de découvrir un homme qui a voyagé dans la partie du monde d'où vient cette arme. Mais d'où peut-elle venir? D'Afrique aussi bien que d'Amérique. Nous laisserons à un spécialiste le soin de trancher la question.

— Si vous observez ce chalumeau de près, vous remarquerez, mon cher Japp, qu'un minuscule morceau de papier y est resté collé: on dirait un reste d'étiquette arrachée. Ce spécimen serait donc parvenu jusqu'à nous après avoir passé par la boutique d'un marchand de curiosités. Voilà qui facilitera peut-être notre enquête. Puis-je me permettre une petite question?

— Dites toujours.

— Pensez-vous encore à établir cette liste... la liste des objets appartenant aux passagers?

— Cela ne présente plus guère d'importance maintenant, mais on peut le faire. Vous y tenez toujours?

— Mais oui... je suis perplexe, très perplexe. Si seulement je découvrais un indice...

Japp ne l'écoutait plus. Il examinait le débris d'étiquette.

— Clancy a reconnu qu'il avait acheté un chalumeau. Oh! ces auteurs de romans détectives... où toujours les policiers jouent un rôle ridicule! Si je m'avisais de parler à mes chefs sur le ton employé par les inspecteurs dans leurs fichus bouquins, ma parole! on me ficherait à la porte illico. Ce meurtre ressemble comme un frère à ceux qu'un écrivassier de cet acabit croit pouvoir commettre impunément.

CHAPITRE IV

L'enquête

L'audition des témoins eut lieu quatre jours plus tard. Les circonstances tragiques de la mort de Marie Morisot ayant éveillé la curiosité du public, la salle du tribunal se trouva comble.

Le premier témoin appelé, un Français d'âge mûr, de haute stature et à la barbe grise, Me Alexandre Thibaut, s'exprimait lentement en un anglais imprégné d'un léger accent, mais très correct.

Après les questions préliminaires, le coroner lui demanda:

— Vous avez vu le cadavre de la défunte. La reconnaissez-vous?

— Oui. C'est celui de ma cliente, Marie-Angélique Morisot.

— Ce nom figure sur son passeport, mais ne la connaissez-vous pas davantage sous un autre nom?

— Si, on l'appelait d'ordinaire Mme Giselle.

Un remous se produisit dans l'auditoire. Des journalistes demeurèrent immobiles, le crayon en suspens.

— Voulez-vous nous dire exactement, reprit le coroner, qui était cette Mme Morisot... ou Mme Giselle?

— Mme Giselle — pour la nommer par son nom de guerre, celui sous lequel elle opérait — était une des prêteuses d'argent les plus célèbres de Paris.

— Où exerçait-elle sa profession?

— Au numéro 3, rue de la Joliette. Elle y avait aussi son appartement.

— Elle se rendait, dit-on, fréquemment en Angleterre. Etendait-elle ses affaires jusque dans ce pays?

— Oui. Elle avait nombre de clients en Angleterre et était même assez connue dans une certaine classe de la société.

— Comment définiriez-vous cette classe de la société?

— Sa clientèle se recrutait surtout parmi les gens du monde dont les transactions de ce genre exigeaient une discrétion absolue.

— Elle avait donc la réputation d'être discrète?

— Extrêmement discrète.

— Puis-je savoir si vous étiez au courant de... de ses diverses opérations?

— Non. Je me chargeais seulement de ses affaires légales. Mme Giselle était une maîtresse femme, capable de mener à bien son entreprise sans le secours d'autrui. C'était, si je puis dire, une personne d'un caractère très original et une figure bien connue dans le monde.

— Autant que vous sachiez, elle était riche à l'heure de sa mort?

— Immensément riche.

— Avait-elle des ennemis?

— A ma connaissance, non.

Me Thibaut quitta la barre et on appela Mitchell. Le coroner lui demanda:

— Vous vous appelez bien Henry Charles Mitchell et vous habitez 11, Shoeblack Lane, Wahdsworth?

— Oui, monsieur.

— Vous êtes employé à la compagnie aérienne *Universal*?

— Oui, monsieur.

— Comme premier garçon de restaurant sur l'avion de ligne le *Prométhée*?

— Oui, monsieur.

— Mardi dernier, 18 courant, vous assuriez le service de midi entre Paris et Croydon sur le *Prométhée*, à bord duquel avait pris place la défunte. Aviez-vous déjà vu cette personne?

— Oui, monsieur. Il y a six mois, j'étais de service sur l'avion de 8 h 45 du matin et je me souviens qu'elle l'a pris une ou deux fois.

— Connaissiez-vous son nom?

— J'ai dû l'avoir sur ma liste, mais je n'y ai pas fait attention.

— Aviez-vous déjà entendu prononcer le nom de Mme Giselle?

— Non, monsieur.

— Veuillez nous rapporter à votre façon les evénements de mardi.

— J'avais servi les déjeuners et faisais le tour des tables avec les additions. Cette personne m'ayant paru endormie, je décidai de ne la déranger que cinq minutes avant l'atterrissage. Lorsque je voulus la réveiller, je m'aperçus qu'elle était morte ou sérieusement malade. Je m'inquiétai s'il y avait un médecin à bord, et le docteur Bryant constata...

— Le docteur Bryant fera sa déposition tout à l'heure. Veuillez, je vous prie, jeter un coup d'œil sur cet objet.

On tendit le chalumeau à Mitchell, qui le prit délicatement.

— Vous rappelez-vous avoir déjà vu cet objet?

— Non, monsieur.

— Vous êtes bien sûr de ne pas l'avoir vu dans la main d'un des passagers?

— Oui, monsieur.

— Albert Davis!

Le deuxième garçon se présenta à la barre.

— Vous êtes Albert Davis, 23, Barconne Street,

Croydon, employé à la compagnie aérienne *Universal*?

— Oui, monsieur.

— Vous travailliez mardi dernier sur le *Prométhée*, en qualité de second garçon?

— Oui, monsieur.

— Comment avez-vous appris le drame?

— Mon collègue, Mr. Mitchell, m'a fait part de ses craintes au sujet de l'une des voyageuses.

— Avez-vous déjà vu cet instrument?

On tendit le chalumeau à Davis.

— Non, monsieur.

— Vous ne l'auriez point aperçu entre les mains d'un des passagers?

— Non, monsieur.

— S'est-il passé, au cours du voyage, quelque incident de nature à jeter, selon vous, un peu de clarté sur cette affaire?

— Non, monsieur.

— Bien. Merci.

Le docteur Bryant donna ensuite son nom et son adresse et déclina sa profession: spécialiste des maladies de l'oreille et de la gorge.

— Voulez-vous nous expliquer, docteur Bryant, ce dont vous avez été témoin, mardi dernier 18?

— Peu avant notre arrivée à Croydon, un des garçons s'approcha de moi et me demanda si j'étais médecin. Sur ma réponse affirmative, il m'annonça qu'une des passagères se trouvait malade. Je me levai et le suivis. La femme en question, affaissée dans son fauteuil, était morte depuis un moment.

— Depuis combien de temps, à votre avis, docteur?

— Au moins une demi-heure... entre une demi-heure et une heure.

— Soupçonnez-vous la cause de sa mort?

— Non. Il était difficile de se prononcer sans un long examen de la victime.

— Vous avez remarqué une petite piqûre sur le cou?

— Oui.

— Merci... Docteur James Whistler!

Le docteur Whistler était un petit homme d'une maigreur extraordinaire.

— Vous êtes médecin légiste de ce district?

— Oui.

— Voulez-vous nous faire votre déposition?

— Mardi dernier 18, peu après trois heures de l'après-midi, je reçus l'ordre de me rendre à l'aérodrome de Croydon. Là, on m'amena devant cette femme d'âge mûr, assise dans un des sièges de l'avion de ligne le *Prométhée*. Cette passagère était morte et le décès remontait à une heure environ. Je relevai un point sur le côté du cou... sur la veine jugulaire, pour être exact. Cette marque pouvait fort bien avoir été occasionnée par une piqûre de guêpe ou par la piqûre d'une épine que l'on me montra. Le cadavre fut alors transporté à la morgue, où je pus me livrer à un examen complet.

— Et que concluez-vous?

— Je conclus que la mort a été provoquée par l'introduction dans le sang d'une substance toxique, qui a déterminé la paralysie du cœur. La mort a dû être instantanée...

— Pouvez-vous préciser la nature du poison?

— C'est la première fois que je me trouve en présence d'un tel poison.

Aussitôt les journalistes de noter: « Poison inconnu. »

— Merci... Mr. Henry Winterspoon!

Mr. Winterspoon, un énorme bonhomme, à l'air doux et rêveur, paraissait totalement dénué d'intelligence. On apprit avec une véritable stupeur qu'il était le premier toxicologue du Royaume-Uni et que son opinion faisait loi en matière de poisons.

Le coroner prit l'épine fatale et demanda à Mr. Winterspoon s'il la reconnaissait.

— Oui. On me l'a envoyée aux fins d'analyse.

— Voulez-vous nous communiquer les résultats de cette analyse?

— Certainement. Autrefois, ce dard a été plongé dans une préparation indigène de curare... un poison dont certaines tribus sauvages enduisent leurs flèches.

Les journalistes s'empressèrent de noter cette déclaration.

— Selon vous, la mort serait due au curare?

— Non, dit Mr. Winterspoon. Il ne restait sur la pointe qu'une faible trace de la préparation primitive. D'après mon analyse, l'épine a récemment été plongée dans le venin du *Dispholidus Typus,* mieux connu sous le nom de *boomstang,* ou serpent des arbres.

— Un boomstang?

— C'est un reptile de l'Amérique du Sud, un des plus venimeux du monde. On ignore les effets de son venin sur l'homme, mais vous aurez une idée de sa virulence lorsque vous saurez qu'une injection de ce poison dans le corps d'une hyène foudroie l'animal avant qu'on ait pu retirer l'aiguille. Un chacal en meurt comme s'il était tué par un coup de fusil. Ce venin cause une hémorragie sous-cutanée et paralyse en même temps le cœur.

Les journalistes inscrivirent:

Histoire fantastique. Empoisonnement en avion par un venin plus redoutable que celui du cobra.

— Connaissez-vous des cas où le meurtrier ait eu

recours au venin d'un serpent pour empoisonner quelqu'un?

— Jamais. Ce phénomène est extrêmement intéressant.

— Je vous remercie, monsieur Winterspoon.

Le sergent détective Wilson expliqua ensuite sa découverte du chalumeau derrière le coussin de l'un des sièges. Il n'y avait aucune empreinte digitale. Des essais effectués, il résultait que la trajectoire du projectile lancé par le chalumeau atteignait dix mètres.

— M. Hercule Poirot!

Un mouvement de curiosité se produisit dans l'auditoire, mais la déposition de M. Poirot fut très courte. Il n'avait rien remarqué d'anormal. Oui, il avait bien découvert le dard minuscule sur le parquet du compartiment. Il se trouvait dans la position qu'il eût naturellement occupée s'il était tombé du cou de la défunte.

— Mrs. la comtesse Horbury!

Certains journalistes écrivirent:

La femme d'un pair se présente à la barre des témoins pour déposer dans une affaire de meurtre en avion... D'autres: *Dans une mystérieuse affaire d'empoisonnement, au moyen du venin d'un serpent.*

Les reporters attachés aux journaux féminins crurent bon d'ajouter:

Lady Horbury portait un de ces délicieux chapeaux, d'allure très jeune et une magnifique fourrure de renard. Ou: *Lady Horbury avait revêtu une toilette noire du dernier chic et était coiffée d'un de ces ravissants petits chapeaux si en vogue cette saison.*

Miss Cicely Bland était élégamment habillée de noir, avec un de ces nouveaux chapeaux...

Chacun se plut à admirer cette jeune femme coquette et jolie, mais sa déposition fut brève. Elle n'avait rien vu et ne connaissait pas du tout la défunte.

Venetia Kerr, qui lui succéda, produisit beaucoup moins d'effet.

Les infatigables pourvoyeurs de nouvelles destinées aux journaux de femmes notèrent cependant: *La fille de lord Cottesmore portait un tailleur d'une coupe impeccable toute nouvelle.*

— James Ryder!

— Vous êtes James Bell Ryder et vous habitez 17, Blanberry Avenue, Londres?

— Oui.

— Quelle est votre profession?

— Directeur de la compagnie du Ciment Ellis Vale.

— Voulez-vous avoir l'obligeance d'examiner ce chalumeau. (Une pause.) L'avez-vous vu?

— Non.

— N'avez-vous point remarqué un instrument de ce genre dans la main d'un des passagers du *Prométhée*?

— Pas le moins du monde.

— Vous étiez assis au numéro 4, dans le siège immédiatement devant la défunte.

— Et après?

— Je vous prie de ne pas employer ce ton avec moi. Vous occupiez le siège numéro 4. De cette place, vous pouviez voir tout le monde dans le compartiment.

— Pas du tout. Les dossiers, très élevés, m'empêchaient de voir quiconque de mon côté.

— Cependant, si l'un des passagers s'était posté au milieu du couloir... et dans la position voulue pour lancer une fléchette vers la victime... vous l'auriez vu?

— Evidemment.

— Et vous n'avez rien remarqué de semblable?

— Rien.

— Les personnes placées devant vous ont-elles quitté leurs places?

— Le monsieur qui se trouvait deux sièges devant moi s'est levé pour aller aux lavabos.

— ... C'est-à-dire dans la direction opposée à vous et à la morte?

— Oui.

— En revenant, est-il venu vers vous?

— Non, il a regagné directement sa place.

— Portait-il quelque chose en main?

— Rien.

— Vous en êtes sûr?

— Oui.

— Quelqu'un d'autre a-t-il quitté sa place?

— L'homme assis deux sièges devant moi est allé au fond du compartiment.

— Je proteste! s'écria Mr. Clancy, bondissant de son siège et avançant en plein dans la salle. Cela se passait plus tôt... vers une heure.

— Veuillez vous asseoir, lui dit le coroner. Vous parlerez à votre tour. Continuez, monsieur Ryder. Avez-vous observé si ce monsieur avait quelque chose entre les mains?

— Il me semble qu'il tenait un porte-plume réservoir. Quand il est revenu s'asseoir, il portait un livre jaune.

— Est-ce la seule personne qui se soit dirigée vers le fond du compartiment? Vous-même avez-vous bougé de votre place?

— Oui, pour me rendre aux lavabos... et je n'avais pas de chalumeau à la main.

— Vous pourriez vous abstenir d'employer ce lan-

gage impertinent devant le tribunal. Asseyez-vous.
Mr. Norman Gaile, dentiste, fit une déposition tout à fait négative. Ensuite Mr. Clancy, frémissant d'indignation, vint le remplacer à la barre.
La personnalité de Mr. Clancy éveilla moins d'intérêt que celle de la pairesse.

Ecrivain très connu, auteur de romans policiers, reconnaît avoir acheté une arme exotique. Remous dans l'auditoire.

Mais la sensation produite par cette déposition ne fut pas considérable.
— C'est exact, monsieur, ajouta Mr. Clancy d'une voix aiguë. Je me suis procuré un chalumeau, et, ce qui est mieux, je l'ai apporté ici avec moi. Mon chalumeau n'est point celui dont on s'est servi pour commettre le crime. Je proteste sur l'honneur. Du reste, le voici.
L'air triomphant, il brandit le chalumeau en question.
Les journalistes notèrent: *« Second chalumeau présenté au tribunal. »*
Le coroner se montra sévère envers Mr. Clancy. Il lui rappela que son rôle était de seconder la justice et non de se disculper de charges imaginaires. Puis Clancy répondit aux questions concernant les événements ayant eu lieu sur le *Prométhée*. Toutefois, ainsi qu'il l'expliqua avec sa faconde, les horaires extravagants des réseaux européens et l'élaboration d'un alibi pour son prochain roman l'avaient trop absorbé pour qu'il pût remarquer quoi que ce fût durant le trajet. Tout le compartiment aurait pu lancer des dards empoisonnés à l'aide de chalumeaux que Mr. Clancy n'en aurait rien vu.
Miss Jane Grey, employée dans un salon de coiffure, n'excita guère la verve des journalistes.

Suivirent les deux Français.

M. Armand Dupont annonça qu'il se rendait à Londres, où il devait faire une conférence devant la Société Royale d'Etudes Asiatiques. Lui et son fils avaient eu entre eux une discussion technique fort intéressante et n'avaient rien observé de ce qui se passait autour d'eux pendant le voyage. Il ne s'était même pas aperçu de la présence de la femme en noir avant l'émotion causée dans le compartiment par la découverte de sa mort.

— Connaissiez-vous Mme Morisot ou Mme Giselle?

— Non, monsieur, je ne l'avais jamais vue auparavant.

— C'était pourtant une personnalité connue.

M. Dupont père haussa les épaules.

— Pas que je sache. Il faut avouer que je ne suis pas souvent à Paris, depuis quelque temps.

— Vous revenez, paraît-il, d'un voyage en Orient?

— En effet, monsieur... de Perse, plus exactement.

— Vous et votre fils avez visité des contrées sauvages?

— Oui, monsieur.

— Vous est-il arrivé de rencontrer des indigènes qui enduisent leurs flèches de venin de serpent?

M. Dupont hocha énergiquement la tête.

— Non... jamais je n'ai rien vu de pareil.

Son fils le suivit à la barre. Sa déposition corrobora en tous points celle de son père. Lui non plus n'avait rien remarqué. Il lui semblait plausible que la dame eût été piquée par une guêpe; lui-même avait été agacé par un de ces insectes et l'avait finalement tué.

La liste des témoins était close avec les Dupont.

Le coroner s'éclaircit la gorge et s'adressa au jury:

— Cette mort, leur dit-il, constitue un cas des plus extraordinaires. Une femme a été tuée (dès le début, on peut écarter l'hypothèse du suicide ou de l'accident) en plein air, dans un espace très restreint. Le crime ne pouvant avoir été commis par quelqu'un du dehors, le meurtrier, ou la meurtrière, est nécessairement un des témoins entendus au cours de la séance. Impossible de sortir de là. Une des personnes a donc menti de façon odieuse.

« L'exécution même du crime dénote une audace peu commune. Sous les yeux d'une dizaine de personnes — douze, en comptant les garçons — l'assassin a porté un chalumeau à ses lèvres et projeté l'épine empoisonnée dans l'air sans que personne ait remarqué son acte. Voilà qui semble paradoxal. Cependant, nous avons devant nous les pièces accusatrices: le chalumeau et le dard meurtrier trouvé sur le parquet; en outre, la trace d'une piqûre sur le cou de la morte et l'analyse des spécialistes attestent la réalité de ce crime.

En l'absence de témoignages incriminant telle ou telle personne, le coroner demandait seulement au jury de prononcer une accusation d'homicide prémédité contre un ou plusieurs inconnus. Tous les passagers niaient connaître la défunte; la police se chargerait de trouver s'il existait un lien entre ces mêmes personnes et Márie Morisot, de déceler le mobile du crime.

Le jury se disposait à se retirer pour délibérer, lorsqu'un de ses membres, à la face carrée et aux yeux méfiants, se pencha en avant:

— Puis-je poser une question, monsieur le Coroner?

— Certainement.

— Vous avez dit qu'on a retrouvé le chalumeau derrière un des sièges de l'avion? Qui occupait ce siège?

Le magistrat consulta ses notes. Le sergent Wilson s'avança et lui glissa tout bas:

— Il s'agit du fauteuil numéro 9, où avait pris place M. Hercule Poirot. Ce M. Poirot est un détective privé, très connu et très estimé, qui a... euh... qui a collaboré plusieurs fois avec Scotland Yard.

L'homme à la face carrée se tourna vers M. Hercule Poirot, et il considéra d'un air bourru le petit Belge aux longues moustaches.

« Les étrangers, disaient les yeux de l'homme à la face carrée, ne m'inspirent aucune confiance, même quand ils travaillent étroitement avec la police. »

A voix haute, l'homme prononça:

— N'est-ce point ce « Porrott » qui a ramassé l'épine empoisonnée?

— Lui-même.

Le jury se retira. Après cinq minutes, les jurés revinrent dans la salle du tribunal, et leur chef tendit au coroner une feuille de papier.

— Ah! non! s'écria le coroner furieux. Je ne puis accepter un verdict aussi stupide!

Quelques minutes plus tard, les jurés reparurent avec un jugement rectifié:

« Le jury reconnaît que la victime est morte empoisonnée, mais il ne possède pas suffisamment de preuves pour désigner le coupable. »

CHAPITRE V

Après l'enquête

En quittant le tribunal, Jane trouva Norman Gaile à côté d'elle.

Il prit la parole:

— Je me demande, mademoiselle, ce que pouvait bien contenir ce jugement que le coroner a refusé si énergiquement?

— Je crois pouvoir vous le dire, annonça une voix derrière eux.

Le couple se retourna et vit M. Hercule Poirot, clignotant des yeux.

— C'était un verdict de meurtre contre moi.

— Oh! est-ce possible! s'écria Jane.

— Mais oui, déclara Poirot en riant. A la sortie, j'ai entendu un homme confier à son voisin: « Retiens bien ceci: c'est le petit étranger qui a fait le coup. » Le jury partageait cette opinion.

Jane ne savait si elle devait pleurer ou rire. Elle prit ce dernier parti et Poirot rit avec elle.

— Il faut tout de même que je songe à me disculper. Aussi vais-je me mettre à la besogne sans retard, déclara le petit Belge.

Il les salua en souriant et s'éloigna.

Jane et Norman le suivirent des yeux.

— Quel drôle de petit bonhomme! murmura Gaile. Il se targue d'être détective. Je voudrais le voir à l'œuvre. N'importe quel criminel le flairerait à un kilomètre de distance. Comment pourrait-il d'ailleurs se déguiser avec une bobine comme la sienne?

— Je crois que vous vous faites une idée fausse des détectives modernes, lui dit Jane. Toutes ces histoires de barbes postiches sont surannées. De nos jours, un détective se contente de réfléchir pour découvrir le coupable.

— C'est évidemment moins fatigant.

— Physiquement, peut-être, mais il faut avoir l'esprit calme et lucide.

— Je comprends. Un cerveau mal équilibré échouerait dans ce métier-là.

Tous deux éclatèrent de rire.

Une légère rougeur lui montant aux joues, Gaile dit à la jeune fille:

— Mademoiselle, euh... pourrais-je vous demander... heu... vous seriez bien aimable... il se fait tard... d'accepter de prendre le thé avec moi. Nous sommes... des camarades d'infortune... et...

Il s'arrêta et songea, à part lui:

« Qu'est-ce qui te prend, espèce d'idiot? Ne peux-tu inviter une jeune fille à prendre une tasse de thé sans rougir et sans bégayer? Tu te comportes comme un imbécile. Que va-t-elle penser de toi? »

La confusion du jeune homme contribua plutôt à raffermir la sérénité de Jane.

— Vous êtes bien aimable, monsieur, j'accepterai avec plaisir une tasse de thé.

Ils trouvèrent un salon de thé, où une serveuse prit leur commande d'un air renfrogné.

La salle était presque vide, ce qui favorisait encore l'intimité de ce thé en tête à tête. Jane enleva ses gants et considéra son compagnon assis devant elle. Il lui plaisait, avec ses yeux bleus et son sourire aimable. En outre, il paraissait de commerce agréable.

— Ce meurtre dans l'avion est inexplicable, dit

Gaile, s'empressant de ranimer la conversation pour cacher son absurde embarras.

— Oui, et je ne suis moi-même guère rassurée... rapport à mon emploi. Je ne sais comment le patron prendra les choses.

— Ah! Tiens! Je n'avais pas envisagé cela!

— Oui, Antoine répugnera peut-être de garder parmi son personnel une employée ayant été mêlée à une affaire d'assassinat et qui a dû aller déposer en justice.

— Les gens sont bizarres, dit Gaile pensivement et... la vie est vraiment injuste. Pourquoi faut-il que vous pâtissiez, alors que vous n'êtes pour rien dans ce crime? C'est écœurant, ajouta-t-il avec colère.

— Oh! nous n'en sommes pas encore là, lui rappela Jane. Inutile de se tracasser à l'avance. Après tout, mon patron n'aurait pas tout à fait tort. Je pourrais aussi bien avoir assassiné cette vieille dame! Et quand on a tué une fois, on ne s'en tient généralement pas là. Songez que, pour les clientes, il n'est guère rassurant de se faire soigner les cheveux par une personne suspecte.

— Il suffit de vous regarder pour savoir que vous êtes incapable de commettre un crime, dit Norman, la contemplant avec admiration.

— Je ne suis pas aussi affirmative. J'occirais plus d'une de mes clientes si j'étais sûre de ne pas me faire prendre! L'une d'elles, surtout... elle a une voix de crécelle et n'est jamais contente. Parfois, il me semble que ce serait une bonne action de la supprimer, et non un assassinat. Vous voyez donc que je suis capable, du moins en intention, de commettre un meurtre.

— En tout cas, je donnerais ma main à couper que vous n'avez pas commis celui-ci.

— De mon côté, je jurerais également que ce n'est pas vous, dit Jane. Toutefois, mon opinion ne vous servirait pas à grand-chose, si vos clients ne partageaient pas cet avis.

— Mes clients... ah! oui, dit Gaile, l'air rêveur. Vous avez peut-être raison... Je n'avais pas non plus songé à cela. Ce n'est évidemment pas une perspective bien rassurante de se faire soigner la bouche par un dentiste qui peut être un maniaque de l'homicide.

Brusquement il ajouta:

— Mon métier de dentiste ne vous déplaît point?

Jane leva les sourcils.

— Pourquoi voulez-vous qu'il me déplaise?

— Parce que... il a quelque chose de ridicule. Il n'évoque rien de romanesque. On se moque du dentiste, tandis qu'on prendra au sérieux un médecin, par exemple.

— Consolez-vous, lui dit Jane. Un dentiste est à cent coudées au-dessus d'une coiffeuse.

Ils se mirent à rire.

— Je crois que nous allons devenir une paire d'amis, mademoiselle. Et vous?

— Je l'espère.

— Peut-être accepteriez-vous de dîner un soir avec moi et ensuite nous irions au théâtre?

— Je vous remercie.

Il y eut une pause. Ensuite Gaile demanda:

— Comment avez-vous trouvé le Pinet?

— Oh! je m'y suis follement amusée.

— Y étiez-vous déjà allée?

— Non. Voici comment...

Et Jane, subitement en veine de confidences, se lança dans le récit du billet de Sweepstake gagnant. Tous deux approuvaient ces jeux de la fortune, qui procuraient aux gens l'illusion et parfois le bonheur.

Leur conversation fut interrompue par un jeune homme en costume marron qui, entrant dans la salle, sans hésiter s'approcha d'eux.

Il leva son chapeau et s'adressa à Jane avec une certaine assurance.

— Miss Jane Grey?

— Oui.

— Miss Grey, je viens de la part du *Cri Hebdomadaire.* Peut-être accepteriez-vous d'écrire pour mon journal un petit article sur ce meurtre en avion? L'opinion d'une passagère...

— Non, merci, je n'y tiens pas du tout.

— Voyons, miss Grey. Nous vous rétribuerons généreusement.

— Combien? demanda Jane.

— Cinquante livres... ou peut-être davantage... nous irions jusqu'à soixante.

— Non, fit Jane; je m'en sens incapable. Je ne saurais que dire...

— Mais, si, insista le jeune journaliste, très conciliant. Nous n'exigeons pas que vous écriviez vous-même cet article. Vous donnerez quelques idées à l'un de nos reporters qui se chargera de la rédaction. Vous n'avez donc aucun travail à fournir.

— Malgré tout, je préfère m'en abstenir.

— Et si on vous offrait cent livres? Nous irions jusqu'à cent livres... à condition que nous publiions votre photographie.

— Non, merci, cela ne me dit rien du tout.

— Vous feriez mieux de vous retirer, dit Norman au journaliste. Miss Grey ne veut pas être importunée.

Le jeune homme, plein d'espoir se tourna vers lui:

— Est-ce à Mr. Gaile que j'ai l'honneur de parler? Ecoutez, monsieur, puisque miss Grey répugne à nous donner ses impressions, peut-être consentiriez-vous à écrire vous-même cet article. Mettons cinq cents mots... au prix que je viens d'offrir à miss Grey. C'est une faveur, car le récit d'une femme sur le meurtre d'une autre femme présente plus de valeur à nos yeux. Allons, laissez-vous tenter!...

— Inutile de continuer. Je n'écrirai pas un mot pour votre canard.

— En dehors du gain, cette publicité serait excellente pour vous. Jeune dentiste d'avenir... brillante carrière devant lui... Tous vos clients liront ces lignes.

— Voilà justement ce qui m'effraie.

— De nos jours, on ne va pas loin sans publicité.

— Possible. Mais cela dépend du genre de publicité. En ce qui me concerne, je souhaite que mes clients ne lisent pas les journaux, ignorent que je suis mêlé à cet assassinat, continuent à m'honorer de leurs visites. A présent que vous avez notre réponse à tous deux, vous déciderez-vous à partir, ou faudra-t-il que je vous mette dehors?

— Il n'y a pas de quoi s'emporter, dit le journaliste sans s'émouvoir. Bonsoir. Donnez-moi un coup de téléphone à mon bureau s'il vous arrive de changer d'idée. Voici ma carte.

Allègre, il sortit du salon de thé, songeant à part lui:

— Pas si mal, après tout, ma petite interview.

De fait, le numéro suivant du *Cri Hebdomadaire* offrait à ses lecteurs un sensationnel article d'une colonne sur les impressions de deux témoins du crime en avion. Tout ce drame avait causé une telle émotion à miss Jane Grey qu'elle s'en remettait à peine et éprouvait une réelle répugnance à en évoquer les détails. Quant à Mr. Norman Gaile, il s'était étendu longuement sur le tort que pouvait causer à un homme de carrière libérale le fait d'être mêlé à une affaire criminelle, même si son innocence était hors de question. Mr. Gaile avait exprimé avec beaucoup de verve, le vœu que certaines de ses clientes, se contentant de lire les pages de la mode, viennent sans appréhension subir l'épreuve de la « chaise ».

Après le départ du journaliste, Jane observa:

— Pourquoi diable ne s'est-il pas adressé à des personnalités plus notoires?

— Un trop gros gibier pour lui, répondit Gaile en riant. Peut-être a-t-il essayé, mais sans succès.

Il se tut quelques instants et reprit:

— Jane — à présent je vais vous appeler Jane, vous permettez? — Jane, qui, selon vous, a tué cette Mme Giselle?

— Je n'en ai pas la moindre idée.

— Y avez-vous déjà réfléchi sérieusement?

— Ma foi, non. J'avoue n'avoir songé qu'à mon rôle personnel dans cette histoire, et cela m'a suffisamment tourmentée. En réalité, je n'ai pas cherché lequel des autres passagers aurait pu commettre le crime. Je crois même que jusqu'ici je ne m'étais même pas rendu pleinement compte que le coupable était parmi nous.

— Aujourd'hui, le coroner l'a expliqué clairement. Quant à moi, je sais que ni moi ni vous n'avons tué cette femme, parce que... parce que je vous ai observée durant tout le voyage.

— Et moi, dit Jane, je sais que vous êtes innocent... pour la même raison. Si ce n'est pas nous, c'est quelqu'un d'autre. Qui? Je l'ignore.

— Moi aussi.

Norman Gaile, l'air songeur, paraissait suivre le cours de ses pensées.

Jane poursuivit:

— Comment pourrions-nous soupçonner un des voyageurs? Nous n'avons rien vu... moi du moins. Du moins, j'aurais pu voir...

Jane s'arrêta et rougit. Elle se souvenait que ses yeux n'avaient guère quitté un chandail bleu pervenche et que son esprit, loin de se soucier des événements qui se déroulaient autour d'elle, ne s'intéressait qu'à la personne qui portait le vêtement en question.

Norman Gaile pensa:

« Pourquoi rougit-elle ainsi?... Elle est ravissante... Je veux l'épouser... C'est décidé... Mais à quoi bon prévoir si loin? Trouvons d'abord un bon prétexte pour la rencontrer souvent. Cette histoire de meurtre peut me servir... elle constitue en quelque sorte un lien... Ce diable de journaliste et sa publicité... »

Tout haut, il déclara:

— Allons, réfléchissons un peu. Qui a tué la vieille dame? Passons en revue toutes les personnes du compartiment. Les garçons?

— Non, dit Jane.

— Les femmes assises de l'autre côté du couloir?

— Je ne crois pas qu'une personne comme lady Horbury soit capable de commettre un crime. Quant à miss Kerr, je répondrais volontiers qu'elle n'avait aucun mobile pour tuer cette vieille Française.

— Vous avez sans doute raison, Jane. Vient ensuite l'homme à moustaches. De l'avis du jury, il serait le coupable; cela ne tient pas debout. Et le médecin? C'est également peu probable.

— S'il avait eu l'intention de tuer, il se serait servi d'un poison ne laissant aucune trace et personne n'en aurait rien su.

— En effet, dit Norman Gaile, ces fameux poisons que rien ne décèle sont très commodes, mais je doute qu'ils existent réellement. Que dire du petit bonhomme qui a avoué détenir un chalumeau?

— Cette déclaration, j'en conviens, le rend plutôt suspect. Cependant, il a l'air sympathique et rien ne l'obligeait à dire qu'il possédait un chalumeau. Ce n'est sûrement pas lui qui a tué Mme Giselle.

— Il y a ensuite le docteur Jameson... non... Ryder?

— Oui, ce pourrait bien être lui.

— Ou les deux Français?

— Leur culpabilité paraîtrait encore plus vraisemblable. Ils ont visité nombre de pays sauvages. Ils pouvaient avoir des motifs que nous ignorons totalement. Je trouve que le jeune Dupont avait l'air sombre et inquiet.

— N'éprouveriez-vous pas quelque inquiétude si vous aviez un crime sur la conscience?

— Il semblait pourtant bien doux, et le vieux monsieur était tout à fait charmant. Je souhaite que ce ne soient pas eux.

— Nous n'avançons guère dans notre enquête, remarqua Norman Gaile.

— Comment pourrions-nous progresser, ignorant tout de la vieille dame qui a été tuée... ses ennemis, ses héritiers et sa manière de vivre?

Norman Gaile demanda avec hésitation:

— Croyez-vous que cette recherche du coupable soit de ma part une simple curiosité?

— Est-ce autre chose? répliqua Jane, très calme.

— Peut-être. J'ai l'impression de faire œuvre utile...

Jane leva vers lui des yeux interrogateurs.

— Un meurtre, poursuivit Norman Gaile, n'affecte pas seulement la victime et le coupable. Il nuit parfois aux innocents. Ni vous ni moi n'avons commis ce crime, cependant l'ombre de la mort nous a frôlés, et nous ignorons encore quelles conséquences peuvent en découler et influencer nos existences.

Malgré tout son sang-froid, Jane frissonna.

— Ne parlez pas ainsi. Vous m'effrayez.

— J'avoue que j'en tremble un peu moi-même, dit Norman Gaile.

CHAPITRE VI

Echange de vues

Hercule Poirot vint trouver son ami, l'inspecteur Japp.

Celui-ci l'accueillit avec un sourire amusé.

— Bonjour, vieux! lui dit-il. Eh bien! vous l'avez échappé belle! Un peu plus, on vous fourrait au violon.

— Pareille aventure n'eût certes pas manqué de me nuire dans l'exercice de ma profession, prononça Poirot, avec le plus grand sérieux.

— On voit parfois des détectives devenir des criminels... surtout dans les romans policiers.

Bientôt entra un homme grand et mince, à la physionomie éveillée et mélancolique. Japp le présenta à Hercule Poirot.

— M. Fournier, de la Sûreté générale. Il vient nous aider à déchiffrer le mystère de la mort de Marie Morisot.

— Monsieur, je crois avoir déjà eu le plaisir de vous rencontrer il y a quelques années, dit Fournier en tendant la main à Poirot. En outre, M. Giraud m'a parlé de vous.

Un sourire effleura les lèvres de M. Fournier. Et M. Poirot qui devinait en quels termes Giraud avait dû parler de lui, esquissa en réponse un discret ricanement; puis il ajouta:

— Vous me feriez grand plaisir en acceptant de dîner tous deux avec moi en compagnie de Me Thibaut, qui m'a promis de venir... du moins... si mon ami Japp et vous ne repoussez pas ma collaboration.

— Vous êtes naturellement des nôtres, mon vieux, lui dit Japp en lui tapant sur l'épaule. Pourquoi cette question?

— C'est au contraire un insigne honneur que vous nous faites, renchérit le Français, d'un ton cérémonieux.

— Ainsi que je l'expliquais tout à l'heure à une ravissante jeune personne, je tiens essentiellement à démontrer mon innocence, déclara Poirot.

— Votre tête ne disait rien qui vaille à ces jurés, acquiesça Japp. Voilà longtemps que je n'ai tant ri.

D'un commun accord, on ne fit aucune allusion au crime durant l'excellent repas que le petit Belge servit à ses amis.

— Somme toute, il est possible de faire bonne chère chez les Anglais, murmura Fournier d'un ton approbateur, tout en choisissant avec soin un havane dans une boîte de luxe.

— Quel délicieux repas, monsieur Poirot! s'exclama Thibaut.

— Un peu à la française, mais tout de même excellent, certifia Japp.

— Un repas doit toujours être léger à l'estomac, dit Poirot. Trop pesant, il paralyse la pensée.

— Oh! mon estomac ne me tourmente guère, observa Japp. Toutefois, je ne veux pas entrer en discussion sur ce point. Parlons, si vous le voulez bien, de l'affaire qui nous préoccupe. Comme Me Thibaut est attendu ailleurs ce soir, il conviendrait que nous lui demandions d'abord son avis sur ce crime.

— A votre disposition, messieurs. Ici, je puis parler plus librement qu'en plein tribunal. Avant l'enquête, j'ai eu une courte conversation avec l'inspecteur Japp, qui m'a recommandé de ne révéler à l'audience que les faits indispensables.

— Parfait, dit Japp. Il ne faut pas vider son sac trop tôt. A présent, veuillez nous révéler tout ce que vous savez de cette femme Giselle.

— A dire vrai, peu de chose. Je ne connais pour ainsi dire rien de sa vie privée. M. Fournier, ici présent, vous renseignera mieux que moi. Je puis, cependant, affirmer ceci: Mme Giselle était un « phénomène » comme on en rencontre peu. Ses antécédents demeurent absolument inconnus. A mon sens, elle devait être jolie autrefois, avant que la petite vérole eût ravagé ses traits. Cette femme — je vous donne mon impression — aimait à dominer les autres et en réalité elle exerçait sur son prochain une puissance occulte. C'était une vraie femme d'affaires, une de ces Françaises à la tête solide, qui ne laissent point le sentiment affecter leurs intérêts. Toutefois, elle avait la réputation d'agir dans sa profession avec une honnêteté scrupuleuse.

Il chercha l'approbation de Fournier. Celui-ci hocha sa tête sombre et mélancolique.

— Oui, elle était honnête... à son point de vue. Cependant, la loi aurait pu l'inquiéter si seulement on avait eu des preuves en main.

— Pourquoi? demanda Me Thibaut.

— Pour chantage... un chantage d'une manière spéciale. Mme Giselle prêtait de l'argent contre une simple signature sur papier libre. Elle observait une stricte discrétion quant au montant de ses prêts et aux modalités de remboursement; mais je vous prie de croire qu'elle avait une méthode bien à elle de rentrer dans son argent.

Poirot se pencha en avant, l'air curieux.

M. Fournier continua:

— Ainsi que l'a déclaré aujourd'hui Me Thibaut, la clientèle de Mme Giselle se recrutait parmi les gens du monde ou de professions libérales... c'est-à-dire dans un milieu où l'on redoute par-dessus tout le scandale. Or, Mme Giselle possédait son service d'espionnage... et avant de prêter des capitaux, quand il s'agissait évidemment d'une grosse somme, elle recueillait le plus de renseignements possibles sur l'emprunteur éventuel. Je me fais l'écho de notre ami en disant que Mme Giselle était scrupuleusement honnête; jamais elle ne trahissait ceux qui lui étaient fidèles et je crois qu'elle ne fit jamais usage des secrets en sa possession pour soutirer de l'argent, à moins qu'on ne lui en dût réellement.

— Vous voulez dire que ces renseignements secrets constituaient sa garantie?

— Exactement. Et elle en usait avec une dureté impitoyable, demeurant sourde à toutes supplications. Je vous prie de croire que cela « rendait »! Très rarement elle dut renoncer à une créance. Un homme ou une femme occupant une situation notoire vendait n'importe quoi afin d'obtenir l'argent nécessaire pour éviter la diffamation. Nous étions donc au courant de ses agissements. Quant à la poursuivre... (Il haussa les épaules.) c'était une autre paire de manches. On ne peut demander l'impossible.

— Et si, par hasard, comme vous venez de nous le dire, elle devait passer une mauvaise créance aux profits et pertes, que faisait-elle?

— En ce cas, répondit lentement Fournier, le secret qu'elle détenait était rendu public, ou divulgué au tiers intéressé.

Après un moment de silence, Poirot remarqua:

— Pécuniairement, elle n'en profitait guère.

— Non... du moins, pas directement.

— Indirectement, alors?

— Cela devait inciter les autres à payer, hein? dit Japp.

— Précisément, répondit Fournier. Le résultat utile était l'effet moral produit sur les autres clients.

— Je dirais plutôt l'effet immoral, répliqua Japp,

en se frottant le nez, ce qui ouvre bien des perspectives quant au mobile du meurtre. Reste la question de l'héritage. Qui bénéficie de la fortune de la femme Giselle? Me Thibaut va peut-être nous éclairer là-dessus.

— Il y a une fille quelque part, dit le notaire. Une fille qui depuis sa plus tendre enfance vivait éloignée de sa mère. Celle-ci cependant, voilà quelques années, a fait un testament laissant toute sa fortune à sa fille, Anne Morisot, à l'exception d'un petit legs à sa bonne. C'est le seul testament qu'on lui connaisse.

— Et sa fortune est considérable? demanda Poirot.

Le notaire haussa les épaules.

— Elle doit se monter *grosso modo* à huit ou à neuf millions.

Poirot arrondit les lèvres et sifflota.

— On n'aurait jamais dit cela en la voyant, observa Japp. Quel est le cours de la livre... Attendez: cela doit monter à plus de cent mille livres sterling. Mâtin!

— Mlle Anne Morisot sera une jeune personne très riche, déclara Poirot.

— Elle a eu l'excellente idée de ne pas se trouver dans l'avion, dit Japp. On l'eût soupçonnée d'avoir supprimé sa mère pour toucher le *fric*. Quel âge peut-elle avoir?

— Je ne saurais préciser, mais j'imagine qu'elle a dans les vingt-quatre ou vingt-cinq ans.

— Jusqu'ici elle n'est point mêlée au crime. Occupons-nous de l'affaire du chantage. Tous les occupants de l'avion affirment ne point connaître Mme Giselle. L'un d'eux ment: à nous de le démasquer! Un examen des papiers personnels de la morte s'impose, qu'en dites-vous, Fournier?

— Cher ami, dit le Français, aussitôt la nouvelle du crime connue, et tout de suite après ma conversation téléphonique avec Scotland Yard, je me suis rendu au domicile de la défunte. Il y avait là un coffre-fort renfermant les papiers, mais ces papiers avaient été brûlés.

— Brûlés? Par qui? Pourquoi?

— Mme Giselle avait une bonne qui lui était entièrement dévouée: Elise. Celle-ci avait ordre, au cas où il arriverait malheur à sa maîtresse, d'ouvrir le coffre — elle en connaissait la combinaison — et d'en brûler le contenu.

— Comment? Voilà qui est bizarre! s'exclama Japp.

— Vous voyez bien que Mme Giselle avait sa morale à elle, remarqua Fournier. Elle accordait sa confiance à ceux qui la servaient avec dévouement. Elle promettait à ses clients de les traiter selon toute équité; elle avait un cœur de pierre, mais ne manquait jamais à sa parole.

Japp hocha la tête. Silencieux, les quatre hommes songeaient au caractère étrange de la défunte...

Enfin, Me Thibaut se leva.

— Messieurs, je dois vous quitter. Si je puis vous fournir quelque autre renseignement, vous savez mon adresse.

Il leur serra la main cérémonieusement, puis quitta l'appartement de Poirot.

CHAPITRE VII

Probabilités

Après le départ de Me Thibaut, les trois hommes rapprochèrent leurs sièges de la table.

— A présent, à l'ouvrage! dit Japp en dévissant le capuchon de son stylo. Onze personnes voyageaient dans l'avion... c'est-à-dire dans le compartiment arrière, l'autre compartiment ne nous intéressant pas. Un de ces voyageurs a tué la vieille femme. Les uns étaient de nationalité anglaise, les autres de nationalité française. J'abandonne ceux-ci aux bons soins de M. Fournier et je me charge de mes compatriotes. Des recherches devront être effectuées à Paris... c'est votre affaire, Fournier.

— Pas seulement à Paris, répliqua Fournier. En été, Mme Giselle travaillait dans les plages à la mode: Deauville, Le Pinet, Wimereux. Elle se rendait souvent à Antibes, Nice et Cannes.

— Bien. Il me souvient qu'une ou deux passagères du *Prométhée* ont parlé du Pinet. A présent nous arriverons au meurtre lui-même. Voyons qui vraisemblablement a pu se servir du chalumeau. (Il déroula un plan du compartiment de l'avion et le plaça au centre de la table.) Nous voici prêts à commencer le travail. D'abord prenons les passagers l'un après l'autre et essayons de découvrir les probabilités... et... chose plus importante... les possibilités.

— Commençons par éliminer M. Poirot, ici présent, dit Fournier. Cela ramène le nombre à dix.

— Vous êtes trop confiant, mon ami. Vous ne devriez vous fier à personne... non, à personne!

— Bon. Nous vous remettons au nombre des suspects, fit Japp en riant. Quant aux garçons, il est peu vraisemblable qu'ils aient emprunté de fortes sommes. En outre, tous deux sont bien notés dans le service. Je serais surpris d'apprendre que l'un d'eux eût trempé dans ce crime. Du point de vue des probabilités, nous les excluons donc, mais relativement aux possibilités, non, car ils allaient et venaient dans l'avion et pouvaient fort bien se placer dans l'angle droit du compartiment arrière pour souffler dans un chalumeau... Encore qu'il paraisse incroyable qu'un garçon puisse, sans se faire voir, lancer un dard empoisonné à l'aide d'un chalumeau dans un compartiment rempli de monde. Je sais par expérience que la plupart des gens sont aveugles comme des chauves-souris. Tout de même, il y a des limites. On pourrait tenir le même raisonnement en ce qui concerne les autres personnes; il fallait être fou, fou à lier, pour commettre un pareil meurtre. Il n'y avait qu'une chance sur cent de ne point être découvert. L'assassin a eu une veine du diable. Il existe mille autres façons d'occire quelqu'un...

Poirot, qui écoutait, les yeux baissés, tout en fumant sa cigarette, l'interrompit:

— Vous croyez que c'était une manière stupide de supprimer son prochain?

— Eh oui! Une vraie folie!

— Pourtant, elle a pleinement réussi. A nous trois, nous ne parvenons point à découvrir l'auteur du crime: n'est-ce pas là un succès pour l'assassin?

— Dites de la chance, riposta Japp. Le meurtrier aurait dû se faire prendre plutôt dix fois qu'une.

Poirot eut un air de doute.

Fournier le considéra avec curiosité.

— Monsieur Poirot, vous avez une idée de derrière la tête. Voulez-vous l'exposer?

— Mon ami, voici mon point de vue: une affaire doit être jugée d'après les résultats. Celle-ci a pleinement réussi.

— Cependant, on pourrait dire que c'est par miracle, observa le Français.

— Miracle ou non, les faits sont là, appuya Japp. Ne possédons-nous pas le témoignage des médecins et l'arme du crime? Ah! si quelqu'un m'avait dit, il y a une semaine, que je serais appelé à enquêter sur un assassinat commis à l'aide d'un dard trempé dans du venin de serpent, j'aurais tout simplement éclaté de rire à la face de ce mauvais plaisant! Ce meurtre est une insulte à la science policière... oui, une insulte!

Il respira profondément. Poirot sourit.

— Peut-être s'agit-il d'un crime commis par un détraqué affligé d'un sens pervers de l'humour? prononça Fournier rêveusement. Il importe avant tout de déterminer la psychologie du criminel.

Japp se redressa en entendant ce mot psychologie, qu'il détestait et dont il se méfiait comme de la peste.

— Voilà des paroles qui charmeront l'oreille de M. Poirot, déclara-t-il.

— En effet, ce que vous dites tous les deux m'intéresse énormément.

— J'aime à croire que vous ne conservez aucun doute sur la façon dont Mme Giselle a été tuée? demanda Japp, plein de suspicion. C'est que je connais votre esprit tortueux!

— Non, non, mon ami. Sur ce point, mon opinion demeure inébranlable: la mort a été provoquée par le dard empoisonné que j'ai ramassé... Pour moi, c'est clair comme de l'eau de roche. Cependant, il subsiste certains détails...

Il fit une pause, hochant la tête d'un air perplexe.
Japp poursuivit:

— Revenons à nos moutons. Nous ne pouvons éliminer définitivement les deux garçons, mais il est peu probable qu'aucun des deux ait commis le crime. Etes-vous d'accord, monsieur Poirot?

— Vous connaissez mon avis là-dessus. Au point où nous en sommes de l'enquête, je n'éliminerai personne.

— Comme il vous plaira. Maintenant, poursuivit Japp, au tour des passagers. Commençons par le fond du compartiment du côté des lavabos. Place n° 16. (De la pointe de son crayon, il indiqua l'endroit sur le plan.) La jeune coiffeuse Jane Grey. Ayant gagné un lot au Sweepstake, elle est allée le gaspiller au Pinet. Peut-être est-ce une passionnée du jeu? Se trouvant à court d'argent, elle aurait pu emprunter à la vieille dame. En ce cas, elle n'aurait point obtenu une grosse somme et je ne vois pas comment Mme Giselle aurait pu « avoir prise » sur cette jeune personne. Ensuite une coiffeuse n'a guère l'occasion de se procurer du venin de serpent; ce produit n'entre pas dans la composition des teintures capillaires ni des crèmes de beauté pour masser le visage. Je crois que l'emploi du venin constitue une faute de la part de l'assassin, en ce qu'il resserre le cercle des recherches. A peine deux personnes sur mille doivent connaître les effets foudroyants de ce venin spécial et sont à même de se le procurer.

— Voilà du moins, un point éclairci, observa Poirot.

Fournier lui lança un coup d'œil interrogateur.
Mais Japp poursuivait son idée.

— Le meurtrier entre nécessairement dans une des deux catégories suivantes: il a dû beaucoup voyager de par le monde, étudier les serpents et les espèces les plus redoutables, et il connaît les mœurs de certaines tribus sauvages qui emploient ce venin pour tuer leurs ennemis... voilà la catégorie n° 1.

— Et l'autre?

— Nous la trouvons dans le domaine des recherches scientifiques. Le venin du boomstang fait l'objet d'expériences de la part des savants les plus éminents. J'en ai touché un mot à Winterspoon. Le venin du cobra est également utilisé en médecine, dans le traitement de l'épilepsie. Dans les laboratoires, on étudie beaucoup les effets du venin des différents serpents.

— Circonstance qui me paraît fort intéressante, dit Fournier.

— Oui, mais continuons. La jeune Jane Grey est donc exclue de ces deux catégories. Ses mobiles semblent inexistants et les occasions de se procurer le poison, nulles. Quant à souffler dans le chalumeau de sa place, c'est pratiquement impossible. Constatez par vous-mêmes.

Les trois hommes se penchèrent sur le plan.

— Voici le 16, et là le 2 où était assise Giselle. Il y avait trop de places occupées entre ces deux sièges. Si la jeune fille n'a pas bougé — et tout le monde affirme qu'elle n'a pas bougé — elle n'a pu viser Mme Giselle pour la frapper sur le côté du cou. Je crois que nous pouvons l'écarter de l'affaire.

« Au n° 12, se trouvait son vis-à-vis, Norman Gaile, le dentiste. De lui, on peut dire également qu'il est sans importance, à cela près, pourtant, qu'il lui est plus facile de se procurer du venin.

— Ce genre d'injection n'est pas recommandé en chirurgie dentaire, murmura Poirot. Elle foudroierait les clients au lieu de les soulager.

— Un dentiste en fait endurer suffisamment à ses patients, dit Japp, grimaçant un sourire. Evidemment, il fréquente un milieu où il peut obtenir certains poisons. Quant à la possibilité, éliminons-la dès à présent. Il s'est rendu au lavabo, c'est-à-dire dans la direction opposée. En regagnant sa place, il n'a pu aller à l'autre bout du couloir; et pour lancer un dard qui atteignît le cou de la vieille dame, il aurait dû avoir sur lui un dard enchanté se dirigeant à angle droit. Cet homme-là n'est pas coupable.

— D'accord, acquiesça Fournier. Et ensuite?

— De l'autre côté du couloir, le 17.

— La place retenue par moi, dit Poirot. Je l'ai cédée à une dame qui désirait s'asseoir à côté de son amie.

— Il s'agit de « l'honorable » Venetia Kerr. Une femme influente. Peut-être a-t-elle emprunté de l'argent à Mme Giselle. Cependant, elle ne paraît pas avoir de secrets à cacher dans sa vie. A surveiller, néanmoins. Si Giselle avait légèrement tourné la tête vers la fenêtre, de sa place, l'honorable Venetia pouvait fort bien lancer un dard en diagonale sur la nuque de la vieille dame. En ce cas, elle aurait dû se lever, geste un peu risqué de sa part. Mais elle appartient à cette catégorie de femmes qui, chaque automne, s'arment d'un fusil; ce genre de sport doit, à mon avis, faciliter à quelqu'un l'usage d'un chalumeau: tout cela est une question d'œil et d'adresse. Probablement un de ses amis ayant voyagé dans le monde entier lui aura rapporté un de ces poisons indigènes. Mais quelles hypothèses vais-je chercher? Vraiment, cette fois, je déraisonne.

— Vos soupçons me paraissent, en effet, peu fondés, confirma Fournier. J'ai vu Miss Kerr aujourd'hui même à l'audience, et elle ne me produit nullement l'impression d'une meurtrière.

— Siège 13, dit Japp, lady Horbury. Personnalité très discutable. Je suis au courant de certains faits que je vous raconterai tout à l'heure. Je ne serais pas surpris qu'elle eût à se reprocher une ou deux petites fautes peu avouables.

— Il est parvenu à ma connaissance, annonça Fournier, que cette dame a perdu gros au baccara pendant son dernier séjour au Pinet.

— Je vous remercie de ce renseignement. Lady Horbury appartient visiblement à ce genre de femmes qui ont recours aux services d'une Mme Giselle.

— Je partage entièrement cette opinion.

— Oui... mais... comment aurait-elle commis le crime? Elle non plus n'a point quitté sa place. Il lui aurait fallu s'agenouiller sur son siège et viser pardessus le dossier... sous les regards de dix personnes. Passons!

— 9 et 10, annonça Fournier, avançant son doigt sur le plan.

— Hercule Poirot et le docteur Bryant, dit Japp. Qu'invoque M. Poirot pour sa défense?

Le petit Belge secoua tristement la tête.

— Mon estomac! s'exclama-t-il d'une voix pathétique. Hélas! le cerveau doit se soumettre à l'estomac. Quelle misère!

Fournier le considéra avec sympathie.

— Je suis également malade chaque fois que je prends l'avion.

Il ferma les yeux et hocha la tête en faisant une grimace expressive.

— Ensuite vient le docteur Bryant, une sommité médicale d'Harley Street. Je ne le vois guère empruntant de l'argent à une Française, mais sait-on jamais? Et quand un scandale effleure la réputation d'un médecin, ç'en est fini de sa situation! Voici où intervient mon hypothèse scientifique: un homme comme Bryant, au faîte de la carrière médicale, a accès dans les plus grands laboratoires, où il lui est extrêmement aisé de subtiliser un tube de venin de serpent.

— Le nombre de ces tubes est contrôlé, un homme habile peut y substituer un produit inoffensif... et cela d'autant plus impunément qu'on s'appelle le docteur Bryant.

— Il y a beaucoup de vrai dans vos suppositions, acquiesça Fournier.

— Mais voici ce qui me chiffonne: pourquoi le docteur Bryant a-t-il attiré l'attention sur l'empoisonnement par piqûre? Il aurait tout aussi bien pu conclure à une mort naturelle... à une embolie, par exemple?

Poirot toussota. Les deux autres l'interrogèrent du regard.

— J'imagine que c'était... euh... le professionnel qui parlait en lui. Somme toute, la mort aurait pu être naturelle... résulter de la piqûre d'une guêpe. Souvenez-vous qu'une guêpe volait dans le compartiment.

— Décidément, vous ne perdez pas de vue la guêpe. On dirait, ma parole, qu'elle continue de bourdonner à vos oreilles, remarqua Japp.

— C'est tout de même moi qui ai vu et ramassé l'épine fatale sur le parquet! Ensuite il fallut bien admettre qu'on était en présence d'un crime.

— De toute façon, on aurait retrouvé l'épine.

Poirot hocha la tête.

— A moins que le meurtrier ne l'eût récupérée sans se faire voir.

— Bryant?

— Bryant ou un autre.

— Hum... hypothèse plutôt hasardeuse.

Fournier ne partageait point cet avis.

— Vous en concluez ainsi à présent, devant la preuve irréfutable d'un meurtre. Mais, supposons que cette femme eût succombé subitement d'une embolie. Si quelqu'un avait laissé tomber son mouchoir et se soit baissé pour le ramasser, qui aurait songé à remarquer son geste?

— C'est ma foi vrai, admit Japp. Bryant figurera

donc définitivement sur la liste des suspects. En penchant la tête, il pouvait se mettre en position pour lancer le dard... en diagonale. Pourquoi n'a-t-il pas été vu? Nous ne discuterons pas sur ce point: l'acte du criminel n'a attiré le regard de personne.

— Là-dessus, il y a sans doute une raison... une raison qui, selon ce que j'ai entendu, enchantera notre ami M. Poirot... Je veux parler d'une « raison psychologique », dit en souriant M. Fournier.

— Continuez, mon cher, insista M. Poirot. Ce point de vue m'intéresse prodigieusement.

— Supposons, poursuivit Fournier, que, voyageant dans un train, vous passiez devant une maison en flammes. Aussitôt, tous les regards se tournent vers la fenêtre. L'attention générale se fixe sur un point unique. Dans un moment pareil, un homme peut tirer un poignard et tuer quelqu'un sans se faire voir des autres occupants.

— Parfaitement, dit Poirot. Je me rappelle un cas d'empoisonnement où il s'est produit ce que vous appelez un « moment psychologique ». Si un pareil cas était survenu durant la traversée du *Prométhée*...

— Nous le saurons facilement en interrogeant les garçons et les passagers, acheva Japp.

— Bien. Toutefois, ce moment psychologique — en admettant qu'il ait eu lieu — a dû être provoqué par le meurtrier lui-même.

— C'est bien ainsi que je le conçois, opina M. Fournier.

— Je prends note de cette question à poser dans nos prochains interrogatoires, dit Japp. Arrivons à présent au siège n° 8. Daniel-Michel Clancy.

Japp prononça ce nom avec un visible plaisir.

— Suivant ma modeste opinion, cet individu est le plus suspect de tous. Très commode pour un romancier de feindre une curiosité pour le venin de serpent et de persuader quelque savant chimiste sans méfiance de lui donner accès à son laboratoire. N'oubliez pas qu'il s'est rendu auprès de Mme Giselle... il est même le seul passager qui soit allé du côté de la défunte.

— Soyez tranquille, mon ami, nous ne négligeons pas de vue ce détail important, lui assura Poirot avec conviction.

Japp poursuivit:

— Il a pu se servir de son chalumeau à très peu de distance, sans même recourir au « moment psychologique », comme vous dites. Il avait beaucoup de chance de réussir. Selon son propre aveu, ne connaît-il pas parfaitement l'usage de cet instrument?

— Cet aveu non sollicité me ferait plutôt hésiter à formuler un jugement contre lui.

— Simple artifice de sa part, dit Japp. En outre, qui nous prouve que le chalumeau apporté par lui à l'instruction est celui qu'il acheta voilà deux ans? Tout cela me paraît louche. Je ne pense pas qu'il soit très sain d'écrire continuellement des romans policiers et d'accumuler toutes sortes de documents sur le crime et les assassins. Cela finit par vous fourrer des idées dans la tête.

— Il est indispensable pour un écrivain d'avoir des idées dans la tête, observa Poirot.

Japp consulta le plan de l'avion.

— N° 4, Mr. Ryder occupait le siège immédiatement devant la morte. Je ne crois pas que ce soit lui le coupable; néanmoins, nous devons retenir son nom, car il s'est rendu aux lavabos. Il a pu faire le coup en regagnant sa place, et même de près; le seul point embarrassant, c'est qu'il aurait opéré en présence des deux archéologues, qui l'eussent sûrement remarqué.

Poirot hocha pensivement la tête.

— On voit bien que vous n'avez pas fréquenté beaucoup d'archéologues. Si Messrs. Dupont étaient en pleine discussion, soyez certains, cher ami, qu'ils demeuraient aveugles et sourds à tout ce qui se passait autour d'eux. Ils se trouvaient sans doute transportés en l'an cinq mille avant Jésus-Christ et, pour eux, l'an mil neuf cent trente-six n'existait plus.

Japp paraissait légèrement sceptique.

— Eh bien, à leur tour maintenant de passer sur la sellette. Que savez-vous sur les Dupont, monsieur Fournier?

— M. Armand Dupont est un des archéologues les plus distingués de France.

— Cela ne nous avance guère. A mon sens, leur place dans le compartiment était excellente pour viser Mme Giselle. Ces gens-là ont roulé leur bosse dans tous les pays du monde et recueilli sans doute une foule de souvenirs curieux: pourquoi n'auraient-ils pas entre autres rapporté des venins mortels de pays sauvages?

— Oui, cela est fort possible, dit Fournier.

— Mais vous n'y croyez pas?

Fournier hocha la tête.

— M. Dupont ne vit que pour la science. Il a le feu sacré. Autrefois, il tenait un magasin d'antiquités et il a sacrifié une affaire très prospère pour se consacrer aux recherches archéologiques. Lui et son fils s'adonnent corps et âme à leur idéal. Il me semble improbable qu'ils soient mêlés à un crime... Je ne dis pas impossible, remarquez-le bien; depuis l'affaire Stavisky, je suis prêt à tout admettre.

— Fort bien, dit Japp.

Il prit la feuille de papier sur laquelle il avait inscrit quelques notes et lut:

— Voici où nous en sommes.

JANE GREY: *Probabilités médiocres; possibilités pratiquement nulles.*

GAILE: *Probabilités médiocres et possibilités nulles*

MISS KERR: *Probabilités bonnes; possibilités pour ainsi dire nulles.*

M. POIROT: *Presque sûrement le criminel; le seul homme à bord capable de créer le « moment psychologique ».*

Japp éclata de rire, heureux de sa plaisanterie. Poirot sourit avec indulgence.

L'homme de Scotland Yard reprit:

BRYANT: *Probabilités et possibilités toutes deux bonnes.*

CLANCY: *Motif douteux; probabilités et possibilités excellentes.*

RYDER: *Probabilités incertaines; possibilités assez bonnes.*

LES DEUX DUPONT: *Probabilités médiocres quant aux motifs, bonnes quant au moyen d'obtenir le poison. Possibilités bonnes.*

— Voilà, il me semble, un résumé assez clair de la situation. Il nous reste à procéder à l'enquête, selon la manière ordinaire. Je m'occupe d'abord de Clancy et de Bryant; il conviendrait de sonder leur passé et de voir si récemment ils n'ont pas eu besoin d'argent... puis je me renseignerai sur leurs faits et gestes durant l'année dernière. *Idem* pour Ryder, sans oublier entièrement les autres. Je chargerai Wilson de fourrer le nez dans leurs antécédents. M. Fournier prendra en main les Dupont.

L'homme de la Sûreté générale acquiesça.

— Entendu. Comptez sur moi. Je retourne à Paris dès ce soir. Sans doute sera-t-il possible de faire parler Elise, la bonne de Mme Giselle, maintenant que nous sommes au courant de bien des choses. Je vérifierai également les allées et venues de Mme Giselle ces derniers temps... où elle a passé l'été. Elle s'est rendue une ou deux fois au Pinet. Je verrai quelles personnes anglaises elle a pu y rencontrer. Ah! il y a du pain sur la planche!

Tous deux regardèrent Poirot, absorbé dans ses pensées.

— Et vous, monsieur Poirot, vous ne nous apportez pas votre concours?

Poirot sembla sortir d'un rêve.

— Si, j'aimerais accompagner M. Fournier à Paris.

— Enchanté, dit le Français.

— Eh bien, mon cher Poirot, à quoi songez-vous? demanda Japp. Votre mine m'intrigue. Vous avez quelque petit problème en tête, hein?

— Un ou deux, mais bien difficile à résoudre.

— Dites-nous un peu de quoi il s'agit.

— Ce qui me tracasse, c'est l'endroit où fut retrouvé le chalumeau.

— Parbleu! Un peu plus on vous coffrait parce que cet instrument a été ramassé à votre place.

Poirot secoua la tête.

— Ce n'est pas le fait qu'on l'ait fourré derrière mon siège qui me tracasse, mais pourquoi a-t-on choisi ce genre de cachette?

— Peuh! C'est très simple. Il fallait bien dissimuler l'objet quelque part. Le meurtrier ne pouvait risquer qu'on le découvrît sur lui.

— Evidemment. Mais vous avez peut-être remarqué, en examinant l'avion, que si les fenêtres ne s'ouvrent pas, chacune d'elles est munie, pour la ventilation, d'un cercle de petits trous ronds que l'on ouvre ou que l'on ferme en tournant une plaque de verre. Ces orifices sont suffisamment grands pour y passer le chalumeau. Quoi de plus facile que de se débarrasser ainsi de cet instrument? Il tombe à terre et il y a des chances qu'il ne sera jamais retrouvé.

— J'y vois une objection: le meurtrier craignait d'être surpris pendant qu'il essayait d'introduire le chalumeau dans les trous du ventilateur.

— Allons donc! s'exclama Poirot. S'est-il gêné pour porter le chalumeau à ses lèvres et envoyer le dard mortel?

— Admettons que mon hypothèse soit absurde, reconnut Japp. Toujours est-il qu'on a découvert le chalumeau derrière le coussin d'un siège. Il n'y a pas à sortir de là.

Poirot ne répondit pas. Le Français le questionna:

— Est-ce que cela vous fournit une idée?

— Ces faits me suggèrent du moins une nouvelle façon de voir.

De ses longs doigts distraits, il redressa l'encrier que la main nerveuse de Japp avait légèrement déplacé.

Levant brusquement la tête, le petit Belge demanda:

— A propos, mon cher Japp, avez-vous dressé la liste détaillée de tous les objets appartenant aux passagers? Vous me l'aviez promise...

CHAPITRE VIII

La liste

— Je suis un homme de parole, dit Japp.

Avec un sourire, il fourra sa main dans sa poche et en retira un paquet de feuilles dactylographiées.

— Voici la liste. Tout y est... jusqu'au moindre détail. J'avoue que j'y ai découvert une chose assez curieuse. Je vous en parlerai lorsque vous aurez lu jusqu'au bout.

Poirot étala les feuilles sur la table et en commença la lecture. Fournier s'approcha et lut, par-dessus son épaule.

JAMES RYDER:

Poches. — *Mouchoir de toile marqué J. Un porte-billets en peau de porc... sept billets d'une livre sterling et trois cartes de firmes commerciales... Lettre de son associé, George Elbermann, formulant l'espoir que « l'emprunt sera négocié avec succès... sans quoi nous nous trouverons dans de vilains draps »... Lettre signée « Maud » donnant rendez-vous au restaurant du Trocadéro pour le lendemain soir (papier bon marché, écriture de personne dénuée d'instruction). Etui à cigarettes en argent. Boîte d'allumettes. Stylographe, trousseau de clefs. Monnaie d'appoint française et anglaise.*

Valise. — *Liasse de papiers concernant la construction en ciment. Une boîte de pastilles « radicales contre le rhume ».*

DOCTEUR BRYANT:
Poches. — *Deux mouchoirs de toile. Porte-billets contenant 20 livres sterling et 500 francs. Monnaie d'appoint anglaise et française. Agenda. Etui à cigarettes. Briquet. Stylographe. Clef de sûreté Yale. Trousseau de clefs.*
Flûte dans son étui.
Les Mémoires de Benvenuto Cellini *et* Les Maux de l'Oreille.

NORMAN GAILE:
Poches. — *Mouchoirs de soie. Portefeuille renfermant une liasse de livres sterling et 600 francs. Petite monnaie. Deux cartes de maisons françaises spécialisées dans la fabrication d'instruments de chirurgie dentaire. Une boîte d'allumettes-bougies, vide. Briquet en argent. Pipe de bruyère. Blague à tabac en caoutchouc. Clef de sûreté Yale.*
Valise. — *Veste de toile blanche. Deux petits miroirs dentaires. Rouleaux d'ouate.* La Vie parisienne. *Le* Strand Magazine. L'autocar.

ARMAND DUPONT:
Poches. — *Portefeuille contenant 1 000 francs et 10 livres sterling. Lunettes dans un étui. Petite monnaie française. Mouchoir de coton. Paquet de cigarettes. Boîte d'allumettes. Cartes de visite. Cure-dents.*
Valise. — *Manuscrit d'une allocution destinée à la Société Royale des Recherches Orientales. Deux publications allemandes d'archéologie. Deux feuilles d'esquisses de poteries. Tubes décorés (tuyaux de pipe kurdes). Petit plateau en vannerie. Neuf photographies toutes de poteries.*

JEAN DUPONT:
Poches. — *Portefeuille contenant 5 livres sterling et 300 francs. Etui à cigarettes. Porte-cigarette en ivoire.*

Briquet. Stylographe. Deux crayons. Petit agenda couvert de notes. Lettre en anglais d'un nommé L. Mariner, avec invitation à déjeuner au restaurant près de Tottenham Court Road. Monnaie d'appoint française.

DANIEL CLANCY:

Poches. — *Mouchoir taché d'encre. Stylographe qui fuit. Portefeuille contenant 4 livres sterling et 100 francs. Trois coupures de journaux relatant des crimes récents (un empoisonnement par l'arsenic et deux abus de confiance). Deux lettres d'agents de location donnant des détails sur des propriétés de campagne. Agenda. Quatre crayons. Canif. Trois factures acquittées et quatre non payées. Une lettre signée « Gordon » avec en-tête du* S. S. Minautor. *Mots croisés du* Times, *non achevés. Carnet de notes contenant des idées de romans. Monnaies d'appoint italienne, française, suisse et anglaise. Note d'hôtel acquittée, de Naples. Gros trousseau de clefs.*

Poches de manteau. — *Notes manuscrites du* Meurtre sur le Vésuve. *Indicateur Bradshaw. Balle de golf. Paires de chaussettes. Brosse à dents. Note d'hôtel acquittée de Paris.*

MISS KERR:

Sac à main. — *Rouge à lèvres. Deux porte-cigarette, un en ivoire et l'autre en jade. Boîte à poudre. Etui à cigarettes. Boîte d'allumettes. Mouchoir. Deux billets de 2 livres sterling, de la petite monnaie. Une lettre de crédit. Des clefs.*

Mallette. — *Intérieur en peau de chagrin. Flacons, brosses, peignes, etc., nécessaire de manucure. Sac de toilette contenant une brosse à dents, une éponge, une boîte à poudre, du savon. Deux paires de ciseaux. Cinq lettres de parents et amis d'Angleterre. Deux romans de la collection* Tauchnitz. *Photographie de deux épagneuls.*

Un numéro de Vogue *et de* Good Housekeeping.

MISS GREY:

Sac à main. — *Bâton de rouge et poudrier. Clef Yale et clef de malle. Crayon. Etui à cigarettes. Porte-cigarette. Boîte d'allumettes. Deux mouchoirs. Note d'hôtel du Pinet, acquittée. Petits livres de* Phrases françaises. *Porte-monnaie contenant 100 francs et 10 shillings. Petite monnaie anglaise et française. Un jeton de Casino de 5 francs.*

Poche du manteau de voyage. — *Six cartes postales de Paris, deux mouchoirs, une écharpe de soie. Lettre signée « Gladys ». Tube d'aspirine.*

LADY HORBURY:

Sac à main. — *Deux bâtons de rouge et poudrier. Mouchoir. Trois billets de 1000 francs. 6 livres sterling. Menue monnaie française. Une bague en diamant. Cinq timbres-poste français. Deux porte-cigarette. Un briquet dans un étui.*

Mallette. — *Trousse complète de maquillage. Nécessaire à ongles de luxe (or). Petite bouteille avec étiquette écrite à l'encre* « Acide borique ».

Comme Poirot arrivait à la fin de la liste, Japp posa le doigt sur ce dernier article.

— Un de nos limiers a eu le nez fin. Il jugeait que cette simple bouteille cadrait mal avec le reste. Pas plus d'acide borique là-dedans que sur cette feuille: la poudre blanche était de la cocaïne.

Poirot ouvrit de grands yeux et hocha lentement la tête.

— Ce détail n'a peut-être rien à voir avec le cas qui nous occupe, dit Japp. Toutefois on peut alléguer qu'une personne s'adonnant à la cocaïne a perdu tout sens moral et lady Horbury me paraît femme à ne reculer devant aucun obstacle pour satisfaire ses désirs. Je doute cependant qu'elle possède le cran nécessaire pour mener jusqu'au bout une affaire de ce genre; de plus, il lui était matériellement impossible de commettre le crime. C'est à n'y rien comprendre.

Poirot rassembla les feuilles dactylographiées et les parcourut une seconde fois, puis il les posa sur la table en poussant un soupir.

— A première vue, tout semble désigner clairement le coupable, mais je ne discerne pas son mobile ni même comment il s'y serait pris.

Japp regarda fixement Poirot.

— Prétendez-vous que la lecture de ces papiers vous permette de désigner le meurtrier?

— Je le crois, dit Poirot.

Japp prit les feuilles et les relut entièrement. Quand il eut terminé, il les lança sur la table.

— Monsieur Poirot, vous moqueriez-vous de moi, par hasard?

— Non, pas du tout. Quelle idée!

— Et vous, monsieur Fournier, qu'en pensez-vous?

Le Français hocha la tête.

— Je suis peut-être un imbécile, dit-il, mais je ne vois pas en quoi cette liste nous avance.

— Pas en elle-même, observa Poirot, mais prise en considération avec certains détails du crime. Après tout, je puis me tromper...

— Quoi qu'il en soit, il m'intéresserait infiniment de vous entendre exposer votre hypothèse.

— Comme vous le dites, ce n'est qu'une hypothèse... une simple hypothèse. J'espérais relever sur cette liste un certain objet. Eh bien, il y figure; mais cette découverte semble m'égarer sur une mauvaise piste, me faire accuser à faux un innocent. Ah! notre tâche est rude et je vous avoue que bien des points demeurent encore obscurs pour moi. Je ne m'y reconnais plus: cependant certains faits se détachent de l'ensemble et paraissent vouloir diriger nos recherches. N'est-ce point votre avis? Ah! non! je vois que vous n'avez pas saisi. Que chacun travaille donc seul et selon sa propre initiative. Jusqu'ici, je n'affirme rien, je me borne à des suppositions...

— M'est avis que vous parlez pour ne rien dire, remarqua Japp en se levant. Restons-en là pour aujourd'hui. Demain, je m'occuperai de l'affaire du côté de Londres. Vous, Fournier, vous retournez à Paris. Et vous, monsieur Poirot?

— Je désire toujours accompagner M. Fournier à Paris. A présent plus que jamais...

— Plus que jamais?... Je voudrais bien savoir quel asticot vous trotte par la cervelle?

— Quel asticot! Fi! le vilain mot, Japp!

Fournier serra la main de Poirot.

— Bonsoir, monsieur, et merci de votre charmante hospitalité. Nous nous retrouverons à Croydon demain matin, n'est-ce pas?

— Entendu, à demain!

Fournier et Japp sortirent.

Demeuré seul, Poirot sembla un moment plongé dans un rêve. Puis il se leva, effaça les quelques traces de désordre, vida les cendriers et remit les chaises en place.

Il se dirigea vers un guéridon et prit un numéro du *Sketch*. Il tourna les pages jusqu'à ce qu'il rencontre ce qu'il cherchait.

« Deux adorateurs du soleil », disait la légende *« Lady Horbury et Mr. Raymond Barraclough au Pinet »*.

Il regarda les deux personnages en costume de bain, les bras enlacés.

« Ma foi... Il y aurait peut-être quelque chose à faire de ce côté... On peut toujours essayer... », songea Poirot.

CHAPITRE IX

Elise Grandier

Le lendemain, le temps était si beau qu'Hercule Poirot lui-même ne ressentit aucun malaise à l'estomac durant le voyage de Croydon au Bourget.

Ils prirent l'avion de huit heures quarante-cinq du matin. Outre Poirot et Fournier, il y avait dans le compartiment sept ou huit passagers. Le Français en profita pour se livrer à quelques expériences. Tirant de sa poche un petit tube de bambou, il le porta à ses lèvres et le pointa vers une certaine direction. Il exécuta cette manœuvre en se penchant sur le côté de son siège, puis en tournant légèrement la tête et en revenant du lavabo; à chaque fois il surprit un ou plusieurs des passagers l'observant avec un étonnement amusé. La dernière fois, tous les regards étaient braqués sur lui.

Découragé, Fournier s'affala sur son siège. Le joyeux sourire de Poirot était loin de le réconforter.

— Cela vous amuse, mon ami? Admettez-vous cependant qu'on doive tenter quelques expériences?

— Evidemment! En réalité, j'admire votre conscience professionnelle. Rien de tel que la démonstration visuelle. Vous jouez le rôle du meurtrier armé du chalumeau. Le résultat saute aux yeux: tout le monde vous voit.

— Pas tout le monde, répliqua Fournier.

— En un sens, non. A chaque fois, certaines personnes ne vous voient pas. Pour réussir son crime, le meurtrier devait être assuré d'agir à l'abri de tous les regards.

— Chose impossible dans les conditions ordinaires, dit Fournier. J'en reviens à mon hypothèse du « moment psychologique »; il a dû se produire un fait *extraordinaire* qui a concentré ailleurs l'attention de tous les passagers.

— Notre ami Japp va entreprendre une enquête minutieuse sur ce point.

— Ne partagez-vous pas mon avis, monsieur Poirot?

Poirot hésita une seconde, puis il s'expliqua lentement:

— Je vous accorde qu'une « raison psychologique » a pu empêcher les passagers du compartiment de prendre le meurtrier sur le fait... Mais nos idées suivent des directions tout à fait différentes. Dans le cas qui nous occupe, les faits visibles sont trompeurs. Fermez les yeux, mon ami, au lieu de les ouvrir tout grands. Fiez-vous aux yeux de l'esprit, et non à ceux du corps. Faites fonctionner les petites cellules grises de votre cerveau... Qu'elles s'évertuent à vous révéler comment le drame s'est réellement passé.

Fournier le considérait d'un air intrigué.

— Je ne saisis pas très bien, monsieur Poirot.

— Parce que vous appuyez vos déductions sur votre témoignage visuel. Rien ne peut être aussi fallacieux que ce genre d'observation.

Fournier hocha la tête et allongea les mains devant lui.

— Je renonce à vous comprendre, monsieur Poirot.

— Notre ami Giraud vous recommanderait de ne point tenir compte de mes divagations. « Debout et à « l'œuvre! s'exclamait-il. S'installer dans un fauteuil « et réfléchir, c'est la méthode d'un vieillard sénile. » A quoi je réponds: « Un jeune chien de chasse court

« si vite sur la piste qu'il passe très souvent près du « gibier sans le voir... » Je vous ai donné un bon conseil; à vous d'en profiter.

Et, s'appuyant au dossier de son fauteuil, Poirot ferma les paupières, peut-être pour réfléchir; le fait est qu'au bout de cinq minutes il dormait profondément.

Arrivés à Paris, les deux hommes se dirigèrent tout droit au numéro 3 de la rue Joliette.

Cette rue, située sur la rive gauche de la Seine, n'offrait rien de particulier, et rien ne distinguait le numéro 3 des autres maisons. Un vieux concierge les reçut et salua Fournier d'un air bourru.

— Encore ces messieurs de la police? Que d'ennuis, mon Dieu! Voilà qui fera du tort à l'immeuble.

Il rentra dans sa loge en grognant.

— Montons d'abord au bureau de Mme Giselle, au premier étage.

Tout en parlant, Fournier tira une clef de sa poche et expliqua que la police française avait pris la précaution de fermer la porte à clef et d'y mettre les scellés en attendant le résultat de l'enquête en Angleterre.

— Non pas que je compte trouver ici quelque chose qui puisse nous aider, ajouta-t-il.

Il enleva les scellés, ouvrit la porte et tous deux entrèrent dans une pièce de dimensions restreintes. Dans un coin se trouvait un coffre-fort d'un modèle suranné. Un bureau et quelques fauteuils recouverts de tapisserie râpée complétaient l'ameublement. L'unique fenêtre était sale et, selon toute probabilité, n'avait jamais été ouverte.

Fournier haussa les épaules en jetant un coup d'œil autour de lui.

— Vous voyez? dit-il. Rien, absolument rien.

Poirot passa derrière le bureau et s'assit à la place qu'avait occupée la femme d'affaires. Il regarda Fournier debout en face de lui, caressa la surface du bois, puis passa la main dessous.

— Tiens! Un bouton électrique, annonça-t-il.

— Oui, il sonne chez le concierge.

— Sage précaution. Les clients de Mme Giselle pouvaient parfois faire du raffut.

Il ouvrit un ou deux des tiroirs. Il y vit du papier à lettres, un calendrier, des plumes et des crayons, mais rien d'un caractère privé.

Poirot se contenta d'y jeter un coup d'œil rapide.

— Je ne vous ferais pas l'injure de fouiller ces tiroirs, dit-il à M. Fournier. S'ils avaient contenu quelque objet important vous l'auriez sûrement emporté.

Il considéra ensuite le coffre-fort.

— Un modèle peu sûr, déclara-t-il.

— Légèrement démodé, acquiesça Fournier.

— Etait-il vide?

— Oui, cette sacrée bonne a tout détruit.

— Ah! oui! la bonne! et en même temps femme de confiance. Il faut que nous l'interrogions. Comme vous l'avez constaté vous-même, cette pièce ne nous révèle rien. Je trouve cela significatif.

— Qu'entendez-vous par là, monsieur Poirot?

— En d'autres termes, il n'y a, dans ce bureau, rien de personnel... Détail fort intéressant.

— Mme Giselle n'était pas une femme sentimentale, observa Fournier d'un ton sec.

Poirot se leva.

— Venez, dit-il, allons voir cette domestique... confidente de sa maîtresse.

Elise Grandier, une petite boulotte au visage rouge, dévisagea les deux hommes de ses petits yeux futés.

— Asseyez-vous, mademoiselle Grandier, lui dit Fournier.

— Merci, monsieur.

Elle prit un siège, très calme.

— M. Poirot et moi nous arrivons aujourd'hui de

Londres. Le tribunal d'enquête sur la mort de Mme Giselle s'est réuni hier, et il ne subsiste plus aucun doute: votre maîtresse a été empoisonnée.

La femme hocha tristement la tête.

— C'est affreux, monsieur. Madame empoisonnée? Qui s'attendait à pareil malheur?

— Vous pouvez nous aider à retrouver le coupable, mademoiselle.

— Certainement, monsieur. Je ferai de mon mieux pour seconder la police. Mais je ne sais rien, rien du tout.

— Vous savez que Mme Giselle avait des ennemis, n'est-ce pas? jeta Fournier à brûle-pourpoint.

— Ce n'est pas vrai! Pourquoi voulez-vous que Madame ait eu des ennemis?

— Voyons, voyons, mademoiselle Grandier, poursuivit Fournier, personne n'ignore que la profession de prêteuse d'argent ne va pas sans quelques désagréments.

— Il est exact que les clients de Madame ne se montraient pas toujours très raisonnables.

— Ils faisaient des scènes, hein? Ils la menaçaient?

La servante hocha la tête.

— Non, non, là vous faites erreur. Ils ne menaçaient point. Ils se contentaient de gémir, de se plaindre... protestant qu'ils ne pouvaient payer... Pour ça, oui! proféra-t-elle, la voix chargée de mépris.

— Peut-être se trouvaient-ils quelquefois dans l'impossibilité de rembourser, observa Poirot.

Elise Grandier haussa les épaules.

— Possible. C'était leur affaire! Mais ils finissaient toujours par régler leur dette, conclut-elle, avec du triomphe dans la voix.

— Mme Giselle était, paraît-il, une créancière impitoyable, observa Fournier.

— Elle avait bien raison.

— Vous n'éprouvez aucune compassion pour les victimes?

— Des victimes... des victimes... Il faudrait s'entendre. Est-ce indispensable de se fourrer dans les dettes, de vivre au-delà de ses moyens, pour aller ensuite emprunter et garder l'argent comme s'il s'agissait d'un cadeau? Vous trouvez cela honnête? Madame était bonne et juste. Elle prêtait de l'argent... et exigeait d'être remboursée. N'est-ce point légitime? Elle même ne faisait jamais de dettes. Jamais elle ne laissait une facture impayée. Quant à dire que Madame manquait de cœur, Madame était la charité même. Elle donnait toujours aux petites Sœurs des Pauvres qui se présentaient et envoyait de l'argent aux bonnes œuvres. Quand la femme de Georges, le concierge, est tombée malade, elle l'a fait entrer à ses frais dans une maison de santé à la campagne.

Elle s'arrêta un moment, le visage empourpré de colère; puis elle ajouta:

— Vous ne comprenez pas. Vous ne connaissez pas le caractère de Madame.

Fournier attendit que l'indignation de la femme se calmât et il l'interrogea:

— Vous venez de nous dire que les clients de Mme Giselle finissaient toujours par payer. Savez-vous quels moyens elle employait pour rentrer dans ses fonds?

Elise haussa les épaules:

— Je ne sais rien, monsieur... rien du tout.

— Vous avez cependant brûlé les papiers de votre maîtresse?

— Je me suis bornée à suivre ses instructions. « Si « jamais il m'arrive malheur, m'avait-elle dit, et que « je meure loin de chez moi, brûlez mes papiers « d'affaires. »

— Ceux que contenait le coffre-fort du premier? demanda Poirot.

— C'est bien cela, ses papiers d'affaires.

— Et ils se trouvaient tous dans le coffre?

Son insistance amena une rougeur sur les joues d'Elise.

— J'ai obéi aux ordres de Madame.

— Je le sais, dit Poirot en souriant. Mais ne faites-vous pas erreur? Elle n'avait pas mis ces papiers dans le coffre, n'est-ce pas? Il est d'un modèle trop ancien; le premier amateur venu pourrait l'ouvrir. Les papiers étaient sûrement ailleurs... peut-être dans la chambre à coucher de Madame?

Elise fit une pause avant de répondre:

— Oui, c'est cela. Madame disait toujours aux clients que les papiers étaient rangés dans le coffre; en réalité, ce meuble n'était qu'un trompe-l'œil. Tous les papiers étaient cachés dans la chambre de Madame.

— Voulez-vous nous montrer où?

Elise se leva et les deux hommes la suivirent. La chambre à coucher était assez spacieuse, mais si encombrée de meubles lourds et ouvragés, qu'on s'y déplaçait avec peine. Elise se dirigea vers une malle ancienne et volumineuse, placée dans un coin. Ayant soulevé le couvercle de cette malle, elle en retira une vieille robe d'alpaga doublé de soie. A l'intérieur de la jupe était cousue une poche profonde.

— Les papiers se trouvaient là, monsieur, dans une grande enveloppe cachetée.

— Vous ne m'en avez point parlé lorsque je vous ai interrogée il y a trois jours, lui reprocha Fournier d'un ton sec.

— Excusez-moi, monsieur. Vous m'avez demandé où étaient les papiers qu'aurait dû contenir le coffre-fort. Je vous ai répondu que je les avais brûlés.

C'est la stricte vérité. L'endroit où j'avais pris les papiers me semblait d'importance secondaire.

— C'est exact, déclara Fournier. Toutefois, vous comprendrez, mademoiselle Grandier, que ces papiers n'auraient jamais dû être brûlés.

— J'ai obéi aux ordres de Madame, répéta Elise avec entêtement.

— Vous avez pensé agir pour le mieux, lui dit Fournier. A présent, mademoiselle, je voudrais que vous m'écoutiez attentivement. Mme Giselle a été assassinée. Il se peut qu'elle ait été tuée par une ou plusieurs personnes sur qui elle possédait certains renseignements compromettants. Ces renseignements se trouvaient parmi les documents par vous brûlés. Je vais vous poser une question, mademoiselle. Veuillez ne pas y répondre sans avoir bien réfléchi. Il est possible, je dirai même très excusable, que vous ayez parcouru ces papiers avant de les livrer aux flammes. En ce cas, nous ne vous en tiendrons pas rigueur, bien au contraire: toute indication de votre part aiderait la police à mettre la main sur le ou les criminels. N'ayez donc aucune crainte, mademoiselle, et répondez-moi en toute sincérité. Avant de brûler les papiers, avez-vous eu la curiosité d'y jeter un coup d'œil?

Elise respira profondément, se pencha en avant et déclara tout d'un trait:

— Non, monsieur. Je n'ai rien vu, je n'ai rien lu. J'ai jeté l'enveloppe au feu sans même la décacheter.

CHAPITRE X

Le petit carnet noir.

Pendant un instant, Fournier la regarda fixement, puis certain qu'elle venait de dire la vérité, il déclara, avec un geste de découragement:

— C'est regrettable, mademoiselle. Vous avez agi honnêtement, mais c'est fort regrettable.

— Je n'y puis rien, monsieur.

Fournier s'assit et prit un carnet dans sa poche.

— Lors de votre interrogatoire, vous m'avez affirmé ne pas connaître les noms des clients de Mme Giselle. Cependant, vous venez de nous dire qu'ils pleuraient et suppliaient pour fléchir la créancière. Vous saviez donc quelque chose sur leur compte?

— Je vais vous expliquer. Madame ne citait jamais un nom et ne racontait jamais rien de ses affaires. Mais on n'est pas fait autrement que les autres, n'est-ce pas? On exprime parfois ses réflexions tout haut. Madame me parlait quelquefois comme si elle s'adressait à elle-même.

Poirot se pencha en avant.

— Si vous nous donniez quelques aperçus de ses réflexions, mademoiselle, suggéra-t-il.

— Attendez. Eh bien, voici... S'il lui arrivait une lettre, Madame l'ouvrait, la lisait, puis elle ricanait en disant: « Ah! Tu gémis et tu pleurniches à présent, « ma belle! Tu me paieras tout de même! » Ou bien: « Quels idiots! Ils s'imaginent que je leur avance ces « grosses sommes sans m'entourer de garanties! Con-

« naître certains faits constitue parfois une solide « garantie, Elise. Savoir, c'est pouvoir! » Elle prononçait des phrases de ce genre.

— Avez-vous vu quelques-uns des clients de Madame?

— Non, monsieur, je ne les voyais pas. Ils montaient seulement au premier étage et souvent une fois la nuit tombée.

— Madame a-t-elle séjourné à Paris avant son départ pour Londres?

— Elle était rentrée de la veille.

— D'où venait-elle?

— Elle avait passé une quinzaine à Deauville, Paris-Plage, Le Pinet, Wimereux... Sa tournée habituelle de septembre.

— A présent, attention, mademoiselle. Madame aurait-elle laissé échapper des paroles... de nature à nous guider?

Elise réfléchit quelques instants, puis secoua la tête.

— Non, monsieur, je ne me souviens de rien. Madame était de bonne humeur. Ses affaires marchaient bien, disait-elle. Sa tournée avait été fructueuse. Elle me demanda de téléphoner à l'*Universal Airlines* et de lui réserver une place sur l'avion partant le lendemain matin à destination de Londres. L'avion du matin étant au complet, elle dut prendre celui de midi.

— Vous a-t-elle dit ce qu'elle allait faire en Angleterre? Ce voyage était-il urgent?

— Oh! je ne crois pas, monsieur. Madame se rendait fréquemment à Londres. D'ordinaire, elle m'en prévenait la veille.

— Mme Giselle a-t-elle reçu des clients ce soir-là?

— Un seul, je crois, mais je ne l'affirmerai pas. Madame ne m'a rien dit, mais Georges pourrait peut-être vous renseigner.

Fournier tira de sa poche plusieurs photographies — pour la plupart des instantanés pris par les reporters à la sortie du tribunal d'enquête.

— Mademoiselle, reconnaissez-vous quelqu'un parmi ces gens-là?

Elise examina les photos l'une après l'autre, puis secoua la tête.

— Non, monsieur.

— Allons, peut-être aurons-nous plus de succès auprès de Georges.

— Je le souhaite, monsieur. Malheureusement, Georges n'a pas une très bonne vue.

Fournier se leva.

— Eh bien, mademoiselle, nous prenons congé de vous... c'est-à-dire si vous êtes certaine de n'avoir rien omis.

— Moi? Que puis-je vous dire de plus?

Elise paraissait mal à l'aise.

— Entendu. Venez, monsieur Poirot. Excusez-moi, mais cherchez-vous quelque chose?

Poirot, en effet, faisait le tour de la pièce et regardait autour de lui, l'air curieux.

— Oui, je cherche quelque chose que je ne trouve pas.

— Quoi donc?

— Des photographies. Les portraits des parents de Mme Giselle... de sa famille.

Elise lui fournit l'explication:

— Madame n'avait pas de famille. Elle était seule au monde.

— Elle avait une fille, dit vivement Poirot.

— Ah! oui! C'est vrai. Elle avait une fille.

Elise poussa un soupir.

— Mais où est son portrait? insista Poirot.

— Oh! Monsieur ne comprend pas. Madame avait une fille, mais voilà bien longtemps qu'elle ne la voyait plus.

Elise leva les mains avec un geste expressif.

— Comment cela? demanda Fournier.

— Je n'en sais rien. Madame était très jeune à cette époque. Elle était, paraît-il, jolie et pauvre. Peut-être était-elle mariée, peut-être pas. Pour moi, je crois que non. On prit certainement des dispositions pour assurer l'avenir du bébé. Quant à Madame, elle contracta la petite vérole, elle fut gravement malade et faillit en mourir. Quand elle fut guérie, toute sa beauté s'était enfuie. Alors, adieu, folies! Adieu, l'amour, Madame devint une femme d'affaires.

— Mais n'a-t-elle pas légué toute sa fortune à sa fille?

— Bien entendu, dit Elise. A qui laisserait-on son argent, sinon à des proches? La voix du sang parle plus haut que tout le reste. Madame ne fréquentait pas d'amis. Elle vivait toujours seule. Son unique passion était l'argent — gagner de l'argent et en gagner toujours. Elle dépensait peu et dédaignait le luxe.

— Elle vous a laissé quelque bien. Etes-vous au courant?

— On m'en a prévenue, en effet. Madame s'est toujours montrée très généreuse envers moi. Tous les ans, elle m'offrait de bonnes gratifications en plus de mes gages. Je lui suis extrêmement reconnaissante.

— Nous allons vous quitter, mademoiselle, annonça Fournier. En passant, nous dirons quelques mots encore au vieux Georges.

— Je vous suis dans une petite minute, lui indiqua Poirot.

— Comme il vous plaira.

Fournier s'éloigna.

Une fois de plus, Poirot marcha de long en large

dans la pièce, puis il s'assit et ses yeux se posèrent sur le visage d'Elise.

Sous ce regard scrutateur, la femme parut un peu embarrassée. Elle dit sèchement:

— Monsieur désire-t-il me poser encore quelques questions?

— Mademoiselle Grandier, savez-vous qui a tué votre maîtresse?

— Non, monsieur. Je le jure devant Dieu.

Elle parlait en toute sincérité. Poirot l'examina un moment, puis baissa la tête.

— Bien, j'accepte votre réponse. Toutefois, savoir est une chose, soupçonner, une autre. Avez-vous une idée — je dis seulement une idée — de la personne qui aurait pu commettre ce crime?

— Aucune, monsieur. Je l'ai déjà déclaré à la police.

— Ne pourriez-vous lui répondre d'une manière et à moi d'une autre?

— Pourquoi me parlez-vous ainsi, monsieur? Pourquoi agirais-je de la sorte?

— Parce qu'il en va différemment de renseigner la police et de répondre à un détective privé.

— C'est juste, répliqua Elise.

L'indécision se peignit sur ses traits. Elle semblait réfléchir. Poirot l'étudiait attentivement; il se pencha vers elle et lui dit:

— Voulez-vous apprendre quelque chose, mademoiselle? Ma profession m'oblige à ne point croire tout ce qu'on me dit... du moins ce qui n'est point étayé de solides témoignages. Mes soupçons ne se portent pas sur une autre personne, puis sur une autre. Je suspecte d'abord tout le monde. Celui qui, de près ou de loin, touche à la victime est considéré par moi comme coupable jusqu'à preuve du contraire.

Elise Grandier fronça les sourcils et, tremblante de colère, regarda Poirot.

— Autrement dit, vous me soupçonnez... moi... d'avoir tué Madame? Ça c'est trop fort! Faut-il avoir du vice tout de même pour concevoir de pareilles pensées!

Sa volumineuse poitrine se soulevait et s'abaissait tumultueusement.

— Non, Elise, je ne vous soupçonne pas d'avoir tué Mme Giselle. Le meurtrier est un des passagers de l'avion. Vous ne pouvez l'avoir tuée de votre main. Mais vous avez pu être complice avant l'acte. Vous avez pu donner à quelqu'un des détails sur le voyage de Madame.

— Moi, pas du tout, je le jure!

Pendant quelques instants, Poirot la considéra encore en silence. Puis il hocha la tête:

— Je veux bien vous croire. Cependant, vous ne me dites pas tout. Non! non! Ecoutez-moi. Tout crime présente le même phénomène: au cours de l'interrogatoire, chaque témoin dissimule quelque secret. Souvent — et même presque toujours — il s'agit d'un détail insignifiant, sans rapport direct avec le crime, mais, je le répète, on cache toujours quelque petit mystère. Vous ne faites pas exception à la règle. Non! non! ne protestez pas! Hercule Poirot sait ce qu'il dit. Quand mon ami, M. Fournier, vous a demandé si vous aviez dit tout ce que vous saviez, vous vous êtes troublée et vous avez répondu évasivement. Tout à l'heure, lorsque je vous ai laissé entendre que vous pouviez me parler plus facilement qu'à la police, vous avez soupesé cette idée en votre esprit. Il y a donc *quelque chose* que je voudrais connaître.

— Oh! ce n'est rien d'important.

— Peut-être. Confiez-le-moi tout de même. Souvenez-vous que je n'appartiens pas à la police, ajouta-t-il, voyant qu'elle hésitait.

— C'est vrai, monsieur, je suis perplexe... Je ne sais pas ce que Madame, si elle vivait, désirerait me voir faire.

— On prétend que deux têtes valent mieux qu'une. Voulez-vous que nous examinions la question ensemble?

La femme réfléchissait encore. Poirot se mit à sourire.

— Je vois que vous êtes un excellent chien de garde, Elise. Je comprends qu'il s'agit d'une question de loyauté envers feu votre maîtresse.

— Oui, monsieur. Madame plaçait en moi une confiance illimitée. Depuis que je suis à son service, j'ai toujours suivi fidèlement ses instructions.

— Vous lui étiez reconnaissante d'un grand service qu'elle vous avait rendu, n'est-ce pas?

— Monsieur devine tout. Eh bien! oui, je l'avoue! J'ai été trompée par un homme qui m'a volé toutes mes économies... et m'a abandonnée avec un enfant. Madame m'a comblée de bontés. Elle a fait élever le bébé chez de braves gens à la campagne. C'est alors, monsieur, qu'elle m'a appris qu'elle aussi était mère.

— Vous a-t-elle dit l'âge de son enfant et où il se trouvait?

— Non, monsieur. Elle parlait de sa fille comme si elle lui était étrangère. « Cela vaut mieux ainsi », disait-elle. La petite ne manquait de rien, on lui enseignait une profession. Plus tard, à sa mort, elle lui léguerait sa fortune.

— Elle ne vous a rien confié de plus sur cet enfant ou sur son père?

— Non, monsieur, mais il me vient une idée...

— Je vous écoute, mademoiselle Elise.

— Ce n'est qu'une idée, vous comprenez?

— Parfaitement, parfaitement.

— Je crois que le père de l'enfant était un Anglais.

— Qu'est-ce qui vous fait penser ainsi?

— Rien de précis... mais lorsque Madame parlait des Anglais, sa voix devenait amère. Dans les affaires, elle jubilait chaque fois qu'elle tenait un Anglais sous sa coupe. C'est seulement une impression...

— Qui peut avoir sa valeur: en tout cas, elle ouvre des perspectives... Votre enfant, mademoiselle Elise, était-ce une fille ou un garçon?

— Une fille, monsieur. Mais elle est morte... voilà cinq ans.

— Ah!... Toutes mes sympathies, mademoiselle Elise.

Il y eut un silence.

— A présent, mademoiselle Elise, racontez-moi ce que vous avez hésité à dire jusqu'ici.

Elise se leva, quitta la pièce. Elle revint quelques minutes plus tard avec un petit calepin noir dans la main.

— Ce carnet appartenait à Madame. Il ne la quittait jamais. Au moment de son départ pour l'Angleterre, impossible de mettre la main dessus; elle l'avait égaré. Je l'ai retrouvé ensuite: il était tombé derrière la tête de son lit. Je l'avais rangé dans ma chambre, jusqu'au retour de Madame. J'ai brûlé les papiers dès que j'ai appris sa mort, mais j'ai conservé le carnet. Je n'avais pas d'instruction à ce sujet.

— Quand avez-vous appris la mort de Mme Giselle?

Elise réfléchit un instant.

— Les policiers vous l'ont annoncée, n'est-ce pas? fit Poirot. Ils sont venus ici faire une perquisition. Ils ont trouvé le coffre vide et vous leur avez dit que vous aviez brûlé les papiers, mais en réalité vous ne les avez détruits qu'après leur passage.

— C'est vrai, monsieur, avoua Elise. J'ai profité de ce qu'ils regardaient dans le coffre pour enlever les documents de la malle et je leur ai dit que je les avais brûlés. Le mensonge n'était pas grave, puisque j'ai accompli cet acte dès que l'occasion s'en est présentée. Il me fallait bien suivre les ordres de Madame. Vous comprenez mon embarras, monsieur. Surtout, n'en parlez pas à la police. Votre indiscrétion pourrait me causer de graves ennuis.

— Je crois, mademoiselle Elise, que vous avez agi avec les meilleures intentions du monde. Il est cependant regrettable... fort regrettable... Enfin, à quoi bon gémir sur le passé, et je ne vois d'ailleurs nullement la nécessité de faire connaître à cet excellent M. Fournier l'heure exacte de la destruction des papiers. Voyons, à présent, si le contenu de ce petit calepin peut nous éclairer.

— J'en doute, monsieur. Bien qu'il appartienne personnellement à Madame, vous n'y verrez que des chiffres. Sans les documents et les autres papiers, ces notes ne vous apprendront rien.

De mauvaise grâce, elle remit le carnet à Poirot. Il feuilleta les pages couvertes au crayon d'une écriture penchée. Ces notes, au nombre d'une vingtaine, se ressemblaient toutes. Un nom, suivi de quelques détails, tels que:

C.X. *265, femme de colonel. Garnison en Syrie. Caisse du régiment.*

C.F. 342, *député français. Affaire Stavisky.*

A la fin du carnet, une petite liste de dates et adresses comme:

Le Pinet, lundi. Casino, 19 h 30. *Hotel Savoy,* 5 h. *A.B.C. Fleet Street.* 11 h.

Ces renseignements, très incomplets, semblaient avoir été jetés là non comme des rendez-vous, mais plutôt comme des mémorandums.

Elise observait Poirot avec inquiétude.

— Ces griffonnages n'ont aucun sens, monsieur, du moins à mon avis. Ils n'étaient compréhensibles que pour Madame.

Poirot referma le calepin et le glissa dans sa poche.

— Il peut nous être précieux, mademoiselle. Je vous félicite de me l'avoir donné. Ainsi votre conscience n'aura rien à vous reprocher. Mme Giselle ne vous a pas demandé de brûler ce carnet?

— Ma foi non, répondit Elise, dont le visage s'éclaira légèrement.

— Comme vous n'avez pas reçu d'instructions sur la façon d'en disposer, vous devez le remettre à la police. Je prierai M. Fournier de ne point vous tracasser pour n'avoir pas rempli plus tôt cette formalité.

— Monsieur est bien aimable.

Poirot se leva.

— Je vais à présent rejoindre mon collègue. Une dernière question. Lorsque vous avez retenu une place dans l'avion pour Mme Giselle, vous êtes-vous adressée à l'aérodrome du Bourget, ou avez-vous téléphoné au bureau de la compagnie?

— J'ai téléphoné au bureau de l'*Universal Airlines,* monsieur.

— Au boulevard des Capucines, n'est-ce pas?

— Oui, monsieur, 254, boulevard des Capucines.

Poirot nota le numéro dans son petit carnet, puis avec un salut amical, quitta l'appartement.

CHAPITRE XI

L'Américain

Absorbé dans sa conversation avec le vieux Georges, Fournier paraissait mécontent.

Le concierge grognait de sa voix rauque:

— Toujours les mêmes, ces policiers! Ils ne cessent de vous poser des questions! Qu'espèrent-ils donc? Que tôt ou tard on s'écarte de la vérité pour raconter des mensonges... naturellement des mensonges qui arrangent les faits au gré de *ces messieurs*.

— Je ne vous demande pas de me raconter des mensonges, mais seulement la vérité.

— Eh bien, je ne cesse de vous la dire, la vérité! Parfaitement! Une femme est venue voir Mme Giselle la veille de son départ pour l'Angleterre. Vous me montrez un tas de photos et vous voulez que je reconnaisse cette femme parmi elles. Je vous le répète pour la cinquième ou sixième fois, ma vue est mauvaise... Il faisait sombre... et je ne l'ai pas regardée de près. Je ne l'ai pas reconnue la dame et ne la reconnaîtrais pas même si je la voyais devant moi en chair et en os! Voilà!

— Vous ne pouvez vous rappeler si elle était petite ou grande, blonde ou brune, jeune ou vieille? J'ai peine à le croire.

Fournier parlait d'un ton irrité et sarcastique.

— Ne le croyez pas si vous voulez! Je m'en moque... Cela vous dégoûte d'avoir affaire à la police! Si Mme Giselle n'avait pas été tuée là-haut dans les nuages, vous m'accuseriez, sans doute, moi, de l'avoir empoisonnée. Je vous connais, vous autres!

Poirot prévint une réponse furibonde de la part de Fournier en glissant délicatement le bras sous celui de son ami.

— Venez, mon vieux. Mon estomac crie famine. Allons prendre un repas simple, mais substantiel. Je propose une omelette aux champignons, une sole normande, un Port-Salut, le tout arrosé de vin rouge. Quel vin, exactement?

Fournier consulta sa montre.

— Tiens, c'est vrai! Déjà une heure! En parlant à cet animal...

Il lança un regard sévère vers Georges.

Poirot sourit aimablement au vieux concierge, et lui dit:

— Alors, c'est entendu: la dame inconnue n'était ni grande ni petite, ni brune ni blonde, ni maigre ni grosse. Vous pourrez tout de même nous dire si elle était chic?

— Chic! fit Georges, l'air admiratif.

— Je retiens votre réponse, dit Poirot. C'est une femme chic et j'ai idée qu'elle produit encore plus d'effet en costume de bain?

Georges le regarda fixement.

— En costume de bain? Que me chantez-vous là?

— Une jolie femme est toujours plus charmante en costume de bain. Regardez-moi ça.

Il tendit au vieux Georges la feuille détachée du *Sketch.*

Le bonhomme en demeura bouche bée.

— Eh bien, qu'en dites-vous? lui demanda Poirot.

— Ils sont joliment bien balancés, ces deux-là, dit Georges en rendant la page du magazine. Autant dire qu'ils sont en tenue d'Adam et Eve.

— Ah! C'est que nous avons découvert l'action

bienfaisante du soleil sur la peau. C'est excellent pour la santé.

Georges acquiesça par un grognement, puis rentra dans sa loge, tandis que Fournier et Poirot sortaient dans la rue ensoleillée.

Au cours du repas, le petit détective belge tira de sa poche le calepin noir de Mme Giselle.

Fournier témoigna une vive curiosité et manifesta sa colère contre Elise.

— Son attitude s'explique, fit Poirot. La police... ce mot suffit à effrayer les petites gens. Il représente à leurs yeux une foule d'embêtements; il en va de même dans tous les pays.

— C'est là votre supériorité sur nous. Le détective privé tire des témoins beaucoup plus que nous ne pouvons en obtenir par les voies officielles. Toutefois, il y a l'autre côté de la médaille. Nous autres, nous pouvons accéder aux dossiers... et nous disposons d'une organisation de premier ordre.

— Si vous voulez, travaillons ensemble, en toute amitié, dit Poirot, souriant. Cette omelette est délicieuse.

En attendant la sole, Fournier feuilleta le calepin noir. Puis il prit des notes au crayon sur son propre carnet.

— Avez-vous lu ceci? demanda-t-il à Poirot.

— Non. J'y ai seulement jeté un coup d'œil. Vous permettez?

Il prit le calepin des mains de Fournier.

Lorsque le garçon eut servi le fromage, Poirot posa le calepin sur la table et regarda le Français.

— Il y a là certaines annotations..., commença Fournier.

— Cinq, dit Poirot.

— Cinq... je suis de votre avis.

Fournier lut dans son propre carnet:

C. L. 52, *femme d'un lord. Mari.*
B. T. 362, *médecin, Harley Street.*
M. R. 24, *contrefaçon d'antiquité.*
X. V. B. 724, *Anglais. Abus de confiance.*
G. F. 45, *tentative de meurtre. Anglais.*

— Excellent, mon ami. Je constate que nos esprits fonctionnent avec une harmonie parfaite. Dans toutes ces pages, ces cinq lignes seulement paraissent avoir quelque rapport avec les passagers du *Prométhée*. Reprenons-les une par une.

— *Femme d'un lord. Mari,* prononça Fournier. Il s'agit probablement de lady Horbury. C'est, paraît-il, une passionnée du jeu. Rien de plus naturel qu'elle ait emprunté de l'argent à Mme Giselle. Sa clientèle se composait spécialement de ce genre de personnes. Le mot *mari* peut être interprété de deux façons: Mme Giselle s'attendait à ce que le mari payât les dettes de sa femme, ou la prêteuse possédait quelque secret qu'elle menaçait de révéler au mari.

— Oui, dit Poirot, l'une ou l'autre de ces suppositions s'applique au cas de la dame; cependant, je pencherais pour la seconde, d'autant que tout me porte à croire que la visiteuse de Mme Giselle, la veille du voyage de celle-ci en avion, était lady Horbury.

— Ah! Vous la soupçonnez?

— Oui, et il me semble que vous partagez mon opinion sur ce point. Notre vieux concierge témoigne d'une discrétion un peu trop chevaleresque, peut-être. Son entêtement à ne point se souvenir de ladite visiteuse en dit long là-dessus. Lady Horbury est certes très jolie. J'ai remarqué le léger tressaillement du père Georges — oh! à peine visible — lorsque je lui ai tendu le portrait de cette dame en costume de bain reproduit dans le *Sketch*. Lady Horbury elle-même s'est rendue chez Giselle ce soir-là, sans aucun doute.

— Elle l'a suivie depuis le Pinet, prononça lentement Fournier. Cela montre son affolement.

— Votre supposition me paraît vraisemblable.

Fournier le considéra d'un œil curieux.

— Mais elle ne cadre point avec vos idées personnelles, hein?

— Je vous l'ai déjà dit, cher ami, les indices qui, à mon sens, constituent une preuve de culpabilité m'entraînent sur une fausse piste... Je nage en plein mystère. Pourtant...

— Voudriez-vous me dire quels sont ces indices? lui demanda Fournier.

— Non, parce que, là aussi, je puis me tromper, et en vous les révélant je ne réussirais qu'à vous induire en erreur. Travaillons donc chacun selon nos vues personnelles. Reprenons l'examen des notes de l'agenda de Mme Giselle.

— *B. T. 362, médecin. Harley Street,* lut Fournier à haute voix.

— Ce qui désigne très probablement le docteur Bryant. Renseignement plutôt laconique, mais il ne faut rien négliger.

« Laissons ce sujet britannique aux soins de l'inspecteur Japp.

— Il m'appartient également, protesta Poirot. Moi aussi, je veux ma part du gâteau.

— *M. R. 24. Contrefaçon d'antiquités,* continua Fournier. Je pousse peut-être les choses un peu loin, mais cette ligne pourrait très bien s'appliquer aux Dupont.

« Ne nous y fions pas trop, cependant, M. Dupont est un archéologue éminent connu dans le monde entier et il jouit partout de la plus haute considération.

— Ce qui constitue pour lui un énorme appoint et aplanit en sa faveur maintes difficultés. Mon cher Fournier, songez à l'estime et à l'admiration dont sont entourés la plupart des fameux escrocs... avant d'être démasqués!

— Ce n'est que trop vrai, acquiesça le Français avec un soupir.

— Une bonne réputation, déclara Poirot, est essentielle pour un escroc de grande envergure. Voilà un sujet à méditer. Mais revenons à nos moutons.

— X. V. B. 724, paraît très ambigu. *Anglais. Abus de confiance.*

— Pas très explicite, en effet. Qui, d'ordinaire, se rend coupable d'un abus de confiance? Un notaire? Un employé de banque. Tout homme qui occupe un poste important dans une firme commerciale. Ce ne peut être un écrivain, un dentiste, ni un médecin. Mr. James Ryder est le seul représentant du commerce. Il a pu détourner des sommes d'argent et emprunter à Mme Giselle pour cacher son vol. Voyons le dernier: *G. F.* 45. *Tentative de meurtre. Anglais.* Le champ est vaste: écrivain, dentiste, médecin, homme d'affaires, garçon de restaurant, coiffeuse, dame de la noblesse... n'importe laquelle de ces personnes peut être le *G. F.* 45. Seuls, les Dupont en sont exclus en raison de leur nationalité.

Poirot appela le garçon et lui demanda l'addition.

— Où allons-nous ensuite, mon ami?

— A la Sûreté, mon cher Poirot. Il y a peut-être du nouveau pour moi.

— Bien, je vous accompagne. Ensuite, j'effectuerai une petite démarche pour mon compte personnel et où votre aide me sera précieuse.

A la Sûreté, M. Poirot renoua connaissance avec le chef de la police, qu'il avait rencontré plusieurs années auparavant au cours d'une enquête. M. Gilles se montra affable.

— Enchanté d'apprendre que vous vous occupez de cette affaire, monsieur Poirot.

— Ma foi, mon cher monsieur Gilles, le crime a été commis sous mes yeux. Je considère ce crime comme une insulte personnelle! Hercule Poirot dort tandis qu'on assassine quelqu'un à côté de lui!

M. Gilles hocha discrètement la tête.

— Oh! Ces avions! Par mauvais temps, ils sont loin d'être stables; il s'en faut même de beaucoup. Il m'est arrivé à moi-même une ou deux fois d'être malade en survolant la Manche.

— On prétend qu'on fait marcher une armée par l'estomac, observa Poirot, mais combien plus sensible est l'influence de l'appareil digestif sur les circonvolutions délicates du cerveau! Quand le mal de mer me prend, moi, Hercule Poirot, je ne suis plus qu'un individu quelconque de la race humaine, avec une intelligence bien au-dessous de la moyenne! Pitoyable! A propos, que devient mon excellent ami Giraud?

M. Gilles, homme prudent, ne releva pas le sens de cet « à propos », du petit Belge, mais répondit que Giraud continuait d'avancer en grade.

— Il est plein de zèle et d'une énergie inlassable, ajouta-t-il.

— Il n'a pas changé, dit Poirot. Il se démène, il court de tous côtés, ne sait où donner de la tête, on le voit ici et là... partout. Il n'a pas même le temps de s'arrêter pour réfléchir.

— Ah! monsieur Poirot, voilà votre théorie. Un homme du genre de M. Fournier présente plus d'affinités avec vous. Il sort de la nouvelle école et attache une grosse importance à la psychologie. Vous devez mieux vous entendre avec lui.

— Naturellement... naturellement.

— Il connaît fort bien l'anglais. Pour cette raison, nous l'avons envoyé à Croydon afin qu'il mène cette enquête. Mme Giselle était une figure bien connue à Paris. La façon dont le meurtre a été commis reste des plus... extraordinaires. Un dard empoisonné, lancé par un chalumeau dans un avion! Je vous demande un peu! Est-ce possible que pareil fait se produise?

— Voilà! s'écria Poirot. Vous avez mis le doigt dessus... Vous venez d'enfoncer le clou!... Ah! voici notre ami Fournier. A en juger par votre mine, Fournier, vous nous apportez du nouveau.

Le mélancolique Fournier paraissait, en effet, très surexcité.

— Oui, un antiquaire grec, un certain Zéropoulos, a déclaré avoir vendu un chalumeau et des dards trois jours avant le meurtre.

La nouvelle causa une vive sensation.

— Monsieur, dois-je interroger cet homme? ajouta Fournier, s'adressant à son chef.

— Certes. Allez-y tout de suite. M. Poirot vous accompagnera-t-il?

— J'en serais enchanté, dit Poirot. Cela me paraît intéressant... extrêmement intéressant.

La boutique de M. Zéropoulos, située rue Saint-Honoré, semblait des mieux fournies. On y voyait de magnifiques poteries persanes, un ou deux bronzes de Louristan, quantité de bijoux indiens de pacotille, des rayons garnis de soieries et de broderies de divers pays, toute une collection de perles sans valeur aucune, et de bibelots égyptiens à bon marché. C'était un de ces magasins où l'on paie un million de francs ce qui, en réalité, vaut un demi-million, ou dix francs un objet valant tout juste cinquante centimes. Sa clientèle se composait surtout de touristes américains et d'amateurs érudits.

M. Zéropoulos était un petit homme râblé, aux yeux noirs, brillants comme des perles. Très loquace, il ne cessait de parler, avec une volubilité étourdissante.

Ces messieurs appartiennent à la police? Il était

ravi de leur visite! Voulaient-ils entrer dans son bureau privé? En effet, il avait vendu un chalumeau et des dards — une curiosité de l'Amérique du Sud.

— Vous comprenez, messieurs, je vends un peu de tout ici! J'ai ma spécialité: l'article persan. M. Dupont, le distingué archéologue, vous en dira des nouvelles. Souvent, il vient admirer ma collection... contempler mes nouveaux achats... donner son approbation sur l'authenticité de certaines pièces. Quel homme! Un vrai puits de science! Quels yeux! Quel flair! Mais je m'écarte du sujet. Je vous disais donc que je possède une collection... une collection de grande valeur, estimée de tous les connaisseurs, et aussi un assortiment d'articles disparates. Si vous voulez, messieurs, appelons cela ma camelote! Mais, entendons-nous bien: de la camelote étrangère, provenant des mers du Sud, de l'Inde, du Japon, de Bornéo. Peu importe. Habituellement, je n'établis pas de prix pour ces fouillis. Si un client s'y intéresse, je lui fixe un prix selon une rapide estimation et, en fin de compte, je me laisse rouler, il emporte la marchandise pour la moitié de ce que je lui demandais. Cependant, je ne me plains pas, le commerce va bien. J'achète ces articles à des marins de passage, ordinairement à bas prix.

M. Zéropoulos reprit haleine, puis, satisfait de lui-même, de son importance et de sa faconde, continua son monologue.

— J'avais ce chalumeau et ces dards depuis très longtemps... au moins deux ans. Ils se trouvaient là, sur ce plateau, avec un collier de couris (1), une coiffure de Peau-Rouge, une ou deux idoles en bois et quelques perles de jade. Personne ne s'y arrêtait,

[1] Petits gastéropodes dont le coquillage sert de monnaie dans certaines parties de l'Afrique et de l'Asie.

lorsque, un jour, cet Américain me demanda des renseignements à leur sujet.

— Un Américain? répéta Fournier.

— Oui, un Américain, et encore pas de la meilleure espèce... ce genre de types d'une ignorance crasse et dont l'ambition se borne à rapporter une quelconque antiquité aux Etats-Unis. Ces gens-là font la fortune des marchands de perles égyptiens... Ils achètent des scarabées les plus grotesquement fabriqués en Tchécoslovaquie. Je n'ai pas été long à jauger mon homme. Je lui parle des habitudes de certaines tribus et des poisons mortels dont elles font usage. Je lui fais valoir la rareté d'un tel objet. Il s'enquiert du prix. Je le lui apprends. Bien entendu, j'annonce mon chiffre destiné aux Américains, moins élevé, toutefois, qu'auparavant.

— Hélas! ils souffrent également de la crise, chez eux.

— Je m'attends à ce qu'il marchande, mais il me paie sans barguigner. J'en demeure stupéfait. Dommage: j'aurais pu obtenir davantage! J'enveloppe le chalumeau et les dards dans un papier et il emporte le tout. J'avais oublié l'incident jusqu'au jour où je lus dans le journal le récit de cet étrange crime. Je me suis demandé... oui, je me suis demandé... Et je me suis mis en communication avec la police.

— Nous vous en sommes très reconnaissants, lui dit Fournier poliment. Croyez-vous pouvoir reconnaître ce chalumeau et ces dards? Pour le moment, ils se trouvent à Londres, mais vous aurez sûrement l'occasion de les identifier.

— Le chalumeau était long comme cela, dit M. Zéropoulos, indiquant une mesure sur son bureau — et de la grosseur de mon porte-plume. Il était de couleur claire. Les dards — il y en avait quatre — étaient de longues épines légèrement décolorées à la pointe, avec un petit duvet rouge collé dessus.

— De *la soie rouge?* demanda Poirot.

— Oui, monsieur. Un rouge cerise quelque peu passé.

— C'est curieux, observa Fournier. Etes-vous certain que sur l'un d'eux le duvet n'était pas noir et jaune?

Le marchand secoua négativement la tête.

— Noir et jaune? Non, monsieur.

Fournier interrogea Poirot du regard. Un sourire de satisfaction épanouissait le visage du petit Belge. Fournier se demandait la raison de ce sourire. Zéropoulos mentait-il?

Il dit d'un ton ambigu:

— Il y a peut-être dix-neuf chances sur vingt pour que ce chalumeau et ces dards n'aient rien à voir avec le crime. Néanmoins, j'aimerais que vous nous donniez le signalement aussi exact que possible de votre Américain.

Zéropoulos étendit ses deux mains.

— C'était simplement un Américain. Il nasillait, ignorait le français, mâchait de la gomme et portait des lunettes d'écaille. Il était grand et, ce me semble, assez jeune.

— Brun ou blond?

— Je ne saurais le préciser. Il a gardé son chapeau.

— Le reconnaîtriez-vous?

Zéropoulos ne pouvait l'affirmer.

— Je n'en suis pas certain. Tant d'Américains vont et viennent dans mon magasin! D'autre part, je n'ai rien remarqué de spécial chez lui.

Fournier étala sous ses yeux la collection d'instantanés, mais en vain. Le Grec ne reconnut son client sur aucune des photographies.

— Nous avons perdu notre temps, dit Fournier en quittant la boutique.

— C'est possible, acquiesça Poirot, mais attendons.

Les étiquettes des poteries étaient de la même forme et certaines remarques de M. Zéropoulos me paraissent dignes de réflexion. A présent, mon ami, continuons notre chasse. Vous ne m'en voudrez pas si nous revenons bredouilles?

— Où allons-nous?

— Au boulevard des Capucines.

— Voyons... C'est?...

— Le bureau de l'*Universal Airlines.*

— Ah! oui! Nous avons déjà mené notre petite enquête de ce côté, et sans rien recueillir d'intéressant.

Poirot lui tapa amicalement sur l'épaule.

— Ah! la réponse dépend de la question. Vous ne saviez pas quelles questions poser.

— Et vous le savez?

— Moi foi, j'ai une petite idée en tête.

Il n'en dit pas davantage et bientôt ils arrivèrent au boulevard des Capucines.

Le bureau de l'*Universal Airlines* était de dimensions restreintes. Un jeune homme brun, l'air éveillé, se tenait derrière un comptoir de bois verni et un gamin de quinze ans environ était assis devant une machine à écrire.

Fournier déclina sa qualité de policier et l'employé, nommé Jules Perrot, se mit à son entière disposition.

A l'instigation de Poirot, le petit dactylographe fut envoyé en course.

— Ce que nous avons à vous dire est d'ordre confidentiel, expliqua-t-il à l'employé.

Jules Perrot parut agréablement surpris.

— Je vous écoute, messieurs.

— Il s'agit du meurtre de Mme Giselle.

— Ah! oui! Je m'en souviens. J'ai déjà répondu à quelques questions touchant ce crime.

— Parfaitement, mais il est nécessaire de préciser

certains détails. Quand Mme Giselle a-t-elle retenu sa place?

— Je l'ai déjà dit. Elle l'a retenue par téléphone, le 17.

— Pour l'avion partant à midi, le lendemain?

— Oui, monsieur.

— Il me semble pourtant que la domestique parlait de l'avion de huit heures quarante-cinq du matin.

— Non, non... du moins voici ce qui s'est passé. La bonne de Mme Giselle a demandé une place pour l'avion de huit heures quarante-cinq, mais comme celui-ci était au complet, nous lui avons offert une place dans le *Prométhée,* quittant le Bourget à midi.

— Ah! je comprends. Je comprends.

— Oui, monsieur.

— Je comprends... Je comprends... mais c'est tout de même curieux, très curieux.

L'employé le regardait, étonné.

— Un ami à moi, ayant décidé de partir pour l'Angleterre à la dernière minute, prit ce matin-là l'avion de huit heures quarante-cinq et m'a dit qu'il était à moitié vide.

M. Perrot feuilleta quelques papiers et se moucha.

— Votre ami s'est sans doute trompé. Peut-être s'agissait-il de la veille ou du lendemain?...

— Du jour même, puisqu'il m'a fait remarquer que s'il avait manqué le départ du matin, il se serait trouvé dans le *Prométhée.*

— Vraiment? Ça, c'est curieux. Souvent des personnes ayant retenu des places n'arrivent pas à l'heure du départ et il reste alors des sièges inoccupés... Et puis des erreurs se produisent parfois. Je vais me renseigner au Bourget. Les employés ne sont pas toujours précis...

Le regard interrogateur de Poirot posé sur lui décontenança visiblement Jules Perrot. Il se retourna et ses yeux papillotèrent. Une gouttelette de transpiration brilla sur son front.

— Ces deux explications paraissent plausibles. Toutefois, dit Poirot, la vérité est tout autre. Voyons, n'estimez-vous pas qu'il vaudrait mieux avouer?

— Avouer quoi? Je ne comprends pas.

— Mais si, vous me comprenez fort bien. Il s'agit d'un meurtre, monsieur Perrot. Je vous prie de ne point perdre de vue cette idée. Si vous omettez sciemment de nous fournir les renseignements exacts, les conséquences peuvent être fâcheuses pour vous. La police se montrera sévère si vous contrecarrez son travail.

Jules Perrot le dévisagea, bouche ouverte, mains tremblantes.

— Avouez! commanda Poirot. Nous désirons des renseignements précis. Combien avez-vous touché et qui vous a payé?

— Je ne croyais point mal faire... Je ne pensais pas... Jamais je n'aurais cru...

— Combien et qui?

— Cinq... cinq mille francs. Je voyais ce monsieur pour la première fois. Je... je suis un homme perdu.

— Oui, si vous ne dites pas tout ce que vous savez. Allons, parlez, nous savons le pire. Racontez-nous comment tout cela s'est produit.

La transpiration lui coulant sur le front, Jules Perrot s'exprima d'une voix saccadée.

— Je ne m'imaginais pas mal agir... Sur mon honneur, je n'y ai vu aucun mal. Un homme est entré et m'a dit qu'il partait pour l'Angleterre le lendemain matin. Il voulait emprunter de l'argent à Mme Giselle, et il croyait augmenter ses chances de succès en ayant l'air de la rencontrer par hasard. Il savait que cette dame se rendait en Angleterre le lendemain. Mon rôle se bornait à lui dire que le premier avion était complet et à lui réserver le siège n° 2 dans le *Prométhée*. Je jure, messieurs, que je n'ai vu aucune malice là-dedans. Les Américains sont ainsi faits: ils traitent les affaires à leur manière...

— Les Américains? interrompit vivement Fournier.

— Oui, ce monsieur était Américain.

— Décrivez-nous-le.

— Grand, voûté; il avait des cheveux gris, des lunettes bordées d'écaille et une petite barbiche.

— A-t-il retenu une place pour lui-même?

— Oui, monsieur, le siège n° 1... à côté d'elle... de celui que je devais réserver à Mme Giselle.

— A quel nom?

— Silas... Silas Harper.

Poirot hocha lentement la tête.

— Il n'y avait aucun passager de ce nom, et le siège était vide.

— J'ai lu dans les journaux que cette place était inoccupée, voilà pourquoi j'ai cru inutile de parler de cette affaire. Etant donné que cet homme n'a pas voyagé dans le *Prométhée*...

Fournier lui lança un coup d'œil glacial, et lui dit:

— Vous avez caché à la police des renseignements de la plus haute importance, monsieur. Vous avez commis une faute très grave.

Puis il quitta le bureau en compagnie de Poirot, laissant là Jules Perrot qui les suivait des yeux d'un air effaré.

Sur le trottoir, Fournier retira son chapeau et salua Poirot.

— Mes compliments, monsieur Poirot. Comment cette idée vous est-elle venue?

— De deux phrases bien distinctes. La première fut prononcée ce matin même par un voyageur qui se trouvait dans notre avion. Il disait à son voisin que, le matin du crime, il était monté dans un avion presque vide. Et la seconde me vient d'Elise: à l'heure où elle téléphona à l'*Universal Airlines*, a-t-elle dit, il ne restait plus de place pour le départ du matin. Ces deux témoignages ne concordaient point. Je me rappelai aussi que le garçon du *Prométhée* affirmait avoir déjà vu Mme Giselle dans l'avion du matin... Elle avait donc l'habitude de prendre l'avion de huit heures quarante-cinq.

« *Mais quelqu'un avait intérêt à ce qu'elle partît par celui du midi...* quelqu'un qui voyageait sur le *Prométhée*. Pourquoi l'employé a-t-il répondu que l'avion était au complet? Etait-ce une erreur ou un mensonge? Je penchais pour la seconde hypothèse et... j'avais raison.

— De minute en minute, l'affaire se complique, s'écria Fournier. D'abord, nous suivons la piste d'une femme. A présent, c'est d'un homme qu'il s'agit. Cet Américain...

Il fit une pause et regarda Poirot.

Celui-ci hochait doucement la tête.

— Oh! mon ami, il est extrêmement facile de se faire passer pour un Américain... ici à Paris! Une voix nasale, une petite barbiche, des lunettes à bord d'écaille, de la gomme à mâcher dans la bouche... cela suffit pour improviser un Américain d'opérette.

Il prit dans sa poche la feuille arrachée du *Sketch*.

— Que regardez-vous?

— Une comtesse en costume de bain.

— Vous croyez?... Mais non! Elle est petite, jolie, délicate... elle ne saurait se déguiser en un Américain grand et voûté. Elle a fait du théâtre, je vous l'accorde, mais tout de même, il lui est impossible de jouer ce rôle. Non, mon ami, cette supposition ne tient pas debout.

— Soit, dit Hercule Poirot.

Cependant, il examinait l'image avec un redoublement d'attention.

CHAPITRE XII

Au château d'Horbury

Debout près du buffet, lord Horbury se servit distraitement de rognons.

Stephen Horbury avait trente-huit ans. Avec son crâne étroit et son menton allongé, il paraissait ce qu'il était en réalité: un amateur de la vie au grand air, sans rien de transcendant au point de vue intellectuel. Ajoutez à cela un cœur généreux, une pointe de vanité, une loyauté à toute épreuve et une opiniâtreté inébranlable.

Il s'attabla devant son assiette garnie et commença à manger. Il ouvrit un journal, puis le mit de côté presque aussitôt en fronçant le sourcil. Enfin, il repoussa son assiette à demi pleine, avala une tasse de café, et se leva. Un instant, il demeura l'air hésitant, puis avec un léger mouvement de tête, il quitta la salle à manger, traversa le spacieux vestibule et monta l'escalier. Il frappa à une porte et attendit. De l'intérieur une voix claire se fit entendre:

— Entrez!

Lord Horbury ouvrit la porte et pénétra dans la superbe chambre à coucher où Cicely Horbury reposait, assise dans un immense lit en chêne sculpté de style Elisabeth. Elle était délicieuse en pyjama de soie rose et auréolée des boucles d'or de sa chevelure. Elle venait de déjeuner d'un jus d'orange et d'une tasse de café et le plateau se trouvait placé sur un guéridon à côté d'elle. Tandis qu'elle ouvrait ses lettres, sa femme de chambre allait et venait dans la pièce.

Tout homme eût été excusable de sentir son cœur battre un peu plus vite en présence de tant de grâce, mais lord Horbury n'éprouvait nulle émotion devant le tableau ravissant que présentait son épouse à cette heure matinale.

Il fut un temps — il y avait de cela trois ans — où la beauté éblouissante de sa Cicely bouleversait le cœur de lord Horbury. Il avait été passionnément amoureux d'elle. A présent, tout était fini. Il avait été fou; maintenant, il recouvrait sa raison.

Surprise de cette visite, lady Horbury l'interrogea:

— Eh bien, Stephen? Que se passe-t-il?

D'un ton bref, il répondit:

— Je voudrais vous parler un instant seul à seule.

— Madeleine, dit lady Horbury à sa femme de chambre, veuillez vous retirer.

— Très bien, milady.

La jeune Française quitta la pièce après avoir lancé un coup d'œil dans la direction de lord Horbury.

Quand elle eut refermé la porte, lord Horbury prit la parole:

— Je désirerais savoir pourquoi vous revenez ici, Cicely.

Lady Horbury haussa les épaules.

— Et pourquoi n'y reviendrais-je pas?

— Pourquoi? Il y a, ce me semble, d'excellentes raisons pour cela.

— Oh! des raisons...

— Parfaitement. Il a été convenu entre nous, vous le savez bien, que, vu l'état de nos relations, mieux valait ne plus vivre sous le même toit. Je vous abandonne la maison de Londres, avec une très généreuse pension. Jusqu'à un certain point, je vous laissais libre de vivre à votre fantaisie. Pourquoi ce retour soudain?

De nouveau, Cicely haussa les épaules.

— Je croyais... plus convenable...

— Oui... pour des questions d'argent?

— Dieu! que je vous hais! cria soudain Cicely. Vous êtes l'homme le plus vil qui existe sur terre!

— Vil! Vous osez me traiter ainsi alors que, pour satisfaire à vos caprices, j'ai dû hypothéquer Horbury!

— Horbury... Horbury... vous ne pensez qu'à Horbury! Les chevaux, la chasse, les moissons et les vieux fermiers raseurs. Quelle existence, pour une femme!

— Certaines femmes s'en accommoderaient très bien.

— Oui, des femmes comme Venetia Kerr, qui ellemême ressemble à un cheval. Vous auriez dû choisir une compagne comme celle-là.

Lord Horbury se dirigea vers la fenêtre.

— Il est bien temps de me le conseiller. N'est-ce pas vous que j'ai épousée?

— Et vous êtes lié pour la vie, dit Cicely, éclatant d'un rire malicieux et triomphant. Vous voudriez vous débarrasser de moi, mais vous voyez bien que c'est impossible.

— Pourquoi me rabâcher encore ces sornettes?

— Avec votre religion et vos idées rétrogrades... Mes amis rient comme des fous lorsque je leur répète vos propos ridicules!

— Grand bien leur fasse! Revenons à ma question première. Pour quelle raison revenez-vous ici?

Mais sa femme s'obstinait à faire dévier la conversation.

— Vous avez annoncé dans les journaux que vous ne répondiez pas de mes dettes. Vous trouvez cette attitude digne d'un homme bien élevé?

— J'ai dû prendre cette décision malgré moi. Je vous ai déjà avertie. Deux fois, j'ai réglé vos factures, mais il y a une limite. Votre passion effrénée du jeu...

à quoi bon discuter? Mais je voudrais savoir ce qui vous amène à Horbury. Ce château vous déplaît, vous vous y ennuyez à mourir. Pourquoi y êtes-vous revenue?

Cicely Horbury répondit, avec une petite moue:

— J'estime que cela vaut mieux ainsi, pour l'instant.

— Pour l'instant?

Il répéta ces mots pensivement. Puis il interrogea sa femme d'une voix incisive:

— Cicely, avez-vous emprunté de l'argent à cette vieille usurière?

— Qui ça? Je ne sais même pas de qui vous parlez.

— Vous le savez parfaitement. Je fais allusion à cette vieille femme qui a été assassinée dans le *Prométhée*. Lui avez-vous emprunté de l'argent?

— Bien sûr que non! Quelle idée!

— Ne dites pas de sottises, Cicely. Si cette femme vous a prêté de l'argent, mieux vaut me l'avouer. Sachez que cette affaire n'est pas close. Le jugement du tribunal d'enquête concluait à un meurtre avec préméditation commis par un ou plusieurs inconnus. Cette prêteuse laisse sûrement des traces de ses opérations. Si jamais l'on découvre quelque relation entre vous et elle, nous devons prendre l'avis de Floulkes et préparer notre réponse.

Floulkes, Floulkes, Wilbraham et Floulkes étaient les avoués de la famille Horbury depuis des générations.

— N'ai-je pas affirmé devant le tribunal que je ne connaissais pas cette femme? dit Cicely.

— Cela ne prouve pas grand-chose, observa sèchement son mari. Si vous avez eu affaire avec cette Giselle, soyez certaine que la police s'en apercevra.

Cicely se redressa, frémissante de colère.

— Vous me soupçonnez peut-être de l'avoir tuée...

de m'être levée dans l'avion pour lui envoyer des dards empoisonnés au moyen d'un chalumeau. Quelle démence!

— Evidemment, tout cela paraît absurde, acquiesça Stephen. Je souhaiterais néanmoins que vous me rendiez exactement compte de votre situation...

— Ma situation? Ma situation? Vous ne croyez pas un mot de ce que je dis. C'est scandaleux! Pourquoi vous soucier à ce point de moi subitement? Que vous importe mon sort? Vous me haïssez et seriez ravi d'apprendre ma mort demain. Pourquoi vouloir prétendre le contraire?

— Vous exagérez! Si vieux jeu que je puisse vous paraître, je tiens en tout cas à l'honneur de mon nom... sentiment que vous méprisez sans doute, mais que vous ne changerez pas!

Là-dessus, il fit demi-tour et quitta la chambre.

Le sang battait à ses tempes et les pensées se succédaient dans son esprit avec une rapidité foudroyante.

« La détester? La haïr? oui, c'est peut-être vrai. Me réjouirais-je de sa mort? Eh bien! oui! Je me sentirais libre comme un homme à qui l'on ouvre les portes de sa prison. Quelle vaste blague que l'existence! Lorsque je vis Cicely pour la première fois dans la revue *Allez-y!* qu'elle était ravissante! Si blonde et si jolie! Espèce d'idiot que j'étais! J'en perdais la tête. Alors que je la croyais douce et adorable, jamais elle ne cessa d'être ce qu'elle est à présent; une tête sans cervelle, une femme vulgaire, perverse et méprisable... Aujourd'hui, je ne lui trouve même plus de beauté!

Il siffla et un épagneul accourut vers lui, le regardant de ses bons yeux fidèles.

Il lui caressa ses longues oreilles:

— Ma bonne vieille Betsy, murmura-t-il.

Il pensait en lui-même:

« Et dire qu'on traite parfois une femme de chienne! Une chienne comme toi, Betsy, vaut presque toutes les femmes de ma connaissance! »

Enfonçant un vieux chapeau de pêcheur sur sa tête, il s'éloigna de la maison, accompagné de sa chienne.

Cette flânerie sans but à travers sa propriété calma peu à peu sa nervosité. Il passa la main sur le cou de sa chienne favorite, dit un mot au valet d'écurie, puis se rendit à la ferme du château et échangea quelques propos avec la femme de son métayer. Il suivait un sentier étroit, avec Betsy sur ses talons, lorsqu'il rencontra Venetia Kerr sur sa jument baie.

— Tiens! Bonjour, Venetia!

— Bonjour, Stephen.

— D'où venez-vous? Vous avez fait trotter votre bête?

— Oui. Elle devient belle, n'est-ce pas?

— Superbe. Avez-vous vu ce jeune cheval de deux ans que j'ai acheté à la vente de Chattisley?

Pendant quelques minutes, ils parlèrent chevaux, puis Stephen Horbury annonça:

— A propos, Cicely est ici.

— Ici, à Horbury?

Il n'entrait guère dans les habitudes de Venetia d'exprimer sa surprise, mais en l'occurrence elle ne put réprimer son impression.

— Oui. Elle est arrivée hier soir.

Il y eut un silence. Puis Stephen demanda:

— Venetia, étiez-vous au tribunal d'enquête? Comment... Comment la séance s'est-elle passée?

Elle le considéra un instant.

— Oh! vous savez, personne n'a beaucoup parlé.

— La police n'a rien laissé entendre?

— Non.

— Pour vous, ce fut plutôt une corvée.

— Ce ne fut pas une partie de plaisir, je l'avoue,

mais je ne m'y suis pas trop ennuyée. Le juge d'instruction s'est montré très bien.

Distraitement, Stephen cravachait les buissons du talus.

— Dites, Venetia, avez-vous un soupçon... sur la personne qui a commis le crime?

Venetia Kerr secoua lentement la tête.

— Pas le moindre soupçon.

Elle fit une pause, cherchant le moyen de traduire le plus discrètement possible en paroles ce qu'elle désirait lui faire entendre. Enfin, elle se mit à rire et déclara avec un haussement d'épaules:

— Ce n'est sûrement ni Cicely ni moi. Nous nous serions vues l'une et l'autre inévitablement.

Stephen rit à son tour.

— En tout cas, tout est pour le mieux!

Il parlait d'un ton léger, mais Venetia perçut dans sa voix un soulagement. Ainsi, il avait pu songer... Elle repoussa cette pensée.

— Venetia, lui dit Stephen, il y a longtemps que nous nous connaissons, n'est-ce pas?

— Mais oui. Vous souvenez-vous de ces stupides leçons de danse où nous allions ensemble dans notre enfance?

— Si je m'en souviens! Eh bien, en ma qualité de vieux copain, puis-je vous parler à cœur ouvert?...

— Bien sûr.

Elle hésita, puis ajouta d'une voix calme:

— Il s'agit sans doute de Cicely?

— Exactement. Dites-moi, Venetia, savez-vous si Cicely était en rapport avec cette dame Giselle?

Lentement, Venetia répondit:

— Je l'ignore. N'oubliez pas que je viens du midi de la France et que je n'ai pas encore entendu les potins du Pinet.

— Personnellement, qu'en pensez-vous?

— En toute franchise, j'avoue que cela ne m'étonnerait pas.

Stephen hocha la tête.

— Pourquoi vous tracasser? lui dit Venetia. Vous vivez pour ainsi dire chacun de votre côté, n'est-ce pas? Cette affaire ne concerne qu'elle seule.

— Tant que nos vies sont liées, cela me regarde également.

— Ne pourriez-vous... divorcer?

— Un scandale à grand fracas? Je doute qu'elle l'accepte.

— Divorceriez-vous si elle vous en donnait l'occasion?

— Certainement, si elle me fournissait un motif.

Il parlait d'un ton amer.

— Et elle connaît vos intentions?

— Oui.

Venetia pensait, en son for intérieur:

« Elle n'a guère plus de moralité qu'une chatte! Mais elle est prudente et ne se fera pas pincer. »

Tout haut, elle conclut:

— Alors, rien à faire.

Stephen la regarda, pensif:

— Si j'étais libre, Venetia, consentiriez-vous à m'épouser?

Le regardant bien en face, elle déclara d'une voix qui ne trahissait aucune émotion:

— Peut-être.

Stephen! Elle l'avait toujours aimé, depuis les jours anciens des leçons de danses prises en commun et des courses à travers bois à la recherche des nids Stephen l'aimait bien aussi, mais pas suffisamment pour résister aux manœuvres habiles d'une *girl* de music-hall.

— Et dire que nous aurions pu être si heureux ensemble! soupira Stephen.

Des images flottèrent devant ses yeux; scènes de chasse, le thé avec les rôties, l'odeur de la glèbe humide et des feuilles mouillées... Et puis... oui, des enfants... Tout cela serait le bonheur... le bonheur que Cicely ne lui procurerait jamais. Un brouillard embua ses yeux. Alors, il entendit la voix toujours calme de Venetia qui lui disait:

— Stephen, si vous le désirez réellement... pourquoi hésiter? Si nous partions ensemble, Cicely serait bien obligée de demander le divorce.

Il l'interrompit:

— Croyez-vous que je puisse vous laisser commettre pareille folie?

— Peuh! Que m'importe l'opinion publique?

— Eh bien, j'en tiens compte, moi! trancha-t-il d'un ton qui n'admettait aucune réplique.

« C'est désespérant, songea Venetia Kerr. Il est farci de préjugés, mais si gentil, tout de même! Tel quel, il me plaît. »

Tout haut, elle prononça:

— Alors, Stephen, je continue ma route.

De son talon, elle fit partir son cheval. Lorsqu'elle se retourna pour dire au revoir au jeune homme, leurs yeux se rencontrèrent et dans ce regard ils échangèrent tous les sentiments que leurs paroles n'avaient pu exprimer.

A un coude du sentier, Venetia laissa tomber sa cravache. Un promeneur la ramassa et la lui rendit avec un salut exagéré.

« Un étranger, pensa-t-elle en le remerciant. Mais il me semble avoir déjà vu cette tête-là. »

La moitié de ses pensées se perdit dans les jours ensoleillés de Juan-les-Pins, tandis que l'autre accompagnait Stephen.

Au moment où Venetia arrivait chez elle, sa mémoire, à demi endormie, se réveilla en sursaut:

« Mais oui! *C'est le petit bonhomme qui m'a cédé sa place dans l'avion. Au tribunal, on a dit qu'il était détective.* » Une autre idée se présenta aussitôt à son esprit: « *Que vient-il donc faire ici?* »

CHAPITRE XIII

Chez Antoine

Le lendemain de l'enquête, Jane retourna chez Antoine l'esprit plutôt mal à l'aise.

L'individu que l'on prenait habituellement pour M. Antoine, qui, en réalité, s'appelait Andrew Leech, l'accueillit d'un air glacial. Ses sourcils froncés ne présageaient rien de bon à son employée.

Andrew Leech, qui se faisait passer pour étranger, parce que sa mère était juive, ne savait plus parler l'anglais correctement, une fois franchies les limites de Bruton Street.

Il traita Jane de parfaite imbécile. Quel besoin avait-elle de voyager par avion? Son escapade allait causer un tort considérable à la maison. Après qu'il eut exhalé toute sa colère, Jane s'éloigna et au passage salua son amie Gladys.

Cette Gladys, une blonde éthérée, affectait des manières hautaines et une voix distante dans l'exercice de sa profession, alors que, dans le privé, elle parlait d'un ton blagueur et enjoué.

— T'en fais pas, ma petite, tout se tassera. Le singe ne sait sur quel pied danser pour l'instant. Il se demande si cette publicité que tu lui fais tournera à son avantage ou à son détriment. Moi, je crois qu'il ne tardera pas à s'en frotter les mains. A tout à l'heure, chérie. Voici ma vieille rombière qui arrive avec ses yeux de merlan frit. Je parie qu'elle est encore dans une de ces humeurs... Pourvu qu'elle n'ait pas amené son maudit cabot avec elle!

L'instant d'après, Gladys abordait la cliente d'une voix aimable et distinguée:

— Bonjour, madame. Vous n'avez pas votre mignon pékinois aujourd'hui? Voulez-vous que nous commencions pour le shampooing? Vous serez ainsi toute prête pour Mr. Henri.

Jane venait d'entrer dans le petit salon voisin où une femme à la chevelure teinte au henné attendait en étudiant son visage dans la glace.

— Mon chéri, ce matin j'ai la figure ravagée, disait-elle à son compagnon.

Celui-ci, d'un air las, tournait les pages d'un magazine vieux de trois semaines. Il répondit, d'un air détaché:

— Tu crois, ma chérie? Moi, je te trouve comme d'habitude.

Lorsque Jane entra, l'homme cessa de feuilleter le *Sketch* et dévisagea la jeune fille d'un regard inquisiteur.

— Bonjour, madame, dit Jane avec une amabilité souriante qui, chez elle, était devenue machinale, et ne lui demandait aucun effort. Voilà bien longtemps qu'on ne vous a vue. Sans doute étiez-vous en voyage?

— Je reviens d'Antibes, répondit la dame aux cheveux teints, qui, à son tour, considéra Jane avec curiosité.

— Quel beau pays! s'exclama Jane. (Son enthousiasme sonnait faux.) Voyons un peu, madame. Pour cette fois, ce sera un shampooing et une mise en plis, ou bien ferons-nous la teinture?

Momentanément distraite, la dame se pencha en avant et examina attentivement sa chevelure.

— Oh! j'attendrai encore une semaine. Mon Dieu! Quelle tête affreuse j'ai ce matin!

— Chérie, tu ne saurais espérer mieux à cette heure, observa l'ami.

— Attendez que Mr. Georges y ait mis la main, dit Jane.

A nouveau, la dame regarda Jane:

— Dites-moi, mademoiselle, n'étiez-vous pas hier au tribunal d'enquête, appelée comme témoin dans cette affaire de l'avion?

— Oui, madame.

— Quelle émotion vous avez dû éprouver! Racontez-moi cela.

— En effet, madame, ce sont des souvenirs désagréables.

Jane s'efforça de satisfaire sa cliente.

Elle entra au cœur du récit, répondant à toutes les questions qu'on lui posait. Comment était la vieille femme? Y avait-il réellement deux détectives français à bord et cette histoire se rattachait-elle aux scandales du gouvernement français? Lady Horbury se trouvait-elle dans l'avion? Etait-elle aussi jolie qu'on le prétendait? Qui, selon Jane, avait commis le meurtre? Il paraîtrait que cette affaire serait étouffée pour des raisons politiques, et ainsi de suite...

Cette première épreuve fut suivie de nombreux interrogatoires du même genre. Chaque cliente désirait se faire coiffer par la « jeune fille qui se trouvait dans l'avion ». Chacune voulait pouvoir dire à ses amies: « Oh! ma chère! Vous savez, la jeune fille chez mon coiffeur, eh bien, c'est la personne qui...! Parfaitement! A votre place, j'irais dans cette maison. On y coiffe divinement bien. La petite s'appelle Jane... Elle n'est pas très grande et elle a des yeux magnifiques. Si vous le lui demandez gentiment, elle vous racontera tout ce qu'elle sait de l'histoire. »

Vers la fin de la semaine, Jane se sentait à bout

de nerfs. A la perspective de débiter une fois de plus son récit, elle se sentait prête à crier ou à frapper son interlocutrice à coups de séchoir électrique.

Cependant, elle finit par découvrir une façon plus pratique de se calmer. Elle alla trouver M. Antoine et hardiment lui demanda une augmentation de salaire.

— Vous osez me réclamer une augmentation! Ignorez-vous donc que je vous garde ici par pure bonté d'âme, après ce crime où votre nom s'est trouvé mêlé? A ma place bien des patrons vous auraient flanquée à la porte séance tenante!

— Je n'en crois pas un mot! prononça Jane sans se démonter. Vous savez pertinemment que j'attire la clientèle ici. Si vous préférez que je m'en aille, très bien! J'obtiendrai facilement satisfaction chez Henri ou chez Richet.

— Qui saura que vous travaillez chez eux? Vous vous donnez, mademoiselle, une importance ridicule!

— J'ai vu quelques journalistes à l'enquête. L'un d'eux se chargera d'annoncer mon changement de maison et fera toute la publicité nécessaire.

Craignant qu'elle n'exécutât vraiment sa menace, M. Antoine céda à contrecœur. Gladys applaudit au succès de son amie.

— Mes compliments, ma chère Jane. Tu t'es admirablement débrouillée. Cette fois, le singe a trouvé à qui parler. Tu as du cran, ma chère, je t'admire!

— Je sais me défendre toute seule, dit Jane avec un coup de menton plein de crânerie. Toute ma vie, j'ai lutté pour ma croûte.

— Pauvre petite! Je comprends. Mais ne te laisse pas exploiter par Andrew; il ne t'en estimera que davantage. Dans ce monde, la timidité ne rapporte rien. Par bonheur, ni toi ni moi n'avons froid aux yeux.

Les jours suivants, Jane dévida son petit boniment avec de légères variantes, et s'en tira comme une actrice consommée.

La date du dîner suivi du théâtre, promis par Norman Gaile arriva enfin. Cette soirée fut pour les jeunes gens un enchantement, où toutes les confidences échangées semblaient révéler des sympathies et des goûts communs.

Tous deux raffolaient des chiens et exécraient les chats. Ils détestaient les huîtres et adoraient le saumon fumé. Ils aimaient Greta Garbo et critiquaient Katherine Hepburn. Ils abhorraient les grosses femmes et admiraient les cheveux noirs. Ils ne pouvaient sentir les ongles trop rouges, les voix criardes, les restaurants bruyants et les nègres. Tous deux préféraient l'autobus au métro.

Que deux êtres humains partageassent à ce point les mêmes goûts, cela tenait du miracle!

Un jour, chez Antoine, Jane, en ouvrant son sac, laissa échapper une lettre de Norman. Comme elle la ramassait, ses joues s'empourprèrent. Aussitôt, Gladys lui demanda:

— Comment s'appelle ton bon ami?

— Je ne sais pas ce que tu veux dire, répondit Jane, en rougissant davantage.

— A d'autres! Je devine que ce n'est pas une lettre du grand-oncle de ta maman. Je ne suis pas née d'hier. Allons, qui est-ce?

— C'est... un jeune homme... que j'ai rencontré au Pinet... un dentiste.

— Un dentiste! s'écria Gladys, suffoquée. Il doit exhiber de superbes dents blanches quand il sourit.

Jane dut admettre que telle était la vérité.

— Il a le teint bronzé et les yeux très bleus, ajouta-t-elle.

— Tout le monde peut avoir la peau bronzée, observa Gladys. Cela peut venir du hâle de la mer, ou d'un flacon à deux shillings onze de chez le pharmacien. Un homme légèrement bronzé, aux yeux bleus, à la bonne heure! mais un dentiste! Lorsqu'il voudrait m'embrasser, je m'attendrais toujours à ce qu'il me dise: « Veuillez m'indiquer laquelle de vos dents vous fait souffrir, je vous prie. »

— Tu es sotte, Gladys.

— Oh! inutile de faire des simagrées. On voit que tu es pincée! Oui, j'arrive, monsieur Henry... A la façon dont il nous commande, ne dirait-on pas que celui-là sort de la cuisse de Jupiter!

Dans sa lettre, Norman invitait Jane à dîner pour le samedi soir. Ce jour-là, avant d'aller déjeuner, lorsqu'elle reçut son salaire, avec l'augmentation accordée, Jane débordait de joie.

Elle songeait en elle-même:

« Dire que je me suis tracassée pour rien! Tout est pour le mieux dans le meilleur des mondes! »

Décidée à faire une extravagance, elle se rendit au *Corner House*, où l'orchestre accompagnait le déjeuner de midi. Elle prit place à une table où se trouvaient déjà une femme âgée et un jeune homme. La vieille dame achevait son repas et réclamait l'addition. Elle réunit ses paquets et s'en alla.

Selon son habitude, Jane lisait un livre en mangeant. Levant la tête au moment de tourner une page, elle remarqua le jeune homme assis devant elle. Il l'observait avec insistance, et en cet instant même Jane songea que son visage ne lui était pas tout à fait inconnu.

Leurs regards se croisèrent et le jeune homme s'inclina en disant:

— Veuillez m'excuser, mademoiselle. Ne me reconnaissez-vous pas?

Jane l'examina plus attentivement. Il avait un visage très junévile, séduisant plutôt par son expression que par la régularité de ses traits.

— Nous n'avons pas été présentés l'un à l'autre, poursuivit le jeune homme, à moins que l'on puisse appeler une présentation le fait d'avoir tous les deux témoigné au tribunal d'enquête au sujet d'un meurtre.

— Mais oui! Que je suis donc sotte! Il me semblait bien vous avoir déjà vu. Vous êtes?...

— Jean Dupont, répondit le jeune homme avec un aimable salut.

Jane se souvint alors d'une des maximes familières de Gladys:

« Si un homme vous fait la cour, il s'en présente toujours un autre... quelquefois trois ou quatre. C'est la loi de la nature. »

Jusqu'ici, Jane avait mené une vie austère d'employée. Gaie et enjouée, elle n'avait néanmoins pas d'amis du sexe masculin. A présent, elle n'avait qu'à choisir, semblait-il. Le visage de Jean Dupont, lorsqu'il se pencha vers elle, exprimait plus qu'une simple politesse. Le jeune Français paraissait ravi d'être assis en face de la jolie Anglaise.

Cependant, Jane songeait avec défiance:

« C'est un Français. On dit qu'une femme doit sans cesse se méfier d'un Français. »

— Vous êtes toujours en Angleterre? demanda Jane, tout en se reprochant, en son for intérieur, l'extrême stupidité de cette remarque.

— Oui, mon père est allé à Edimbourg faire une conférence et nous sommes restés chez des amis. Mais demain nous retournons en France.

— Ah! je comprends.

— La police a-t-elle procédé à une arrestation? s'enquit Jean Dupont.

— Non; depuis quelque temps on ne parle même plus du crime dans les journaux. Sans doute a-t-on abandonné les recherches?

— Non, non, les policiers ne jettent pas ainsi le

manche après la cognée. Ils travaillent en silence... dans l'ombre.

Le jeune homme parlait avec des gestes expressifs.

— Taisez-vous! lui dit Jane. Vous me glacez le sang!

— Le fait de s'être trouvé à l'endroit où un crime a eu lieu ne procure pas une sensation particulièrement agréable. J'étais encore plus près que vous de la victime, mademoiselle. Je vous avoue que souvent j'éloigne cette pensée...

— A votre avis, qui a tué Mme Giselle? Je me le suis demandé plus d'une fois.

Jean Dupont haussa les épaules.

— En tout cas, ce n'est pas moi. Elle était vraiment trop laide!

— Vous préféreriez donc tuer une femme jolie?

— Ce n'est pas cela! Si une femme est jolie, vous l'aimez... Elle se moque de vous et vous rend fou de jalousie. Alors, par vengeance, vous la tuez!

— Et vous voilà satisfait?

— Cela, mademoiselle, je ne saurais vous le dire, vu que je ne l'ai jamais essayé.

Il éclata de rire:

— Une vieille guenon comme Giselle, qui prendrait la peine de la supprimer?

— C'est un point de vue tout personnel, dit Jane, le sourcil froncé. Il est triste de penser, cependant, qu'elle a été jeune autrefois, et jolie peut-être.

— Je sais, je sais. Voilà le grand drame de l'existence, fit-il, soudain grave et songeur.

— On dirait que vous attachez une importance capitale à la beauté féminine.

Le jeune homme s'anima:

— Existe-t-il au monde un plus bel idéal? Ma façon de voir vous paraît extraordinaire parce que vous êtes anglaise et que dans votre pays les hommes songent d'abord à leur travail, ensuite au sport, et enfin... bien après... à leur femme. Si, si, c'est la vérité. Tenez, un jour dans un petit hôtel, en Syrie, la femme d'un Anglais tomba malade. Le mari devait se trouver à une certaine date dans un coin reculé de l'Irak. Eh bien, croyez-moi si vous voulez, il est parti, abandonnant sa compagne en danger de mort, pour répondre à l'appel du devoir. Tous deux, lui et sa femme, jugeaient cette conduite noble et généreuse. Mais le médecin, qui n'était pas un Anglais, le tenait pour un barbare. Une épouse, un être humain... doit passer avant tout... même avant le travail.

— Je ne suis pas de cet avis, dit Jane. Pour moi, le devoir vient en première ligne.

— Pourquoi? Voyez, vous aussi partagez ce point de vue. En accomplissant une tâche imposée, on gagne de l'argent... tandis qu'en s'occupant d'une femme et en satisfaisant ses caprices, on en dépense... ce qui est bien plus noble et plus élevé à mon sens.

Jane éclata de rire.

— Après tout, j'aime mieux être considérée comme un luxe et un caprice dans la vie d'un homme que comme un devoir. Je préfère qu'un homme prenne plaisir à m'entourer d'attentions, sans aucune contrainte de sa part.

— Avec vous, mademoiselle, personne, j'en suis sûr, ne saurait agir d'autre façon.

Jane rougit légèrement en écoutant ces compliments proférés d'une voix sincère. Le jeune homme poursuivit:

— C'est seulement mon second voyage en Angleterre. L'autre jour, au tribunal d'enquête, j'ai pris un vif intérêt à étudier l'attitude de trois jeunes et charmantes femmes si différentes l'une de l'autre.

— Comment nous avez-vous jugées? demanda Jane, amusée.

— Des femmes du genre de lady Horbury ne me disent rien de bon. Elles sont dépensières, extravagantes. On les rencontre souvent autour des tables de baccara... de jolis visages... avec des expressions dures... On ne peut s'empêcher de présumer ce qu'elles deviendront dans... mettons quinze ans... Celle-là vit uniquement pour satisfaire ses passions... elle s'adonne au jeu... et peut-être aux stupéfiants... Au fond, elle ne m'intéresse pas.

— Et miss Kerr?

— Elle a bien le type anglais! Les commerçants de la côte d'Azur lui feraient tous crédit sans hésiter, car ils ont du flair. Elle porte des vêtements de bonne coupe, mais un peu trop masculins. Elle marche crânement, comme si l'univers lui appartenait... mais sans affectation... C'est tout simplement la vraie Anglaise; elle sait d'emblée de quelle partie de l'Angleterre viennent ses compatriotes. Je vous l'assure; j'ai vu tant de ses pareilles en Egypte. « Ah! les Untel sont ici? Les Untel du Yorkshire? ou ceux du Shropshire? »

Sa mimique était parfaite. Jane riait aux éclats.

— Et moi? demanda-t-elle enfin.

— Vous? Je me suis dit: « Que je serais heureux de la revoir un jour! » Et nous voici assis l'un en face de l'autre.

— Vous êtes archéologue. Vous faites des fouilles, n'est-ce pas?

Tandis qu'il lui parlait de ses travaux, Jane l'écoutait avec une profonde attention.

Enfin, elle poussa un léger soupir.

— Comme vous avez voyagé et que de pays vous connaissez! Quelle vie fascinante! Dire que je n'irai nulle part et ne verrai rien de tout cela!

— Vous aimeriez vraiment partir au loin, visiter

les contrées sauvages? Mais, attention! Il vous serait impossible de vous faire onduler les cheveux.

— Ils frisent naturellement, expliqua Jane.

Ayant consulté la pendule, elle demanda son addition à la serveuse.

Embarrassé, Jean Dupont lui dit:

— Mademoiselle, voulez-vous me permettre... Comme je vous l'ai dit, je rentre en France demain. Accepteriez-vous de dîner avec moi, ce soir?

— Je regrette infiniment, mais c'est impossible. Je dîne en compagnie.

— Ah! c'est dommage! Viendrez-vous à Paris bientôt?

— Je ne crois pas.

— Et moi, je ne sais quand je reviendrai à Londres. C'est triste!

Un moment, il retint dans la sienne la main de la jeune fille.

— J'espère vous revoir tout de même, dit-il.

Et ses paroles avaient l'accent de la sincérité.

CHAPITRE XIV

Chez Norman Gaile

Au moment où Jane quittait le salon de coiffure de M. Antoine, Norman Gaile disait, avec une amabilité toute commerciale:

— Votre dent est sensible. Prévenez-moi quand je vous ferai mal.

Sa main experte manipulait le tour électrique.

— Voilà, c'est fini. Miss Ross!

Aussitôt, miss Ross accourut, portant un alliage blanc sur une plaque de verre.

Norman Gaile termina le plombage de la dent, puis il ajouta:

— Voyons: vous devez revenir mardi pour les autres dents, n'est-ce pas?

La cliente se rinça énergiquement la bouche, puis se répandit en une longue explication. Elle allait en voyage et regrettait de ne pouvoir prendre de rendez-vous. Mais elle lui annoncerait son retour.

Et elle s'enfuit précipitamment de la pièce.

— C'est tout pour aujourd'hui, dit Gaile.

Miss Ross prit la parole.

— Lady Higginson a téléphoné pour annuler son rendez-vous de la semaine prochaine. Elle n'a pas voulu en fixer un autre. Oh! et le colonel Blunt ne peut non plus venir mardi.

Les traits de Norman Gaile se rembrunirent.

Chaque jour se reproduisaient les mêmes scènes et il recevait les mêmes coups de téléphone. Toutes les excuses s'avéraient bonnes pour annuler les rendez-vous déjà convenus avec le dentiste: un voyage... un rhume... une absence probable.

Norman venait de découvrir la véritable raison de toutes ces défections dans les yeux de sa dernière cliente, au moment où il prenait le tour électrique. Une frayeur soudaine avait agrandi les prunelles de la femme et Gaile avait lu dans ses pensées. Il aurait pu les traduire ainsi:

« Mais oui, ma chère, il voyageait dans l'avion lors de l'assassinat de cette malheureuse femme. Je me demande... On entend chaque jour parler de gens qui, brusquement, deviennent fous et commettent des crimes les plus horribles. Ce n'est guère rassurant. Si cet homme était un manique de l'homicide? On dit qu'ils ressemblent à tout le monde... Pour moi, je lui ai toujours trouvé quelque chose de spécial dans le regard. »

— Miss Ross, la semaine s'annonce particulièrement calme, à ce que je vois.

— En effet, pas mal de clientes ont remis leur rendez-vous à plus tard. Cela vous permettra de prendre un peu de repos, monsieur Gaile. Vous avez tant travaillé au commencement de l'été!

— Je crois bien que cet automne je ne me surmènerai pas autant. Qu'en dites-vous, miss Ross?

L'employée ne répondit pas tout de suite. Elle en fut dispensée par la sonnette du téléphone et quitta la pièce pour aller y répondre.

Norman jeta quelques instruments dans le stérilisateur et s'abandonna à ses sombres pensées.

— Examinons froidement la situation. Inutile de me leurrer. Ma carrière est fichue. Le plus drôle, c'est que Jane ait bénéficié professionnellement de ce crime. Les clientes affluent dans le salon de coiffure d'Antoine pour la regarder, bouche bée, comme une bête curieuse. Or, je demande à mes clientes d'ouvrir la bouche, ce qui les épouvante. Dans ce fauteuil, on est à la merci de l'homme qui vous soigne. Si le dentiste, atteint de la folie de la persécution, allait brusquement perdre la tête?...

« On se figure d'ordinaire que le meurtre commis, tout rentre dans l'ordre. Rien n'est plus faux! Un meurtre entraîne maintes complications inattendues... Revenons à la réalité. En tant que dentiste, je n'ai plus qu'à fermer boutique. Que se passerait-il si on arrêtait lady Horbury? Mes clients reviendraient-ils? J'en doute fort. Une fois la dent cariée... Bah! Que m'importe? Mais si, je tiens à réussir dans ma profession... à cause de Jane. Elle est adorable et je l'aime. Malheureusement, il faut attendre... »

Ils se surprit à sourire.

« J'ai l'impression que tout finira par s'arranger. Je ne lui suis point indifférent... Elle patientera... Je partirai, s'il le faut, au Canada. Oui, c'est cela... au Canada, pour faire fortune. »

Miss Ross revint dans la pièce.

— C'est Mrs. Lorrie. Elle s'excuse...

— ... de devoir partir pour Tombouctou, acheva Norman. Je connais ça! Vivent les rats! Miss Ross, vous feriez bien de chercher un nouvel emploi. Le bateau sombre.

— Oh! monsieur Gaile, je n'ai pas du tout l'intention de vous quitter...

— Vous êtes gentille... Vous, au moins, vous n'êtes pas un rat. Mais je parle sérieusement. Si rien ne vient d'ici peu éclaircir la situation, il ne me reste plus qu'à fermer boutique.

— Il faudrait agir! déclara miss Ross avec énergie. La police ne bouge pas. C'est scandaleux!

Norman se mit à rire.

— Elle fait de son mieux.

— Vous croyez? On n'en constate guère les effets.

— Ma foi, j'ai pensé à tenter moi-même quelque chose... mais je ne sais pas encore quoi.

— A votre place, j'essaierais, monsieur Gaile. Vous êtes si intelligent!

« Je suis un héros à ses yeux, songea Norman Gaile. Elle m'aiderait à sortir d'embarras si je l'en priais. Toutefois, j'ai une autre associée en vue. »

Ce même soir, Norman Gaile dînait en compagnie de Jane. Il affecta d'être tout à fait gai et de belle humeur, mais Jane était trop fine pour ne point remarquer parfois le léger froncement de ses sourcils, le pli amer et las de sa bouche.

Elle lui dit enfin:

— Norman, comment vont les affaires?

Il lui lança un coup d'œil, puis détourna son regard.

— Pas trop bien. C'est le mauvais moment de l'année.

— Ne soyez pas ridicule, coupa Jane d'un ton bref.

— Jane!

— Je sais ce que je dis. Croyez-vous que je ne devine pas votre tristesse?

— Je ne suis pas triste... tout au plus légèrement ennuyé.

— Je sais ce que vous allez me dire: les gens redoutent...

— ... de se faire arracher les dents par un assassin? C'est exact.

— Comme le sort est injuste!

— Vous l'avez dit. En toute sincérité, je suis un assez bon dentiste et nullement un criminel.

— C'est affreux. Quelqu'un devrait prendre une décision.

— Miss Ross, ma secrétaire, me tenait le même langage ce matin.

— Comment est-elle?

— Qui ça? Miss Ross?

— Oui.

— Oh! je n'en sais trop rien. Une grande bringue... toute en os... avec un nez comme un quart de brie... mais, au demeurant, extrêmement capable.

— Ce portrait me semble sympathique, observa Jane d'un ton gracieux.

Norman se félicita de sa diplomatie. En réalité, la charpente de miss Ross n'était pas si énorme qu'il l'avait prétendu, et elle possédait une admirable chevelure rousse, mais il crut bon, et à juste titre, de ne pas mentionner ce dernier détail devant Jane.

— Je voudrais tenter quelque chose. Si j'étais un héros de roman, je flairerais une piste et filerais quelqu'un.

Soudain, Jane le tira par la manche.

— Regardez donc. Voici Mr. Clancy... l'auteur... Il est seul, assis à côté du mur. Nous pourrions le suivre.

— Ne devions-nous pas aller au théâtre?

— Ce sera pour une autre fois. J'ai un vague pressentiment que la chance nous favorise. Vous exprimiez à l'instant le désir de filer quelqu'un, et voici justement l'occasion qui se présente. Sait-on jamais? Nous pourrions faire une découverte.

L'enthousiasme de Jane était communicatif. Norman se laissa entraîner sans hésitation.

— Comme vous dites, on ne sait jamais. Où en est-il de son repas? Je ne puis bien le voir sans tourner la tête.

— Il en est au même point que nous. Nous devrions nous presser et régler l'addition pour être prêts à le suivre dès qu'il sortira.

Ils adoptèrent cette tactique. Dès que le petit Mr.

Clancy se leva et sortit dans Dean Street, Norman et Jane marchèrent sur ses traces.

— Peut-être va-t-il prendre un taxi? risqua Jane.

Mais Mr. Clancy ne prit point de taxi. Portant son pardessus sur son bras (et le laissant traîner de temps à autre sur le sol) il s'en alla pédestrement dans les rues de Londres. Il semblait marcher à l'aventure. Tantôt il avançait d'un pas rapide, tantôt il ralentissait son allure ou bien s'arrêtait brusquement. Une fois, au moment de traverser une rue, il s'immobilisa au bord du trottoir, un pied en l'air au-dessus de la chaussée: on eût dit une vue cinématographique au ralenti. A un certain moment, il vira si souvent à angles droits qu'il parcourut deux fois les mêmes rues.

Jane en conçut de l'espoir.

— Vous voyez, dit-elle, très émue. Il craint d'être suivi et s'efforce de nous « semer ».

— Le croyez-vous?

— Bien sûr. Pourquoi ferait-il tous ces détours?

Après avoir tourné précipitamment le coin d'une rue, ils faillirent heurter en plein le brave Mr. Clancy. Debout devant une boucherie, fermée à cette heure tardive, le promeneur fantasque semblait s'intéresser au premier étage de l'immeuble.

Il prononça tout haut:

« Parfait! Exactement cela! En voilà une veine! »

Il tira de sa poche un calepin et y inscrivit une annotation avec soin. Puis il reprit sa marche d'un pas alerte, en fredonnant un petit air.

Il se dirigea vers Bloomsbury. De temps à autre, il détournait la tête, et les deux jeunes gens remarquèrent qu'il remuait les lèvres.

— Il y a sûrement du nouveau chez cet homme, observa Jane. Il me semble obsédé par une idée fixe. Il parle tout seul et ne paraît guère savoir ce qu'il fait.

Au moment où Mr. Clancy stationnait au bord du trottoir avant de traverser la chaussée, nos deux détectives amateurs arrivèrent à sa hauteur et purent l'observer de près.

Le visage pâle et les yeux hagards, l'écrivain disait, assez haut pour être entendu de Jane et de Norman:

— Pourquoi ne parle-t-elle pas? Pourquoi? Il y a une raison.

Les signaux de la circulation étaient verts à présent, et les piétons franchirent la chaussée. Parvenu sur l'autre trottoir, Mr. Clancy soliloqua de nouveau:

— Ah! Maintenant, je comprends pourquoi on empêche cette femme de parler!

Jane pinça violemment le bras de son compagnon.

Mr. Clancy repartit de son pas rapide, son pardessus traînant toujours lamentablement. A grandes enjambées, il s'éloigna sans remarquer, du moins en apparence, les deux personnages qui le suivaient.

Brusquement, il s'arrêta devant une maison, ouvrit la porte à l'aide d'une clé et entra.

Norman et Jane s'entre-regardèrent.

— Il habite là, dit Norman, 47, Cardington Square. Il a donné cette adresse au juge le jour de l'enquête.

— Peut-être va-t-il ressortir bientôt. En tout cas nous avons entendu *quelque chose*. Une personne — une femme — est réduite au silence... et une autre refuse de parler. Oh! ne dirait-on pas un roman policier?

Une voix perça les ténèbres.

— Bonsoir!

L'homme à qui appartenait cette voix s'avança et une magnifique paire de moustaches apparut en pleine lumière.

— Eh bien! dit Hercule Poirot, voilà, si je ne me trompe, une soirée idéale pour la chasse!

CHAPITRE XV

Dans le quartier de Bloomsbury

Norman Gaile revint le premier de sa surprise.

— Ah! Mais! C'est M. Poirot! Etes-vous toujours décidé à prouver votre innocence, monsieur Poirot?

— Vous vous souvenez donc de notre petite conversation? Et c'est ce pauvre Mr. Clancy que vous suspectez?

— Vous aussi, répliqua Jane, sans quoi vous ne seriez pas ici à cette heure.

Il l'observa longuement:

— Avez-vous parfois réfléchi aux conséquences d'un meurtre, mademoiselle? Je veux dire d'une manière abstraite... de sang-froid et sans passion.

— Je crois n'y avoir jamais songé jusqu'ici, dit Jane.

— Evidemment, vous y pensez à présent, parce que vous êtes affectée personnellement par un crime. Mais moi, Hercule Poirot, j'étudie cette question depuis des années et je considère les choses à ma façon. Quelle est la préoccupation qui s'impose à notre esprit à l'annonce d'un meurtre?

— Trouver le coupable, fit Jane.

— L'idée de justice, dit Norman Gaile.

Poirot secoua la tête.

— Il est une chose plus importante que de découvrir l'assassin. La justice, mot superbe, mais dont le sens exact demeure parfois difficile à définir suivant le cas. Selon moi, le point capital consiste à disculper les innocents.

— Cela va sans dire, si quelqu'un est accusé à tort...

— Point n'est besoin d'être accusé. Tant que le coupable n'est pas reconnu, sans aucun doute possible, tous ceux qui, de près ou de loin, touchent au crime, en souffrent à des degrés différents.

Norman Gaile proféra avec conviction:

— Ce que vous dites là est bien vrai!

— Nous le savons par expérience, ajouta Jane.

Poirot les regarda l'un après l'autre.

— Je comprends. Vous en constatez déjà les effets.

Soudain, il s'anima:

— Maintenant, aux affaires sérieuses! Puisque tous trois nous poursuivons le même dessein, conjuguons nos efforts pour réussir. Je songeais précisément à faire une visite à notre ami, Mr. Clancy. Mademoiselle pourrait m'accompagner... en qualité de secrétaire. Tenez, mademoiselle, voici un carnet et un crayon pour prendre des notes sténographiques.

— J'ignore la sténographie, soupira Jane.

— Mais vous avez de l'initiative, de l'intelligence. Ne pouvez-vous griffonner sur ce carnet des signes ressemblant vaguement à des sténogrammes? Tout marchera bien. Quant à Mr. Gaile, il viendra nous rejoindre, d'ici une heure environ, au restaurant *Monseigneur,* dans la salle du premier étage. C'est entendu, n'est-ce pas? Nous pourrons alors échanger nos points de vue.

Là-dessus, il s'approcha de la porte et appuya sur le bouton électrique.

Légèrement éberluée, Jane le suivit, serrant entre ses doigts le carnet et le crayon.

Gaile ouvrit la bouche pour protester, mais il s'en abstint.

— Bien, dit-il. Dans une heure au *Monseigneur.*

Une vieille femme vêtue de noir et à l'air plutôt rébarbatif ouvrit la porte.

— Mr. Clancy? demanda Poirot.

Elle se rangea de côté pour laisser entrer Jane et Poirot.

— Qui faut-il annoncer, monsieur?

— M. Hercule Poirot.

La vieille femme les conduisit au premier étage et pénétra dans une grande pièce.

— M. Airkoule Prott, prononça-t-elle.

Poirot comprit alors, dans toute sa portée, la déposition de Mr. Clancy à Croydon. En effet, comment retrouver un objet de la taille d'un chalumeau dans un capharnaüm? La pièce, tout en longueur, avait trois fenêtres; d'un côté, des étagères et des bibliothèques garnissaient les murs. Ça et là on remarquait des papiers, des cartons verts, des bananes, des bouteilles de bière, des livres, des coussins, un trombone, des porcelaines, des esquisses et un étonnant assortiment de stylos.

Au milieu de ce chaos, Mr. Clancy s'énervait, un appareil photographique et un rouleau de pellicules entre les mains.

— Ah! par exemple! s'écria Mr. Clancy, levant la tête quand furent annoncés les visiteurs.

Il posa l'appareil sur la table et la bobine de film tomba à terre en se déroulant. L'écrivain s'avança, la main tendue:

— Je suis très heureux de vous revoir!

— Vous me reconnaissez, je l'espère? dit Poirot. Je vous présente ma secrétaire, miss Grey.

— Bonjour, mademoiselle, dit Mr. Clancy, puis, se tournant vers Poirot:

— Si je vous reconnais? Bien sûr! Où donc nous sommes-nous rencontrés la dernière fois? Etait-ce au club de la Tête de Mort?

— Nous avons voyagé ensemble de Paris à Londres en avion dans une circonstance tragique.

— Ah! Mais oui! Miss Grey aussi! Seulement, j'ignorais qu'elle fût votre secrétaire. De fait, je m'étais imaginé qu'elle travaillait dans un salon de beauté ou quelque chose de ce genre.

Jane tourna vers Poirot un regard inquiet.

Celui-ci se montra à la hauteur de la situation.

— Parfaitement. La secrétaire d'un détective est appelée de temps à autre à assurer certaines fonctions d'un caractère provisoire... Vous saisissez?

— Bien sûr! s'exclama Mr. Clancy. J'oubliais. Vous êtes un détective... un vrai! Pas un homme de Scotland Yard mais un détective privé. Veuillez vous asseoir, miss Grey. Non pas là, il y a du jus d'orange sur cette chaise. Tout à l'heure, je vais embrouiller mes papiers... Oh! malheur! A présent, tout est pêle-mêle. Tant pis! Asseyez-vous ici, monsieur Poirot... c'est bien Poirot, n'est-ce pas? Le dossier n'est pas cassé. Il crie un peu lorsqu'on s'appuie dessus, aussi feriez-vous bien de ne pas trop vous pencher en arrière. Alors, vous êtes un détective privé, comme mon Wilbraham Rice? Mes lecteurs adorent Wilbraham Rice. Il se ronge les ongles et avale quantité de bananes. Je ne sais pourquoi j'ai commencé à lui faire ronger ses ongles: c'est une détestable habitude. Mais comment y remédier? Il est trop tard à présent. Il faut qu'il continue. Tant pis! Ce procédé devient monotone. Tandis que les bananes, cela amuse: les criminels glissent parfois sur la peau. Je suis moi-même un fort amateur de bananes! Voici ce qui m'a donné cette idée. Mais, heureusement je ne me ronge pas les ongles. Voulez-vous de la bière?

— Non, merci.

Mr. Clancy soupira, s'assit et considéra Poirot avec curiosité.

— C'est le meurtre de Mme Giselle qui me vaut

l'honneur de votre visite, n'est-ce pas? J'ai moi-même beaucoup réfléchi à ce sujet étonnant! Songez donc! Lancer dans un aéroplane un dard empoisonné au moyen d'un chalumeau! J'ai déjà exploité ce truc dans un roman et dans une nouvelle. Evidemment, il s'agit là d'un crime horrible, mais, je l'avoue, monsieur Poirot, il me passionne au plus haut degré.

— Du point de vue professionnel, je conçois tout l'intérêt suscité en vous par ce meurtre peu ordinaire!

Mr. Clancy rayonnait.

— Certes! Et vous pensez que tout le monde — y compris les membres de la police officielle — comprendrait cela? Pas du tout. L'inspecteur, de même que le jury d'enquête, ne m'ont témoigné que de la basse méfiance. Je me suis dérangé pour me rendre au tribunal et ces imbéciles me remercient en me suspectant de façon ignoble.

— Allons, monsieur Clancy, je vois que vous ne prenez pas la chose trop au sérieux.

— C'est que j'ai ma méthode, mon cher Watson. Excusez-moi si je vous appelle Watson, je n'y mets aucune mauvaise intention. Il est curieux de constater, en passant, combien la ficelle de l'ami stupide a pris dans le public. Personnellement, je crois que les histoires de Sherlock Holmes ont été surfaites. Quelles erreurs grossières ont pu se glisser dans ses romans!... Mais que vous disais-je?

— Vous parliez de votre méthode.

— Ah! oui! (Mr. Clancy se pencha en avant.) Je vais fourrer cet inspecteur — il s'appelle bien Japp, n'est-ce pas? — Je vais le fourrer dans mon prochain livre. Vous verrez de quelle façon le traitera Wilbraham Rice.

— Entre deux bananes.

— C'est cela! Entre deux bananes! Excellent!

Mr. Clancy éclata de dire.

— Votre profession d'homme de lettres vous procure un avantage appréciable, lui dit Poirot. Vous pouvez soulager votre humeur par la parole écrite. Sur vos ennemis, vous avez la puissance de la plume.

Mr. Clancy se balançait nonchalamment sur sa chaise.

— Je commence à croire que ce meurtre tournera bien pour moi. Je suis en train d'écrire un bouquin dans lequel je relate l'affaire telle qu'elle s'est passée... d'une façon romancée, bien entendu. J'intitulerai cette œuvre: *Le Mystère de l'avion.* J'y dépeins fidèlement tous les voyageurs. Mon roman se vendra comme des petits pains... si toutefois je le publie à temps.

— Ne craignez-vous pas d'être poursuivi pour diffamation? demanda Jane.

Mr. Clancy tourna vers elle un visage souriant:

— Non, ma chère mademoiselle. Ah! si je désignais comme coupable un des passagers, on pourrait exiger des dommages, mais voilà où réside ma force... au dernier chapitre, j'apporte un dénouement tout à fait inattendu.

Poirot ouvrit de grands yeux et se pencha vers l'écrivain.

— Peut-on connaître ce dénouement?

— Ingénieux, dit-il, et des plus sensationnel. Déguisée en pilote, une jeune fille monte dans l'avion au Bourget et se cache sous le siège de Mme Giselle. Elle emporte avec elle une ampoule d'un nouveau gaz. Lorsqu'elle laisse partir ce gaz, tout le monde tombe dans l'inconscience pendant trois minutes. Elle sort de sa cachette, lance le dard empoisonné, puis quitte l'aéroplane au moyen d'un parachute.

Jane et Poirot clignotèrent des yeux.

— Pourquoi échappe-t-elle à l'effet du gaz? demanda Jane.

— Elle possède un masque, expliqua Mr. Clancy.

— Et elle descend dans la Manche?

— Pas nécessairement. Je la ferai atterrir sur la côte française.

— Cette personne ne peut se dissimuler sous un siège; il n'y a pas suffisamment de place.

— Dans mon avion, il y en aura suffisamment, affirma Mr. Clancy, péremptoirement.

— Epatant! s'exclama le petit Belge. Et pour quel mobile la jeune fille tuera-t-elle?

— Je ne suis pas encore bien fixé, Giselle aura probablement ruiné son amoureux qui s'est suicidé ensuite.

— Et comment s'est-elle procuré le poison?

— Voilà précisément où réside l'art du romancier. J'ai fait de ma jeune fille une charmeuse de serpents, et pour commettre le meurtre elle extrait le venin de son cobra préféré.

— Mon Dieu! s'écria Hercule Poirot. Ne redoutez-vous pas que la dose ne soit un tantinet... forcée?

— Un bon écrivain ne force jamais la dose, déclara Mr. Clancy d'une voix ferme, surtout quand il introduit dans son roman des fléchettes empoisonnées en usage chez les Indiens de l'Amérique du Sud. Je sais bien qu'il s'agit ici de venin de serpent; mais le principe reste le même. Vous ne voudriez tout de même pas qu'un roman policier ressemblât à la vie réelle. Consultez un peu les journaux. les crimes y sont d'une monotonie désespérante.

— Allez-vous me dire, monsieur, que l'affaire dont je m'occupe actuellement soit monotone à ce point?

— Non, convint le romancier. Par moments j'ai même peine à croire que pareil crime ait été commis.

Poirot rapprocha sa chaise gémissante de celle de son hôte, et lui parla sur un ton de confidence.

— Monsieur Clancy, vous êtes un homme de ressources et d'imagination. La police, au lieu de vous consulter, vous a soupçonné de manière infâme. Mais moi, Hercule Poirot, je viens vous demander votre avis.

Mr. Clancy rougit de plaisir.

— Vous êtes on ne peut plus aimable, monsieur Poirot.

— Vous avez étudié la criminologie et votre opinion offre une valeur incontestable. Il m'intéresserait fort de savoir qui, selon vous, aurait assassiné Mme Giselle.

— Ma foi...

Mr. Clancy hésita. D'un geste distrait, il saisit une banane qu'il commença à manger. Puis, l'animation s'effaçant de ses traits, il hocha la tête.

— Cette hypothèse n'appartient pas au domaine de la fiction, monsieur Poirot. Quand on écrit une histoire policière, on choisit soi-même le coupable! Dans la vie réelle, il s'agit d'un individu en chair et en os. Ce n'est pas vous qui tirez les ficelles... J'aurais fait, je le crains, un bien médiocre détective.

Il pencha tristement la tête en avant, et lança la peau de banane dans le foyer.

— Ne serait-il pas amusant, néanmoins, d'étudier l'affaire ensemble? suggéra Poirot.

— Ah! ça, oui! J'accepte volontiers.

— Tout d'abord, si on vous priait de parler, qui désigneriez-vous comme coupable?

— J'accuserais un des deux Français.

— Pourquoi cela?

— D'abord, parce que la victime était française; ensuite, parce qu'ils étaient assis de l'autre côté et pas trop loin de cette femme. En réalité, je ne sais rien.

— Cela dépend beaucoup du mobile, dit pensivement Poirot.

— Evidemment... évidemment... Sans doute utilisez-vous une méthode scientifique pour percer à jour les mobiles de chacun?

— J'emploie les anciennes méthodes et j'applique le vieil adage: « Cherchez à qui profite le crime. »

— C'est parfait, déclara Mr. Clancy. Toutefois, cette affaire me paraît plutôt compliquée. Il y a bien une fille qui hérite, mais nombre de passagers dans l'avion bénéficient du décès de Mme Giselle, du moins ceux qui lui doivent de l'argent et se voient subitement libérés de leur dette.

— Très juste. J'entrevois encore d'autres solutions. Supposons que Mme Giselle ait été renseignée sur les intentions d'une de ces personnes, par exemple, au sujet d'une tentative de meurtre.

— Une tentative de meurtre? Pourquoi une tentative de meurtre? Votre suggestion me semble bizarre, monsieur Poirot.

— Dans un cas comme celui-ci, il faut songer à tout, monsieur Clancy.

— A quoi bon songer? Il importe avant tout de *savoir*.

— Vous avez raison, vous avez raison. Voilà une observation judicieuse.

Poirot ajouta:

— Je vous demande pardon, monsieur, mais ce chalumeau, vous l'avez acheté...

— Au diable ce chalumeau! Ah! la langue me cuit d'en avoir parlé.

— Vous l'avez acheté dans Charing Cross Road? Vous souvenez-vous du nom de la boutique?

— Ma foi, monsieur Poirot, ce pourrait être chez Absalon... ou bien Mitchell et Smith. Je ne me rappelle plus. Ces questions m'ont déjà été posées par cet inspecteur, qui a sûrement contrôlé mes dires.

— Je vous demande ce détail pour une raison toute différente, expliqua Poirot. Je désire me procurer un instrument semblable pour me livrer à une petite expérience.

— Je vous entends. Toutefois, je ne sais si vous

trouverez le même. Ils n'en ont pas des stocks en magasin.

— J'essaierai tout de même. Miss Grey, voulez-vous avoir l'obligeance de noter ces deux noms?

Jane ouvrit son carnet et traça une série de signes qui — du moins elle se le figurait — ressemblaient à ceux des professionnels de la sténographie. Puis, à la dérobée, elle écrivit au verso, en écriture ordinaire, les noms des deux firmes, pour le cas où ce renseignement serait utile à Poirot.

— Je ne veux pas abuser davantage de votre temps, monsieur Clancy. Je vous quitte en vous remerciant mille fois de votre grande courtoisie.

— Il n'y a vraiment pas de quoi, monsieur Poirot. Voulez-vous accepter une banane?

— Non, merci, vous êtes très aimable.

— Pas du tout. A vous dire vrai, je me sens très heureux, ce soir. J'étais en panne dans la rédaction d'une nouvelle: cela ne démarrait pas et impossible de trouver un nom pour mon assassin. J'en voulais un savoureux. Et ce soir, j'ai eu la chance de le découvrir sur une boucherie. *Partiger.* Juste ce qu'il me fallait! Je discerne en ce nom une certaine bonhomie qui m'enchante. Partiger! Cinq minutes plus tard, la réponse à mon énigme s'offre à moi. Pourquoi la jeune fille ne parle-t-elle pas? Le jeune homme essaie de lui arracher son secret, mais elle reste les lèvres closes. Un personnage a toujours une raison de se taire, le devoir d'un romancier consiste à donner chaque fois un mobile différent, qui paraisse plausible et pas trop ridicule.

Avec un sourire vers Jane, il conclut:

— Ah! vous ne connaissez pas les tribulations d'un auteur!

Passant devant la jeune fille, il se dirigea vers une armoire-bibliothèque.

— Mademoiselle, permettez-moi de vous offrir ce

livre, *Le Mystère du pétale rouge*. Je crois avoir dit à Croydon que dans ce roman je parlais de flèches empoisonnées.

— Mille fois merci, monsieur. Vous êtes la gentillesse même.

— Je vous en prie... je vous en prie... Tiens, il me semble, mademoiselle, que vous n'employez pas la méthode de sténographie Pitman.

Jane rougit jusqu'à la racine des cheveux. Poirot vint à la rescousse.

— Miss Grey est tout à fait à la page. Elle se sert de la méthode de sténographie la plus récente, inventée par un Tchécoslovaque.

— Oh! pas possible! Tout de même, quel pays étonnant que la Tchécoslovaquie! Tout nous parvient de cette contrée: les souliers, les verres, les gants et maintenant, voici une méthode de sténographie.

Il serra les mains de ses deux visiteurs.

— J'aurais bien aimé pouvoir vous être plus utile.

Poirot et Jane laissèrent dans son capharnaüm l'écrivain de romans policiers, qui les regarda partir avec un sourire amusé.

CHAPITRE XVI

Plan de campagne

En sortant de chez Mr. Clancy, ils prirent un taxi pour se rendre au *Monseigneur,* où les attendait Norman Gaile.

Poirot commanda un consommé et du poulet froid.

— Eh bien? comment cela s'est-il passé? demanda Norman.

— Miss Grey s'est montrée une secrétaire hors ligne, déclara Poirot.

— N'exagérez pas, dit Jane. Mr. Clancy a parfaitement décelé mes signes lorsqu'il a passé derrière moi. Il doit être très observateur.

— En effet, il n'est pas aussi distrait qu'on pourrait le croire.

— Monsieur Poirot, avez-vous réellement besoin de ces adresses? demanda Jane.

— Oui... elles peuvent nous être utiles.

— Si la police...

— Oh! la police! Je ne poserai pas les questions de la même façon que la police. Au fait, je doute que la police soit allée voir ces gens-là. Elle sait que le chalumeau trouvé dans l'avion a été acheté à Paris par un Américain.

— A Paris? Par un Américain? Mais il n'y avait pas d'Américain dans l'avion.

Poirot sourit aimablement à la jeune fille.

— Précisément. L'Américain est là pour compliquer l'affaire, voilà tout.

— Est-ce un homme qui l'a acheté? demanda Norman.

Poirot le considéra d'un air bizarre.

— Oui, c'est un homme qui l'a acheté.

Norman parut interloqué.

— En tout cas, observa Jane, ce n'est pas Mr. Clancy. Il possédait déjà un chalumeau et n'avait nulle raison de s'en procurer un autre.

Poirot approuva de la tête.

— Parfait! Voilà comment nous devons procéder. D'abord soupçonner tout le monde, puis rayer les gens un à un de la liste.

— Combien de noms avez-vous supprimé jusqu'ici?

— Pas autant que vous pourriez l'imaginer, mademoiselle, répondit Poirot avec un léger clignement d'œil. Il faut bien tenir compte du mobile.

— A-t-on...? (Norman s'interrompit, puis ajouta en s'excusant:) Je ne veux point m'immiscer dans les secrets de la police, mais... a-t-on fouillé dans les papiers de cette femme?

Poirot secoua tristement la tête.

— Tous ses papiers ont été brûlés.

— Quel dommage!

— Je vous l'accorde. Mais il paraît que tout en pratiquant le métier de prêteuse sur gages, Mme Giselle exerçait un peu de chantage sur ses clients: voilà qui élargit le champ des recherches. Supposons, par exemple, que Mme Giselle ait eu connaissance d'une faute criminelle — mettons une tentative de meurtre...

— Avez-vous une raison quelconque pour parler ainsi?

— Certes, oui, et nous possédons même des preuves à l'appui, fit Poirot en regardant l'un après l'autre les visages attentifs des deux auditeurs.

— Si vous voulez, ajouta-t-il en poussant un soupir, parlons d'autre chose. Voyons, quelles conséquences ce crime a-t-il eu sur vous deux au point de vue professionnel?

— J'ai presque honte de l'avouer, les répercussions ont été heureuses en ce qui me concerne, dit Jane.

Et la coiffeuse raconta comment elle avait obtenu une augmentation de salaire.

— Ne vous réjouissez pas trop vite, mademoiselle. Ce succès ne durera sans doute pas. Dans quinze jours, la curiosité de la clientèle se détournera vers un autre sujet.

Jane sourit.

— Quant à moi, je crains que ma situation ne s'éternise, soupira Norman.

Il expliqua ses difficultés actuelles, et Poirot l'écouta d'une oreille sympathique.

— Comme vous dites, observa-t-il pensivement, elle peut se prolonger non pas quinze jours, mais quinze semaines, et même quinze mois... car la curiosité passe, mais la peur subsiste.

— Ne ferais-je pas mieux, à votre avis, de lâcher le métier?

— Avez-vous autre chose en vue?

— Oui. M'en aller au Canada ou dans un autre pays et recommencer ma vie.

— Oh! Vous ne ferez pas cela! dit Jane.

Norman la regarda.

Plein de tact, Poirot s'absorba dans la contemplation de sa cuisse de poulet.

— Seules les circonstances m'obligeraient à partir, rectifia Norman.

— Si je découvre l'assassin de Mme Giselle, vous n'en serez pas réduit à cette cruelle nécessité, dit Poirot, gravement.

— Croyez-vous vraiment réussir? s'écria Jane.

Poirot observa son interlocutrice avec réprobation.

— Lorsqu'on étudie un problème avec ordre et méthode, on parvient presque toujours à en trouver la solution, répondit-il.

— Je comprends, dit Jane, qui en réalité n'y voyait que du feu.

— Toutefois, ajouta Poirot, je trouverais plus vite la solution de mon problème si on m'y aidait.

— Comment peut-on vous aider?

Poirot garda un moment le silence. Puis il prononça:

— Je ferai d'abord appel aux services de Mr. Gaile, puis aux vôtres, mademoiselle.

— En quoi puis-je vous être utile? demanda Norman.

Poirot le regarda de côté.

— Ma proposition ne vous plaira sans doute pas.

— De quoi s'agit-il? répéta le jeune homme avec impatience.

Sans la moindre hâte le petit Belge alluma une de ses minuscules cigarettes.

— Voici, il me faut un maître chanteur.

— Et pour quoi faire?

— Pour faire chanter, parbleu!

— Oui, mais qui? Pour quelle raison?

— Cela me regarde. Quant à la personne...

Il fit une pause, puis reprit, sur un ton calme et positif:

— Je vais vous exposer les lignes principales de mon plan d'action. Vous écrirez une lettre à la comtesse Horbury — ou plutôt c'est moi qui la rédigerai et vous la recopierez. Sur l'enveloppe vous inscrirez le mot: « Personnelle ». Vous lui demanderez un rendez-vous, et vous lui rappellerez que vous avez voyagé de Paris à Londres en avion en telle et telle occasion. Vous ferez ensuite allusion à certains documents que possédait Mme Giselle et qui se trouvent actuellement entre vos mains.

— Et après?

— Elle vous accordera une entrevue. Vous la verrez et lui répéterez les phrases que je vais vous préparer. Vous lui réclamerez, voyons un peu — dix mille livres.

— Vous êtes fou!

— Pas du tout! Je suis peut-être un original, mais je ne suis pas fou.

— Supposez que lady Horbury appelle la police? J'irai en prison.

— Elle ne préviendra pas la police.

— Qu'en savez-vous?

— Mon cher, Hercule Poirot sait tout.

— Eh bien, je préfère vous en avertir tout de suite: votre combinaison ne m'intéresse pas.

— Rassurez votre conscience... vous n'empocherez pas les dix mille livres, fit Poirot en clignant de l'œil.

— Tout de même, monsieur Poirot, je risque gros dans ce jeu-là.

— Ta-ta-ta. La comtesse ne s'adressera pas à la police. Je suis tranquille là-dessus.

— Peut-être appellera-t-elle son mari!

— Pas davantage.

— Le rôle que vous me proposez ne m'emballe pas.

— Préférez-vous perdre votre clientèle et sacrifier votre carrière de dentiste?

— Non, mais...

Poirot lui adressa un sourire indulgent.

— Naturellement, cette idée de chantage vous répugne. Vous avez l'esprit chevaleresque. Mais je vous assure que lady Horbury ne mérite pas tous ces égards. Pour employer un euphémisme, c'est une femme légère.

— Elle n'a tout de même pas tué.

— Pourquoi pas?

— Parce que nous l'aurions vue. Jane et moi étions assis de l'autre côté du couloir.

— Vous avez trop de jugements préconçus. Moi je cherche uniquement la vérité et, pour la connaître, je veux des faits positifs.

— Je me révolte à la pensée de faire chanter une femme.

— Ah! mon Dieu, ce qu'un simple mot vous effraie! Vous ne ferez aucun chantage. Votre rôle consistera seulement à produire un certain effet, à préparer le terrain... au moment voulu, j'interviendrai.

— Et on me fourrera en prison...

— Non! non! non! Je suis très connu à Scotland Yard. Je prends tout sous ma responsabilité. Il n'arrivera que ce que j'ai prévu.

Norman acquiesça avec un soupir.

— Entendu. Je ferai comme il vous plaira. Mais à contrecœur.

— Bien. Voici ce que vous allez écrire. Veuillez prendre un crayon.

Poirot dicta lentement.

— Voilà. Plus tard, je vous ferai répéter votre leçon. Mademoiselle, fréquentez-vous quelquefois le théâtre?

— Assez souvent, répondit la jeune fille.

— Avez-vous vu une pièce intitulée: *Là-dessous?*

— Oui. Il y a environ un mois. C'était bien.

— Une pièce américaine, n'est-ce pas?

— Oui.

— Vous vous souvenez du rôle de Harry, joué par Mr. Raymond Barraclough?

— Oui. Il était parfait.

— Un bel homme, n'est-ce pas?

— Superbe.

— Ah! Celui-là a du sex-appeal.

— Certainement, affirma Jane en riant.

— Est-il beau garçon... et, en outre, excellent artiste?

— A mon avis, il jouait admirablement.

— Il faut que j'aille le voir, conclut Poirot.

Intriguée, Jane le regarda en écarquillant les yeux. Quel drôle de petit bonhomme! Il sautait d'un sujet à l'autre comme un oiseau saute de branche en branche.

Peut-être Poirot lut-il sa pensée. Il sourit.

— Vous n'approuvez pas ma façon d'opérer?

— Il me semble que vous passez trop vite d'une idée à l'autre, monsieur Poirot.

— Pas tant que vous le croyez. Je poursuis mon plan avec ordre et méthode. On ne doit pas conclure trop vite. Il faut constamment *éliminer*.

— Eliminer? C'est ce que vous faites en ce moment. Ah! je comprends. Vous avez éliminé Mr. Clancy...

— Peut-être.

— ... et nous deux. Maintenant, vous allez voir s'il convient d'éliminer lady Horbury. Oh!

Une pensée venait de jaillir en son cerveau.

— Qu'y a-t-il, mademoiselle?

— Cette observation au sujet d'une tentative de meurtre, n'était-ce pas un piège?

— Vous avez l'esprit vif, mademoiselle. C'est, en effet, un de mes ballons d'essai. Tout en parlant de tentative de meurtre, j'ai étudié Mr. Clancy, Mr. Gaile, puis vous, mademoiselle... aucun de vous trois n'a sourcillé. Votre attitude ne laissait aucun doute sur votre innocence. Un meurtrier se préparera à répondre aux réponses qu'il *prévoit*. Mais cette annotation dans un petit calepin de Mme Giselle ne pouvait être connue d'aucun de vous.

— Quel personnage mystérieux vous êtes, monsieur Poirot! Désormais, je me demanderai toujours, quand vous m'interrogerez, où vous voulez en venir.

— C'est très simple: je cherche constamment à découvrir certaines choses.

— Vous devez être très habile à ce petit jeu-là.

— Oh! le moyen est des plus élémentaires.

— Quel est-il?

— Laisser parler les gens.

Jane sourit:

— Et s'ils ne veulent pas parler?

— Tout le monde aime à se raconter.

— C'est vrai, acquiesça Jane.

— Voilà comment beaucoup de charlatans gagnent de l'argent. Ils encouragent leurs clients à s'asseoir et à raconter leur vie. A deux ans, celui-ci est tombé de son berceau, sa mère a mangé une poire et le jus a taché sa robe jaune-orange. A trois ans, il tirait sur la barbe de son père... Alors le thaumaturge leur prédit qu'ils ne souffriront plus d'insomnie et se fait payer deux guinées. Le malade part de là satisfait de lui-même... et peut-être dort-il mieux.

— C'est stupide, dit Jane.

— Pas autant que cela. Ce système est basé sur un besoin essentiel de la nature humaine... le besoin de parler... de se révéler. Vous-même, mademoiselle, n'éprouvez-vous pas un certain plaisir à relater vos souvenirs d'enfance... à parler de votre mère et de votre père?

— Comment le pourrais-je? J'ai été élevée dans un orphelinat.

— Ah! C'est différent. Vous en conservez plutôt un triste souvenir.

— Oh! non. Nous n'étions pas des enfants gardés par charité et qui sortent en bonnets rouges et carreaux noirs. L'orphelinat n'avait rien de sévère.

— Vous étiez en Angleterre?

— Non, en Irlande... près de Dublin.

— Alors, vous êtes Irlandaise? Voilà qui explique

vos cheveux noirs et vos yeux d'un gris bleu, comme...

— Comme s'ils avaient été enfoncés avec des doigts sales, acheva Norman en riant.

— Comment? Que dites-vous là?

— C'est un dicton aux yeux des Irlandais.

— Ah! bah? Ce n'est guère élégant. Cependant... ce n'est pas mal trouvé.

Il s'inclina devant la jeune fille:

— Tous mes compliments, mademoiselle, l'effet est très réussi.

Jane se leva en riant.

— Vous allez me tourner la tête, monsieur Poirot. Bonne nuit et merci pour ce dîner. Je vous mets à l'amende d'un autre si Norman va en prison pour chantage.

A cette évocation, Norman fronça le sourcil.

Poirot prit congé des deux jeunes gens.

Arrivé dans sa chambre, il ouvrit un tiroir et prit une liste de onze noms.

Devant quatre de ces noms, il traça un petit signe. Puis il hocha la tête pensivement.

— Je crois savoir, murmura-t-il. Mais il faut s'en assurer et ne pas s'arrêter avant d'avoir des preuves formelles.

CHAPITRE XVII

Dans le quartier de Wandsworth

A l'heure du dîner, Mr. Henry Mitchell s'asseyait devant un plat de purée de pois et de saucisses. lorsqu'un monsieur demanda à le voir.

A l'extrême surprise du garçon qui, on s'en souvient, travaillait au service de la compagnie *Universal Airlines*, le visiteur n'était autre que le personnage aux longues moustaches qui se trouvait au nombre des passagers dans l'avion fatal.

Très aimable, M. Poirot insista pour que Mr. Mitchell continuât son repas et il adressa un compliment à Mrs. Mitchell, qui le regardait bouche bée.

Il accepta une chaise, risqua une remarque sur la douceur de la température à cette époque de l'année, puis au bout d'un instant, annonça l'objet de sa visite.

— Il me semble que l'enquête de Scotland Yard n'avance guère, dit-il.

Mitchell hocha la tête.

— Dans un meurtre aussi mystérieux, il est bien difficile de découvrir le coupable. Si personne n'a rien vu, on finira par soupçonner tout le monde.

— Comme vous le dites.

— Je vous assure qu'Henry s'est fait du mauvais sang, intervint la brave femme. Voilà des nuits qu'il ne ferme l'œil.

Le garçon expliqua:

— Vous ne sauriez croire à quel point je me suis

tracassé, monsieur. La compagnie a été très chic. Tout d'abord, je craignais de perdre ma place...

— Henry, la compagnie ne pouvait te renvoyer sans commettre une terrible injustice, répliqua l'épouse avec indignation.

C'était une forte gaillarde, au teint rouge et aux yeux noirs très vifs.

— La justice n'est pas de ce monde, Ruth. Toutefois, les événements se sont passés pour moi mieux que je n'osais l'espérer. On ne m'a point infligé de blâme, mais je m'y attendais en quelque sorte. Si vous saisissez mon idée, j'étais responsable à bord, vous comprenez?

— Vos sentiments vous font honneur, monsieur Mitchell, mais croyez-moi, vous exagérez. On ne saurait rien vous reprocher.

— Je ne cesse de le lui répéter, appuya Mrs. Mitchell.

— J'aurais dû m'apercevoir plus tôt que la femme était morte. Si j'avais seulement essayé de la réveiller lorsque je suis allé lui présenter l'addition la première fois...

— La situation n'eût pas changé pour cela. D'après les médecins, la mort a été subite.

— J'ai beau lui conseiller de ne pas se tourmenter! insista Mrs. Mitchell. Qui sait les raisons qu'ont ces étrangers pour s'entre-tuer? Quant à moi, je dis que c'est honteux d'avoir commis ce meurtre dans un avion anglais.

Elle était toute vibrante d'une violente indignation patriotique. Son mari dit alors:

— Le souvenir de ce crime me poursuit, monsieur Poirot. Chaque fois que je prends mon service, j'éprouve une nervosité extraordinaire. Et cet inspecteur de Scotland Yard qui ne cessait de me demander si rien d'anormal ne s'était produit durant le trajet? J'ai l'impression d'avoir oublié quelque chose. Pourtant non! Ce voyage a été tout à fait normal... jusqu'à la macabre découverte.

— Des chalumeaux et des dards... moi j'appelle ça des armes de païens! déclara Mrs. Mitchell.

— Vous avez raison, madame, lui dit Poirot, la considérant d'un air admiratif, comme s'il était frappé de la justesse de cette remarque. Un Anglais ne se sert point de telles armes.

— Vous avez raison, monsieur.

— Savez-vous, madame Mitchell, que je pourrais presque deviner de quelle partie de l'Angleterre vous venez?

— Du Dorset, monsieur, je suis née aux environs de Bridport.

— J'en étais sûr. C'est un des plus beaux coins du monde.

— N'est-ce pas? Londres n'est rien à côté. Ma famille habite le Dorset depuis plus de deux siècles... Le sang du Dorset coule dans mes veines, comme vous diriez.

— On le voit, madame.

De nouveau, Poirot se tourna vers le mari:

— Je désire vous poser une petite question, Mitchell.

L'homme secoua la tête.

— J'ai dit tout ce que je savais, je vous l'assure, monsieur.

— Bien, bien, cela n'a d'ailleurs guère d'importance. Je voudrais simplement savoir si vous avez remarqué quelque désordre sur la table de Mme Giselle?

— Quand... quand j'ai constaté que cette dame ne remuait plus?

— Oui. Les cuillers, les fourchettes, la salière... ou quelque autre objet avait-il changé de place?

— Il ne restait plus, sur les tables, que les tasses à café, on avait déjà débarrassé le reste. Non, je n'ai rien remarqué. J'aurais peut-être dû faire attention, mais j'étais tellement bouleversé! Les policiers pourraient peut-être mieux vous renseigner que moi: ils ont fouillé l'avion de fond en comble.

— Après tout, peu importe! Je souhaiterais dire à l'occasion un mot à votre collègue, Davis.

— Pour le moment, il fait partie de l'équipe du matin et prend son service à huit heures quarante-cinq.

— Cette affaire l'a-t-elle beaucoup impressionné?

— Oh! vous savez, monsieur, il est jeune. Tout cela l'amuse plutôt, d'autant plus qu'on lui paie à boire pour l'entendre débiter l'histoire.

— Peut-être a-t-il une bonne amie? demanda Poirot. Le fait de le voir mêlé à un crime a dû procurer à celle-ci une forte émotion?

— Il courtise la fille au vieux Johnson, le patron de l'auberge de *La Couronne et les Plumes,* annonça Mrs. Mitchell. Une fille sérieuse qui a la tête solidement plantée sur ses épaules. Elle n'approuve pas son fiancé de tirer parti de ce scandale.

— Voilà au moins une personne raisonnable, décréta Poirot en se levant. Je vous remercie beaucoup, monsieur Mitchell, et vous aussi, madame Mitchell... et, je vous en supplie, ne vous tracassez plus.

Lorsqu'il fut dehors, Mitchell confia à sa femme:

— Ces idiots de jurés au tribunal d'enquête l'accusaient du crime. Quant à moi, je le soupçonne plutôt de faire partie de la secrète.

— Si tu veux connaître mon opinion, dit Mrs. Mitchell, il y a du bolchevisme là-dessous.

Poirot avait formulé son intention de voir, à l'occasion, Davis, l'autre garçon de restaurant. En réalité, cela ne tarda guère, et l'entrevue se produisit quelque heures plus tard dans l'auberge de *La Couronne et les Plumes.*

Davis dut répondre aux questions déjà posées à Mitchell.

— Vous désirez savoir s'il y avait quelque chose de dérangé? Vous voulez peut-être dire de renversé?...

— Je désirerais savoir si quelque objet manquait sur la table... ou s'il s'en trouvait qui ne devait pas y être normalement.

Davis répondit d'une voix lente:

— J'ai noté un détail en rangeant la vaisselle après le départ des policiers... mais je ne pense pas qu'il présente beaucoup d'intérêt pour vous. Voici: la morte avait deux cuillers à café dans sa soucoupe. L'un de nous a pu se tromper en se hâtant de faire le service. Le fait m'a frappé parce qu'on dit chez nous: « Deux cuillers dans une soucoupe annoncent un mariage. »

— Manquait-il une cuiller dans une des autres soucoupes?

— Non, monsieur, du moins pas à ma connaissance, Mitchell et moi avons enlevé les tasses et les soucoupes sans y prêter attention... Comme je viens de le dire, ces distractions se produisent parfois au plus fort du service. Ainsi la semaine dernière, j'ai mis deux fourchettes et deux couteaux à poisson à côté d'une assiette. Cela vaut mieux que de ne pas en mettre du tout; vous devez alors interrompre votre travail pour rapporter la fourchette ou le couteau manquant.

Poirot lui posa encore une question... plutôt indiscrète, celle-là:

— Davis, que pensez-vous des Françaises?

— Moi, je me contente des Anglaises, monsieur.

Et il adressa un sourire à une jeune blonde, bien rondelette, debout derrière le comptoir.

CHAPITRE XVIII

Dans Queen Victoria Street

Mr. James Ryder fut plutôt surpris lorsqu'on lui remit la carte de visite de M. Hercule Poirot.

Ce nom lui semblait familier, mais pour l'instant, il ne le situait point. Enfin sa mémoire lui revint:

— Ah! oui! c'est le petit homme aux moustaches!

Et il ordonna à son employé d'introduire le visiteur.

M. Hercule Poirot avait l'air pimpant: canne à la main et fleur à la boutonnière.

— Veuillez m'excuser si je vous dérange, monsieur. Je viens ici pour cette affaire de meurtre de Mme Giselle.

— Ah? Quoi de nouveau? Asseyez-vous, je vous prie, et prenez un cigare.

— Non, merci. Je ne fume que mes cigarettes. Voulez-vous en accepter une?

Ryder considéra les minuscules cigarettes de Poirot d'un œil critique.

— Non. Si cela ne vous ennuie pas, je prendrai une des miennes. Je pourrais avaler une de celles-là par erreur, dit-il en riant. L'inspecteur est venu me voir il y a quelques jours, poursuivit Mr. Ryder lorsqu'il eut enfin réussi à faire fonctionner son briquet. Ces gens-là fourrent leur nez partout. Ils feraient bien mieux de s'occuper de leurs propres affaires.

— Il faut bien qu'ils se renseignent, risqua doucement Poirot.

— Ils devraient au moins conserver un minimum de tact. Chacun a son amour-propre... et doit songer à sa réputation.

— Vous êtes sans doute un peu trop susceptible.

— Vous comprenez, ma situation est des plus délicate. J'étais assis juste devant cette femme... ce n'est pas ma faute. Si j'avais pu prévoir qu'elle serait assassinée, je n'aurais pas pris cet avion. Peut-être que si, tout de même...

Il demeura un moment pensif.

— En est-il résulté quelque bien pour vous? demanda Poirot en souriant.

— Pourquoi me posez-vous cette question? Eh bien, oui et non. On m'a dérangé, tourmenté. On a insinué des tas d'infamies. Et pourquoi *moi*? Pourquoi pas plutôt le docteur Hubbard... Bryant, veux-je dire? Les médecins sont plus à même que quiconque de se procurer ces poisons ultra-violents. Comment aurais-je pu mettre la main sur du venin de serpent? Je vous le demande!

— Vous disiez que malgré vos nombreux ennuis...

— L'affaire avait eu son bon côté. Je vous avouerai sans honte que j'ai obtenu une somme rondelette des journaux. Songez donc. Les impressions d'un témoin oculaire... encore qu'en réalité les reporters aient pas mal brodé sur mon récit, mais cela c'est une autre histoire.

— Il est intéressant de constater à quel degré un crime affecte parfois l'existence des gens qui n'y sont pour rien. Vous, par exemple, gagnez de l'argent de façon inattendue... de l'argent peut-être le bienvenu.

— L'argent est toujours le bienvenu, répliqua Mr. Ryder, en lançant à Poirot un regard perçant.

— Le besoin s'en fait plus ou moins sentir à certains moments. Pour s'en procurer, les hommes n'hésitent pas à se lancer dans des malversations, des spéculations frauduleuses... Ensuite surgissent une foule de complications.

— Allons, ne brossons pas ainsi le tableau en noir.

— En effet, monsieur Ryder, pourquoi n'envisager que le côté tragique de la situation? Votre argent est tombé à pic, puisque vous n'aviez pu réussir à contracter un emprunt à Paris...

— Comment diable savez-vous cela? demanda Ryder, furibond.

Hercule Poirot sourit.

— Qu'importe? N'est-ce pas la vérité?

— Si, mais je ne voudrais pas que vous le criiez sur les toits.

— Comptez sur moi. Je suis la discrétion même.

— Savez-vous que, faute d'une somme d'argent insignifiante, un homme peut être irrémédiablement précipité dans la ruine?... une somme infinitésimale, capable de le tirer d'un mauvais pas... s'il ne parvient point à mettre la main dessus, c'en est fini de lui, de son crédit. Ah! la vie vous réserve parfois de cruelles surprises, monsieur Poirot!

— Très juste.

— A propos, à quel sujet venez-vous me voir?

— La question est un peu délicate. Il m'est venu aux oreilles — dans l'exercice de ma profession, bien entendu — qu'en dépit de vos dénégations, vous étiez en relations d'affaires avec Mme Giselle.

— Qui vous l'a dit? C'est un mensonge... un odieux mensonge! Je n'ai jamais vu cette femme.

— Voilà qui est bizarre!

— Bizarre! Moi j'appelle cela une calomnie.

Poirot le regarda pensivement.

— Ah! Il me reste à vérifier ce point.

— Qu'entendez-vous par là?

— Ne vous fâchez pas... une erreur a dû sûrement se produire.

— Et comment! Je ne suis pas bête au point de

m'adresser aux usurières à l'usage des gens de la haute. Des femmes du monde qui s'endettent au jeu: voilà de quoi se compose leur clientèle.

Poirot se leva:

— Excusez-moi de m'être si mal renseigné. (A la porte, il ajouta:) A titre de simple curiosité, j'aimerais savoir pourquoi tout à l'heure vous avez appelé le docteur Bryant, docteur Hubbard?

— Le sais-je moi-même? Attendez... Ah! oui!... à cause de sa flûte. Un ancien souvenir d'enfance... une berceuse: *Le chien de la mère Hubbard... Quand la vieille revint, il jouait de la flûte...* C'est drôle, comme on peut embrouiller les noms!

— Ah! parfaitement, la flûte... Ces associations d'idées me passionnent, du point de vue psychologique.

Mr. Ryder grommela en entendant ce dernier mot. Il évoquait dans son esprit cette idiotie qu'était, à son avis, la psycho-analyse.

Il fixa sur Poirot qui s'en allait un regard chargé de méfiance.

CHAPITRE XIX

Entrée et sortie de Mr. Robinson

Dans sa résidence londonienne, au 315, Grosvenor Square, la comtesse d'Horbury s'attardait dans sa chambre à coucher. Assise devant une table de toilette garnie luxueusement de brosses, de boîtes, de flacons et de pots de crèmes de beauté, Cicely, les lèvres sèches et les joues couvertes de plaques rouges disgracieuses, lisait une lettre pour la quatrième fois:

Madame,

Je suis en possession de certains documents ayant préalablement appartenu à feu Mme Giselle. Si vous ou Mr. Barraclough désirez en prendre connaissance, je serais heureux de vous rendre visite pour discuter cette affaire.

Peut-être préférez-vous que je m'adresse directement à votre mari?

A vous fidèlement,

John Robinson.

« Il est ridicule de lire et relire continuellement ce papier... Comme si les mots allaient changer de sens! »

Elle prit l'enveloppe... les deux enveloppes: l'une portant la mention « Personnelle » et l'autre « Privée et très confidentielle ».

« Privée et très confidentielle... » La brute... l'infâme brute... Et dire que cette vieille menteuse de Giselle avait juré que « toutes dispositions étaient prises pour la protection de ses clients en cas de mort subite de sa part! »

Comme elle lui en voulait, à cette Française de malheur! La vie devenait un enfer... un véritable enfer.

— Oh! mes nerfs! s'exclama Cicely. C'est affreux! affreux!...

Elle allongea sa main tremblante vers un flacon au bouchon doré.

— Cela me calmera, me donnera un peu de force...

Elle prisa un peu de poudre blanche.

Voilà. A présent, elle pouvait réfléchir! Que faire? Voir cet homme, naturellement. Mais où dénicher de l'argent?... Elle tenterait la chance auprès d'une personne qu'elle connaissait, dans Carlos Street.

Mais elle songerait à cela plus tard. Il importait tout d'abord de voir cet individu et d'apprendre ce qu'il savait.

Elle se dirigea vers son secrétaire et traça de sa grande écriture informe:

La comtesse d'Horbury présente ses salutations à Mr. John Robinson. Elle le recevra volontiers demain dans la matinée à onze heures.

— Comment me trouvez-vous? demanda Norman.

Il rougit légèrement sous le regard de Poirot.

— Nom de nom! s'écria Hercule Poirot. Quel genre de comédie comptez-vous jouer?

Norman Gaile s'empourpra davantage.

Il marmotta:

— Ne disiez-vous pas qu'un petit déguisement serait utile?

Poirot poussa un soupir, prit le jeune homme par le bras et le conduisit devant l'armoire à glace.

— Regardez-vous! C'est tout ce que je vous demande. Non, mais de quoi avez-vous l'air? D'un bonhomme Noël pour amuser les enfants! Votre barbe n'est pas blanche, non. Elle est noire... la couleur des traîtres. Mais quelle barbe... barbe de quatre sous, mon ami, et encore mal mise... Et pourquoi ces faux sourcils? Vous avez donc la manie des faux poils? Vous puez la colle à dix mètres à la ronde et si vous croyez qu'on ne découvrira pas ce morceau de plâtre collé sur une de vos dents, vous vous fourvoyez. Décidément, mon ami, vous êtes loin de connaître le métier.

— J'ai joué autrefois dans les théâtres d'amateurs, répondit Norman Gaile avec raideur.

— On ne le dirait guère. Quoi qu'il en soit, j'espère qu'on ne vous laissait pas vous maquiller à votre guise. Même aux lumières de la rampe, votre aspect serait grotesque. En plein jour, dans Grosvenor Square...

Poirot haussa éloquemment les épaules comme pour achever sa phrase.

— Non, mon ami, poursuivit-il, vous êtes un maître chanteur et non un cabotin. Je veux que la comtesse ait peur de vous, et non pas qu'elle éclate de rire à votre aspect. Si mes paroles vous offensent, je m'en excuse, mais, en ce moment, seule la franchise est de mise. Prenez ceci et passez dans la salle de bains. Finissons-en avec cette mascarade.

Il lui tendit un flacon d'eau de toilette.

Humilié, Norman Gaile obéit. Lorsqu'il reparut, un quart d'heure plus tard, le visage rouge couleur brique, Poirot approuva d'un signe de tête:

— Très bien. La comédie est jouée, passons aux affaires sérieuses. Je vous permets une petite moustache, mais c'est moi-même qui la fixerai. Là... A présent, les cheveux. Je déplace simplement votre raie et cela suffit. Voyons si vous connaissez votre rôle par cœur.

Poirot écouta avec attention.

— Parfait! en avant!... et bonne chance!

— Je le souhaite. Je trouverai probablement chez la dame un mari furieux et deux policiers.

Poirot le rassura.

— Ne craignez rien. Tout marchera comme sur des roulettes.

— C'est vous qui le dites, répliqua Norman, révolté.

Le moral au plus bas, il s'éloigna pour remplir cette mission exécrable.

A Grosvenor Square, on l'introduisit dans une pièce au premier étage. Au bout d'une minute ou deux, lady Horbury entra.

Norman Gaile rassembla tout son courage. A tout prix, il fallait ne pas avoir l'air novice en ce métier.

— Mr. Robinson? dit Cicely.

— Lui-même, à votre service, madame.

Il s'inclina profondément.

« Sapristi! j'ai tout l'air d'un chef de rayon. C'est la frousse », se dit Norman, écœuré de sa maladresse.

— J'ai reçu votre lettre, disait Cicely.

Norman retrouva bientôt toute son assurance.

« Ce vieux maboul qui me croyait incapable de tenir un rôle! » songea-t-il.

Puis, tout haut, il dit d'un ton presque insolent:

— Bien. Et alors, que comptez-vous faire, lady Horbury?

— Expliquez-vous, monsieur.

— Inutile, ce me semble, d'entrer dans les détails. Chacun sait qu'il est fort agréable de... disons le mot... de passer *seule* une fin de semaine au bord de la mer; mais les maris se montrent rarement de cet avis. Vous n'ignorez pas, j'en suis certain, la nature compromettante des documents que possédait Mme Giselle... une femme étonnante! Elle ne se trompait pas de porte. Les renseignements fournis par les hôteliers... sont indiscutables. Maintenant, la question est de savoir qui en a le plus besoin: vous ou lord Horbury?

Elle l'écoutait, tremblante.

— Je suis vendeur, poursuivit Norman, d'une voix plus vulgaire et se jetant corps et âme dans le rôle de Mr. Robinson. Etes-vous acheteuse? Telle est la question.

— Comment êtes-vous entré en possession de ces... renseignements?

— Lady Horbury, vous déplacez le sujet de la conversation. Je les ai, voilà l'essentiel.

— Je n'en crois pas un mot. Montrez-les moi.

Norman secoua négativement la tête et prononça avec un sourire moqueur:

— Oh! non, je ne les ai pas sur moi. Me prenez-vous pour un débutant? Si nous nous entendons, c'est une autre affaire. Vous les verrez avant de me remettre le *fric*. Tout sera fait dans les règles.

— Euh... combien?

— Dix mille livres sterling.

— Impossible! Jamais je ne pourrai trouver pareille somme.

— Donnez-vous simplement la peine d'essayer. Les bijoux ont quelque peu perdu de leur valeur, mais les perles restent des perles. Ecoutez, pour obliger une lady je descendrai à huit mille livres. C'est mon dernier chiffre et je vous donne deux jours pour réfléchir.

— Je vous répète que je ne puis trouver cet argent.

Norman haussa les épaules.

— Après tout, lord Horbury a bien le droit de savoir ce qui se passe. Si je ne me trompe, une femme divorcée ne reçoit pas de pension alimentaire... et Mr. Barraclough, malgré tout son talent de jeune premier, ne touche pas encore de gros cachets. Là-dessus, je vous laisse. Songez à ce que je viens de vous dire... Je parle le plus sérieusement du monde.

Il fit une pause, puis ajouta:

— Je serai inexorable, tout comme l'était Mme Giselle.

Vivement, sans donner à la malheureuse femme le temps de répondre, il quitta la pièce.

— Ouf! soupira Norman en regagnant la rue. Dieu merci, c'est fini.

Il s'épongea le front.

Une heure s'était à peine écoulée, qu'une carte fut remise à lady Horbury.

M. HERCULE POIROT

Elle posa la carte sur une table.

— Qui est ce monsieur? Je ne connais pas ce nom-là.

— Il dit, milady, qu'il vient de la part de M. Raymond Barraclough.

— Oh! Bien, faites-le entrer.

Le valet de chambre sortit, puis reparut.

— M. Hercule Poirot.

Vêtu à la dernière mode, comme un dandy, M. Poirot fit son entrée et salua la comtesse.

Le valet referma la porte. Cicely s'avança d'un pas.

— Mr. Barraclough vous envoie?

— Veuillez vous asseoir, madame.

Il parlait d'un ton aimable, mais autoritaire.

Lady Horbury s'assit machinalement. Poirot prit un siège à côté d'elle et aussitôt la rassura par son ton paternel.

— Madame, je vous en prie, considérez-moi comme un ami. Je viens ici pour vous donner un conseil. Je sais que de graves ennuis vous menacent.

D'une voix faible, elle murmura:

— Mais non...

— Ecoutez, madame, je ne vous demande pas de me révéler vos secrets. Inutile: je les connais déjà. Un bon détective doit, en effet, tout savoir.

— Un détective? (Ses yeux s'agrandirent.) Je me souviens à présent. Vous voyagiez dans l'avion. C'était vous...

— Eh oui! c'était moi. Maintenant, madame, arrivons au fait. Comme je viens de vous le dire, je ne tiens nullement à vous arracher des confidences. Contrairement à votre attente, c'est moi qui vais vous apprendre ce que je sais. Ce matin, il y a une heure à peine, vous avez reçu la visite d'un homme... peut-être s'appelait-il Brown?

— Robinson, murmura Cicely.

— C'est le même individu. Il s'appelle tour à tour Brown, Smith, Robinson. Il vint ici pour essayer de vous faire chanter, madame, car il possède certaines preuves de votre imprudence. Ces documents appartenaient à Mme Giselle; maintenant ils sont entre les mains de cet homme. Il vous les offre pour la somme de sept mille livres, n'est-ce pas?

— Huit.

— Huit, soit. Vous est-il facile d'emprunter cette somme tout de suite, madame?

— Impossible... absolument impossible... Je suis déjà endettée jusqu'au cou... Je ne sais comment m'en tirer...

— Calmez-vous, madame. Je viens ici pour vous aider.

Elle le dévisagea.

— Comment avez-vous appris tout cela?

— Simplement, madame, parce que je suis Hercule

Poirot. Ne craignez rien... remettez-vous-en à moi... Je me charge de ce Robinson.

— Oui. Et combien vous faut-il?

Hercule Poirot salua.

— Je demande seulement une photographie d'une très jolie femme, avec une petite signature...

Elle poussa un cri.

— Oh! mon Dieu! Que vais-je devenir?... Mes nerfs... Je perds la tête.

— Non, non, tout s'arrangera. Ayez confiance en Hercule Poirot et dites-lui la vérité... toute la vérité. Ne me cachez rien, autrement vous me mettrez dans l'impossibilité d'agir.

— Vous comptez me tirer d'embarras?

— Je vous jure solennellement que vous n'entendrez plus parler de Mr. Robinson.

— Eh bien, je vais tout vous dire!

— Bon. Ainsi, vous avez emprunté de l'argent à cette Mme Giselle?

Lady Horbury fit un signe de tête affirmatif.

— Quand cela? Je veux dire: à quelle époque avez-vous eu recours à ses services?

— Voilà huit mois. Je me trouvais criblée de dettes.

— Des dettes de jeu?

— Oui. La déveine me poursuivait.

— Et elle vous prêta tout ce que vous lui demandiez?

— Pas au début. Tout d'abord, elle ne m'avança qu'une petite somme.

— De qui teniez-vous l'adresse de cette femme?

— De Raymond... Mr. Raymond Barraclough savait par ouï-dire que cette personne prêtait de l'argent aux femmes du monde.

— Par la suite, elle vous en prêta davantage?

— Oui, autant que j'en désirais. Cela tenait du miracle!

— C'était le genre de miracles qu'opérait Mme Giselle, prononça sèchement Poirot. Auparavant, vous et Mr. Barraclough étiez devenus?... euh... des amis?

— Oui.

— Mais vous ne souhaitiez nullement que votre mari fût mis au courant?

Cicely s'écria en colère:

— Stephen est un goujat. Il ne m'aime plus et veut en épouser une autre. Il ne cherche qu'une occasion de divorce!

— Et vous ne voulez pas du... divorce?

— Non. Je... je...

— Vous préférez conserver votre situation... et aussi le revenu considérable qu'elle vous procure. Je comprends vos sentiments. Il faut bien que les femmes songent à leur avenir. Pour en revenir à nos moutons... Il a fallu rembourser Mme Giselle?

— Oui, et je... je n'avais pas le sou. Alors, la vieille sorcière s'est montrée intraitable. Elle connaissait les relations existant entre Raymond et moi... le nom des hôtels, les dates et toutes sortes de renseignements. J'ignore comment elle a pu les obtenir.

— Elle avait sa tactique. Sans doute vous a-t-elle menacée de communiquer toutes ces preuves à lord Horbury?

— Oui, si je ne la remboursais pas.

— Ce qui vous était impossible?

— Absolument impossible...

— En somme, sa mort est providentielle pour vous?

D'un accent sincère, Cicely s'exclama:

— C'était trop... trop beau!

— Précisément. Cependant, vous n'étiez pas sans appréhension?

— Pourquoi?

— Parce que, seule parmi les passagers du *Prométhée*, vous aviez un motif de souhaiter la mort de Mme Giselle.

Elle retint un instant son souffle.

— Je sais. J'ai horriblement souffert. Je croyais devenir folle.

— D'autant plus que vous l'aviez quittée la veille au soir à Paris après une scène violente.

— Cette infâme usurière refusait de m'accorder le moindre délai. Je crois même qu'elle se délectait de mon malheur. Jusqu'au bout, elle demeura inflexible. Elle m'avait réduit, ce soir-là, à l'état de loque.

— Pourtant à l'enquête, n'avez-vous pas affirmé n'avoir jamais vu cette femme?

— Naturellement. Qu'aurais-je pu dire d'autre?

L'air pensif, Poirot l'observait.

— Je comprends, madame. Vous ne pouviez, en effet, dire autre chose.

— Quand je pense à tous les mensonges qu'il m'a fallu raconter! Cet odieux inspecteur est venu ici à plusieurs reprises m'accabler de questions. Toutefois, je me sentais en sûreté. Je devinais qu'il essayait de me faire parler, mais qu'il ne savait rien.

— Celui qui accuse sur simple présomption doit y aller à coup sûr.

— Cependant, ajouta Cicely, poursuivant son idée, je me rassurais à la pensée que si quelque chose devait transpirer, le fait se serait produit dès le début. Je dormais assez tranquille, jusqu'à la réception de cette lettre d'hier.

— Vous n'avez tout de même pas vécu dans la terreur depuis ce moment-là?

— Oh! si! Je redoutais tellement...

— Quoi donc? Le scandale, ou l'arrestation pour meurtre?

Cicely devint blême.

— Pour meurtre!... Mais ce n'est pas moi qui l'ai tuée! Vous le savez bien!

— Vous désiriez néanmoins sa suppression...

— Oui, mais je ne l'ai pas tuée... je vous le jure! Il faut me croire. Je n'ai pas quitté ma place. Je...

Sa voix se brisa. Ses yeux bleus magnifiques suppliaient le détective.

Hercule Poirot la rassura d'une voix douce.

— Je vous crois, madame, pour deux raisons. D'abord parce que vous êtes femme, et ensuite à cause d'une guêpe.

Elle le regarda fixement:

— Une guêpe?

— Oui, une guêpe. Cela ne vous dit rien sans doute. Pour en finir, je vous promets que jamais vous ne reverrez ce Mr. Robinson, ni n'entendrez parler de lui. En retour de ce service, je vous prie de répondre à deux questions: Mr. Barraclough se trouvait-il à Paris la veille de l'assassinat?

— Oui. Nous avons dîné ensemble, mais il croyait préférable que j'aille seule voir cette femme.

— Ah! vraiment! Encore une petite question, madame. Avant votre mariage, vous vous appeliez Cicely Bland. Etait-ce un nom de guerre ou votre véritable nom?

— Je m'appelais en réalité Martha Jebb, mais l'autre nom...

— Convenait mieux pour le théâtre. Et vous êtes née... où?

— A Doncaster. Mais pourquoi?

— Simple curiosité de ma part. Excusez-moi. Maintenant, lady Horbury, permettez-moi de vous donner un conseil. Pourquoi ne pas décider votre mari à divorcer discrètement?

— Et le laisser épouser cette femme?

— Mais oui! Vous avez un cœur généreux, madame. En outre, vous serez si tranquille... si libre... et votre mari vous servira une pension.

— Oh! pas grand-chose.

— Une fois divorcée, qui vous empêche d'épouser un millionnaire?

— Ils se font de plus en plus rares.

— N'en croyez rien, madame. L'homme riche autrefois à trois millions n'en possède maintenant plus que deux... Eh bien, c'est encore suffisant.

Cicely sourit.

— Vous êtes très persuasif, monsieur Poirot. Alors, vous m'assurez que Mr. Robinson, cet odieux individu, ne viendra plus me tourmenter?

— Vous avez la parole d'Hercule Poirot, déclara le petit détective belge d'un ton solennel.

CHAPITRE XX

Dans Harley Street[1]

L'inspecteur Japp longea Harley Street d'un pas rapide et s'arrêta devant une certaine porte.

Il demanda au domestique si le docteur Bryant était visible.

— Vous a-t-il donné rendez-vous, monsieur?

— Non, mais je vais écrire quelques mots pour lui annoncer l'objet de ma visite.

Sur une de ses cartes officielles, il griffonna:

« *Je vous serais reconnaissant de bien vouloir me consacrer quelques minutes. Je ne vous retiendrai pas longtemps.* »

Il glissa la carte dans une enveloppe qu'il tendit au valet de chambre.

On l'introduisit dans un salon d'attente où se trouvaient déjà deux femmes et un homme. Japp s'assit, un vieux numéro du *Punch* entre les mains.

Le valet revint, traversa le salon, et lui glissa d'une voix discrète:

— Monsieur, si vous voulez bien attendre un instant, le docteur vous recevra, mais il est fort occupé ce matin.

Japp se montra tout disposé à prendre patience.

[1] Célèbre rue de Londres habitée en majeure partie par les grands médecins de cette ville.

En effet, ses deux voisines venaient d'entamer une conversation très intéressante. Toutes deux professaient la plus grande estime pour les talents du praticien. De nouveaux clients arrivèrent. De toute évidence, le docteur Bryant était un médecin en vogue.

« Il gagne trop d'argent pour avoir besoin d'emprunter, pensa Japp. Toutefois, le prêt peut remonter à une époque moins prospère. Actuellement, il a une clientèle de choix et il suffirait du moindre scandale pour la réduire à néant. Voilà l'inconvénient d'être médecin. »

Un quart d'heure plus tard, le valet reparut:

— Monsieur, dit-il, le docteur vous attend.

Le docteur Bryant reçut Japp dans son cabinet de consultation, pièce éclairée par une large baie donnant sur l'arrière de la maison. Le médecin, assis à son bureau, se leva et tendit la main à l'homme de Scotland Yard.

Son beau visage aux traits réguliers témoignait d'une grande lassitude, mais il ne semblait nullement ému par la visite de l'inspecteur.

— Qu'y a-t-il pour votre service, inspecteur? lui demanda-t-il en se rasseyant et en indiquant à Japp un fauteuil en face de lui.

— Tout d'abord, je m'excuse de vous déranger à l'heure de votre consultation, mais je n'en ai pas pour longtemps.

— Vous ne me dérangez nullement. Vous venez sans doute au sujet du drame de l'avion?

— Parfaitement. Nous continuons à nous en occuper.

— Avec succès?

— Nous ne sommes pas aussi avancés que nous le souhaiterions. Je viens justement vous poser quelques questions sur la méthode employée. Il s'agit de ce venin de serpent.

— Je ne suis pas un spécialiste en toxicologie, dit

le médecin en riant. Vous feriez peut-être mieux de vous adresser à Winterspoon.

— Bien sûr, mais voici où commencent mes ennuis: Winterspoon est un expert, et vous savez que ces gens-là parlent un langage incompréhensible au commun des mortels. Il me semble que la médecine recourt parfois à ces venins. Est-il vrai qu'on s'en sert dans l'épilepsie?

— Je ne suis pas davantage un spécialiste de cette maladie, mais je sais que des injections de venin de cobra ont été tentées avec succès dans le traitement de l'épilepsie. Toutefois, comme je viens de le dire, cette affaire n'est pas de mon ressort.

— Je sais... je sais. Voici réellement l'objet de ma visite. J'ai pensé qu'ayant voyagé dans l'avion où fut commis ce crime étrange, vous ne pouviez vous en désintéresser et que vous possédiez sur ce sujet quelques idées personnelles pouvant m'être utiles. A quoi me servirait de m'adresser à un spécialiste, si j'ignore quelles questions lui poser?

Le docteur Bryant sourit.

— Il y a du vrai dans ce que vous dites, inspecteur. Nul ne saurait être mêlé d'assez près à un meurtre et rester complètement insensible. Je vous avoue que j'y pense souvent.

— Et quelle est votre impression, docteur?

— Plus j'y songe et plus la manière dont a été tuée cette femme me semble, si j'ose dire, irréelle..., étonnante. Le meurtrier courait quatre-vingt-dix-neuf chances sur cent d'être vu des autres voyageurs. Ce type-là ne manque sûrement pas d'aplomb.

— En effet.

— Le choix du poison est tout aussi extraordinaire. Comment le criminel a-t-il pu se procurer du venin de boomstang?

— Cela paraît impossible, dit Japp. Sur mille individus, il en est peut-être un qui ait entendu parler du boomstang; à plus forte raison, combien rares sont ceux qui manipulent le venin de ce serpent.

— Je partage votre avis. Un de mes amis s'est spécialisé dans l'étude des Tropiques. J'ai remarqué dans son laboratoire différents spécimens de venins desséchés... celui du cobra, par exemple, mais il ne me souvient pas en avoir vu du boomstang.

Japp tira de sa poche un morceau de papier et le tendit au praticien.

— Winterspoon m'a conseillé de passer à l'une de ces adresses pour obtenir des renseignements. Connaissez-vous ces gens-là?

— Je connais un peu le professeur Kennedy. Je compte Heidler au nombre de mes amis; recommandez-vous de moi et je suis certain qu'il s'efforcera de vous rendre service. Car Michael est un Ecossais... Je ne le connais pas personnellement... mais je le crois un homme compétent.

— Merci, docteur. Je vous suis infiniment reconnaissant. Excusez-moi d'avoir empiété sur votre temps. Au revoir.

Quand Japp se retrouva dans la rue, il souriait en lui-même d'un air satisfait.

« Rien ne vaut le tact, se dit-il à lui-même. Cette vertu mène à tout. Que je sois pendu si ce bonhomme devine jamais les renseignements que je cherchais à lui soutirer! »

CHAPITRE XXI

Les trois pistes

Quand Japp arriva à Scotland Yard, on lui apprit que M. Hercule Poirot l'attendait.

Japp salua son ami très cordialement.

— Eh bien! monsieur Poirot, quel bon vent vous amène? Quelles nouvelles apportez-vous?

— Je venais plutôt pour vous en demander, mon bon Japp.

— Ah! je vous reconnais là! J'avoue qu'il n'y a pas grand-chose de neuf. Le marchand d'antiquités parisien a reconnu le chalumeau. Fournier ne cesse de me tourmenter, de Paris, avec son « moment psychologique ». J'ai interrogé les deux garçons de restaurant à en être moi-même gêné; ils ont affirmé jusqu'au bout qu'au cours du voyage rien d'extraordinaire ni d'anormal ne s'était passé.

— L'incident s'est peut-être produit pendant que ces deux hommes se trouvaient dans le compartiment d'avant.

— J'ai également interrogé les passagers. Ils ne peuvent tous mentir.

— Durant une de mes enquêtes, j'ai bien vu mentir tous les témoins!

— Toujours le même, ce cher Poirot! A dire vrai, je n'ai pas la main heureuse. Plus je m'enfonce dans cette affaire, moins j'en sais. Le chef me regarde d'un vilain œil. Qu'y puis-je? Par bonheur, il s'agit d'un de ces cas à demi étrangers. Ici, nous mettons la culpabilité du côté des Français, et à Paris on prétend que le crime a été commis par un Anglais et que cela nous regarde.

— Croyez-vous réellement que les deux Français auraient tué cette femme?

— Ma foi, je n'oserais l'affirmer. Selon moi, un archéologue est une espèce de blagueur. Il passe sa vie à fouiller le sol et à raconter les événements qui se déroulaient voilà des milliers d'années... Comment les a-t-il appris? Je voudrais bien le savoir. Personne, du reste, ne songe à le contredire lorsqu'il prétend qu'un collier de perles tout défraîchi remonte à cinq mille trois cent vingt-deux ans. On pourrait traiter l'archéologue d'imposteur — bien qu'il semble lui-même croire tout ce qu'il avance — mais il est en général un être inoffensif. Non, entre nous, je ne puis supposer une minute qu'un de ces deux archéologues français soit coupable.

— Qui, alors?

— Il y a Clancy, évidemment. Celui-là perd la boule et bavarde seul dans la rue. Sans doute quelque tourment le ronge-t-il?

— Le plan d'un nouveau livre?

— Peut-être... sinon autre chose. Mais je ne parviens pas à lui trouver un mobile. Je continue à penser que le C. L. 52 du calepin noir s'applique à lady Horbury; mais impossible de rien en tirer. C'est une dure à cuire, celle-là!

Poirot sourit. Japp poursuivit:

— Quant aux garçons de restaurant, je ne vois aucun rapport entre eux et Mme Giselle.

— Et le docteur Bryant?

— Là, j'aurais peut-être plus de chances. De mauvaises rumeurs courent sur son compte et sur une de ses clientes... une jolie femme... son mari s'adonne aux stupéfiants et la rend malheureuse.

— A la moindre imprudence, Bryant serait rayé de l'ordre des médecins.

— Ce type-là me semble correspondre assez bien au *B. T.* 362 et j'ajouterai même que je me suis adroitement renseigné sur la manière dont il pouvait se procurer du venin de serpent. Je suis allé le voir et il s'est trahi sur ce point. Toutefois, ce sont là des suppositions... et non des faits. Dans cette affaire, les faits sont assez difficiles à déceler.

— Que pensez-vous de Ryder? demanda Poirot.

— Ryder me paraît être un honnête homme. Il avoue s'être rendu à Paris avec l'espoir de contracter un prêt, mais il n'a pas réussi... Il m'a communiqué noms et adresses... vérifiés et trouvés exacts par la suite. J'ai appris que la firme battait de l'aile il y a une ou deux semaines, mais elle semble se relever à présent. Et voilà! Nous nous débattons dans une affreuse confusion.

— Non... dans l'obscurité, peut-être... mais la confusion n'existe que dans un esprit désordonné.

— Employez le terme qu'il vous plaira... le résultat demeure le même. De son côté, Fournier n'avance pas davantage. Vous obtenez sans doute plus de succès que nous, mais vous préférez n'en point parler.

— Vous vous moquez de moi. Je fais ce que je peux. Je progresse pas à pas, avec ordre et méthode; mais il reste encore beaucoup à faire.

— Je suis heureux de vous l'entendre dire. Parlez-nous un peu de ces pas si bien réglés.

Poirot sourit.

Il tira de sa poche une feuille de papier.

— Voici. J'ai dressé un petit tableau. Selon moi, un meurtre est un acte commis en vue d'un certain résultat.

— Répétez lentement, voulez-vous?

— Ce n'est pourtant pas compliqué.

— Peut-être... mais on ne le dirait guère, à vous entendre.

— Mais si! mais si! C'est la simplicité même. Tenez! vous désirez de l'argent... vous l'attendez au décès d'une tante. Bien, vous agissez — en d'autres termes vous tuez la tante — et vous atteignez le résultat souhaité: vous héritez de sa fortune.

— Je voudrais bien posséder quelques tantes de ce genre, soupira Japp. Continuez, je commence à saisir. Vous voulez dire qu'il y a certainement un mobile dans ce crime.

— Je préfère ma façon de m'exprimer. Un acte est commis — un crime — quelles sont les conséquences de cet acte? En étudiant celles-ci, nous devrions trouver la solution de l'énigme. Un seul crime peut avoir des suites très variées... surtout s'il affecte un grand nombre de personnes. A ce jour, trois semaines après l'affaire du *Prométhée*, la mort de Mme Giselle a produit sur onze personnes des conséquences différentes.

Il déplia la feuille de papier.

Japp se pencha en avant et lut avec intérêt, derrière l'épaule de Poirot:

Miss GREY. — *Conséquences: amélioration temporaire de situation. Augmentation de salaire.*

Mr. GAILE. — *Conséquence: néfaste. Perte de clientèle.*

Lady HORBURY. — *Conséquence: bonne, si elle est le C. L. 52.*

Miss KERR. — *Conséquence: néfaste, puisque après la mort de Mme Giselle, il est peu probable que lord Horbury soit mis au courant des agissements de sa femme, ce qui lui eût permis de demander une action en divorce.*

— Hum! Alors, vous pensez qu'elle en pince pour lord Horbury? demanda Japp. Vous avez un flair remarquable pour les intrigues d'amour.

Poirot sourit. A nouveau, Japp se pencha sur le papier.

Mr. CLANCY. — *Conséquence: bonne. Espère tirer de l'argent d'un livre qu'il écrit sur le crime.*

Docteur BRYANT. — *Conséquence: bonne, s'il est bien le B. T.* 362.

Mr. RYDER. — *Conséquence: bonne. Il a touché une somme d'argent pour des articles sur le meurtre, ce qui a remis à flot ses affaires quelque peu embarrassées. Bonne également, si Ryder est le X. V. B.* 724.

M. DUPONT. — *Conséquence: néant.*

M. Jean DUPONT. — *Conséquence: néant.*

MITCHELL. — *Conséquence: néant.*

DAVIS. — *Conséquence: néant.*

— Et vous vous figurez que ces élucubrations vous serviront à quelque chose? demanda Japp, sceptique. A quoi cela vous avance-t-il d'écrire: *Je ne sais pas. Je ne sais pas. Je ne puis affirmer?*

— Ce tableau me fournit une classification bien nette, expliqua Poirot. Dans quatre cas: Mr. Clancy, miss Grey, Mr. Ryder — et je crois devoir ajouter lady Horbury —, les conséquences s'avèrent bonnes.

En ce qui concerne miss Kerr et Mr. Gaile, elles sont mauvaises, et, pour les quatre autres, les conséquences sont nulles, autant que nous puissions le savoir. Quant au docteur Bryant, nous ne voyons ni pertes ni profits immédiats.

— Et alors? fit Japp.

— Alors, nous devons poursuivre nos recherches.

— Sans bases sérieuses, soupira Japp tristement. En réalité, nous resterons les mains liées tant que nous n'aurons pas reçu les renseignements de Paris. Chez Mme Giselle gît la clef du problème. Je m'y serais pris plus adroitement que Fournier pour faire parler la bonne.

— Permettez-moi d'en douter, cher ami. Le plus curieux, dans toute cette affaire, c'est la personnalité de la victime: une femme sans amis, sans relations, sans vie privée, pourrions-nous dire. Cette femme dans sa jeunesse eut un chagrin d'amour. Elle en souffrit, puis baissa le rideau sur ce drame intime. De cette partie de son existence, elle ne conserve ni une photographie, ni un souvenir, pas le moindre colifichet. Marie Morisot devint Mme Giselle... prêteuse sur gages.

— Peut-être trouverait-on un fil conducteur en remontant dans son passé?

— Peut-être.

— Il serait le bienvenu. Nous n'avons aucun indice...

— Oh! que si, mon ami, il en existe!

— Oui, si vous voulez, le chalumeau.

— Non, non, pas le chalumeau.

— Eh bien, exposez-moi vos petites idées là-dessus.

Poirot sourit.

— Je leur donnerai des titres, à l'instar de Mr. Clancy, pour ses romans: *Le Mystère de la guêpe, Le Contenu de la valise du passager, La Seconde Cuiller à café.*

— Vous êtes stupide, déclara Japp.

Puis il ajouta :

— Que vient faire là cette histoire de cuiller à café ?

— Deux cuillers à café avaient été mises dans la soucoupe de Mme Giselle.

— Signe de mariage, selon la légende populaire.

— Signe d'enterrement conviendrait mieux, en l'occurrence, dit Poirot.

CHAPITRE XXII

Jane change de profession

Quand Norman Gaile, Jane et Poirot se retrouvèrent pour dîner le soir de l'affaire du chantage, le jeune dentiste fut soulagé d'apprendre qu'on ne requérait plus ses services en tant que « Mr. Robinson ».

— Ce bon Mr. Robinson est mort, annonça Poirot. Buvons à sa mémoire!

Il leva son verre.

— *Requiescat in pace*? dit Norman en riant.

— Qu'est-il arrivé? demanda Jane à Poirot.

Celui-ci sourit à la jeune fille.

— J'ai découvert ce que je désirais savoir.

— La lady était-elle cliente de Mme Giselle?

— Oui.

— Cela ne faisait aucun doute, après mon entrevue avec elle, expliqua Norman.

— En effet, dit Poirot, mais il me fallait de plus amples détails.

— Et vous les possédez?

— Certainement.

Tous deux considérèrent d'un œil interrogateur le petit détective, mais, comme pour les narguer, Poirot s'embarqua sur un sujet tout différent. Il se mit à discuter le choix d'une carrière en relation avec les goûts de l'individu.

— En réalité, dit-il, il y a moins qu'on pense de chevilles rondes dans les trous carrés. Chacun occupe à peu près la situation de son choix, en dépit de tout ce qu'il peut prétendre. Un bureaucrate vous dira: « Moi, j'aurais aimé explorer le monde... mener la vie « active en des régions inconnues. » Vous vous apercevrez bientôt qu'il raffole des livres ayant trait à ce genre d'existence, mais que personnellement il préfère la sécurité et le confort relatif d'une chaise de bureau.

— Selon vous, répliqua Jane, mon goût pour les lointains voyages serait illusoire... et je suis ma véritable vocation en travaillant dans le salon de coiffure de M. Antoine?... Eh bien, vous vous trompez, monsieur Poirot!

— Vous êtes encore jeune, mademoiselle. A votre âge, on tâte un peu de tous les métiers, mais au moment de prendre une situation stable, on choisit le genre de vie qu'on préfère.

— Et si moi, je préfère être riche?

— Ah! ça, c'est plus difficile.

— Je ne partage pas votre avis, dit Norman Gaile. Je suis dentiste par le hasard des circonstances et non par goût. Mon oncle était dentiste et voulait m'associer avec lui. J'aimais l'aventure et le voyage. J'abandonnai l'art dentaire pour aller m'établir fermier en Afrique du Sud. Faute d'expérience, j'échouai dans mon entreprise, je dus accepter l'offre avunculaire et venir m'installer près de mon brave parent.

— Et maintenant, vous songez à quitter votre profession pour aller au Canada?

— Les circonstances m'y auront contraint.

— C'est incroyable comme le concours de circonstances vous oblige parfois à faire exactement ce que vous souhaitiez.

— Rien ne me force à voyager, dit Jane avec regret. Et pourtant, quel beau rêve!

— Mademoiselle, je vais vous faire une proposition. Je pars pour Paris la semaine prochaine. Voulez-vous accepter d'être ma secrétaire? Je vous donnerai de bons appointements.

Jane secoua la tête.

— Je ne veux pas quitter la maison Antoine. La coiffure est un excellent métier.

— Celui que je vous offre également.

— Oui, mais il n'est que provisoire.

— Je vous trouverai une situation équivalente.

— Merci, mais j'hésite à courir le risque.

Poirot la regarda avec un sourire énigmatique.

Trois jours plus tard, il reçut un coup de téléphone.

— Monsieur Poirot, disait Jane, la place en question est-elle encore libre?

— Oui, mademoiselle, je quitte Londres lundi.

— Vous parlez sérieusement? Puis-je toujours vous accompagner?

— Toujours. Mais qu'est-il donc arrivé pour que vous ayez si vite changé d'avis?

— J'ai eu une prise de bec avec Antoine. Une de mes clientes m'a fait sortir de mes gonds. C'est une... enfin, je ne puis vous expliquer cela au bout du fil. Au lieu de me contenir et de calmer la dame, je lui ai dit tout ce que je pensais d'elle.

— Ah! la perspective des grands espaces!

— Que dites-vous?

— Je dis que votre esprit voyageait ailleurs.

— Mais ma langue n'a pas fourché. Pour une fois je me suis soulagée. Si vous aviez vu les yeux de la dame: ils lui sortaient de la tête comme ceux de son *pékinois*. Toujours est-il que j'ai perdu ma place. J'en chercherai une autre, mais, en attendant, il me plairait fort d'aller à Paris.

— Alors, c'est entendu. En route, je vous donnerai mes instructions.

Poirot et sa nouvelle secrétaire ne voyagèrent point

par l'avion. En son for intérieur, Jane ne demandait pas mieux. L'émotion du dernier voyage avait ébranlé ses nerfs et elle ne voulait pas revoir constamment en pensée cette forme inerte en vêtements noirs...

De Calais à Paris, ils se trouvèrent seuls dans leur compartiment, et Poirot en profita pour exposer ses projets à la jeune fille.

— Je dois voir plusieurs personnes à Paris: le notaire, Me Thibaut, M. Fournier, de la Sûreté générale, homme mélancolique, mais intelligent, et, enfin, MM. Dupont père et fils. Pendant que j'interrogerai le père, vous vous occuperez du fils. Vous êtes une personne aimable et séduisante, mademoiselle Jane, et je ne doute pas que M. Dupont se souvienne de vous avoir rencontrée à l'enquête.

— Je l'ai revu depuis, dit Jane en piquant un léger fard.

Rougissant davantage, Jane raconta leur entrevue au restaurant.

— De mieux en mieux... Parfait! Ah! j'ai eu une riche idée de vous emmener avec moi à Paris! Maintenant, ouvrez bien les oreilles, mademoiselle Jane. Autant que possible, n'amenez pas l'affaire Giselle sur le tapis, mais si Jean Dupont prend l'intiative d'en parler, n'essayez pas d'éviter ce sujet. Il serait peut-être utile que, sans insister, vous lui donniez l'impression qu'on soupçonne lady Horbury d'avoir commis ce crime. Vous lui diriez, par exemple, que je viens à Paris pour conférer avec M. Fournier sur les relations qui ont pu exister entre lady Horbury et la défunte.

— Pauvre lady Horbury! Vous lui faites jouer le rôle de paravent.

— Je n'admire pas ce genre de femme. Du moins, qu'elle serve à quelque chose une fois dans la vie!

Après une minute d'hésitation, Jane dit:

— Monsieur Poirot, vous ne suspectez pas le jeune M. Dupont de ce crime?

— Non! non! non! Je désire seulemenι des renseignements. (Il posa sur la jeune fille un regard scrutateur.) Ce jeune homme vous plaît. A-t-il du sex-appeal?

Jane éclata de rire.

— Pas précisément. Je dirais plutôt qu'il est gentil et très simple.

— Ainsi, vous le trouvez très simple?

— Oui. La raison en est, à mon avis, qu'il a mené une vie calme, loin du monde.

— En effet, acquiesça Poirot. Par exemple, il ne lui a pas été donné de voir un héros populaire trembler de peur dans le fauteuil du dentiste.

Jane sourit.

— Je doute que Norman ait eu parmi ses clients maint héros de ce genre.

— Ç'eût été dommage, puisqu'il se prépare à partir pour le Canada.

— A présent, il se décide pour la Nouvelle-Zélande. Le climat, croit-il, lui conviendra mieux.

— En tout cas, c'est un garçon très patriote. Il veut se fixer dans une colonie anglaise.

— J'espère que ce ne sera point nécessaire.

Elle tourna vers Poirot un œil interrogateur.

— Autrement dit, vous placez votre confiance en papa Poirot? Je vous promets d'agir de mon mieux. Mais j'ai l'impression de me trouver devant un inconnu formidable... Le rideau n'est pas tombé sur la fin du drame... Oui, mademoiselle, tout porte à croire que nous allons avoir des surprises.

Deux jours après leur arrivée à Paris, M. Hercule Poirot et sa secrétaire dînaient dans un petit restaurant, en compagnie des deux Dupont, hôtes de Poirot.

Le vieux M. Dupont apparut aux yeux de Jane aussi aimable que son fils, mais elle n'eut guère l'occasion de lui parler. Dès le début, Poirot l'accapara. Jean se montra envers elle aussi plaisant que lors de leur rencontre au restaurant londonien. Son air gamin et sa fraîcheur d'âme lui gagnèrent la sympathie de la jeune fille.

Cependant, tout en riant et bavardant avec le jeune homme, Jane tendait l'oreille pour surprendre des bribes de la conversation des deux autres. Elle cherchait à savoir quel genre de renseignements désirait obtenir Poirot. Jusque-là, il lui avait semblé que Poirot, évitant de parler du meurtre, aiguillait son convive sur le chapitre des antiquités et semblait manifester un vif intérêt pour les fouilles archéologiques en Perse. M. Dupont était radieux. Rarement il avait eu l'occasion de rencontrer un auditeur aussi intelligent et aussi compréhensif.

Lequel des deux eut l'idée d'envoyer les jeunes gens au cinéma? La réponse reste incertaine, mais lorsque Jean et Jane les quittèrent, Poirot rapprocha sa chaise de la table, semblant disposé à se passionner encore si possible pour les recherches de M. Dupont.

— En ces temps de crise, vous devez éprouver d'énormes difficultés à rassembler les fonds nécessaires à vos grands travaux. Acceptez-vous parfois des dons privés?

M. Dupont éclata de rire.

— Mon cher ami, nous les sollicitons à deux genoux! Mais la nature des fouilles auxquelles nous nous livrons ne conquiert pas le grand public. Celui-ci exige des résultats impressionnants. Par-dessus tout, il aime l'or... des monceaux d'or! Vous seriez surpris du petit nombre de gens qui s'intéressent à la poterie... La poterie... toute l'histoire de l'humanité se trouve résumée en cet art... La forme... Le grain de la matière...

M. Dupont s'enthousiasmait. Il mit Poirot en garde contre les publications farcies d'erreurs de B..., les ridicules inventions de L..., et les fautes chronologiques de cet ignorant G...; Poirot promit solennellement de ne pas se laisser égarer par les livres d'aucune de ces éminentes personnalités.

Il ajouta:

— Voyons, une donation... mettons de cinq cents livres?...

M. Dupont faillit renverser la table dans son émotion.

— Vous... vous m'offrez cette somme... pour aider nos recherches? Mais c'est prodigieux! Nous n'avons jamais touché un don de cette importance.

Poirot toussota.

— Attendez... J'ai un service...

— Ah! oui! un souvenir... un spécimen de poterie...

— Non, non, vous vous méprenez, interrompit Poirot. Il s'agit de ma secrétaire, cette charmante jeune personne que vous avez vue ce soir... Ne pourrait-elle vous accompagner dans cette expédition?

M. Dupont parut un instant hésitant.

— Cela peut s'arranger, dit-il en tirant sur sa moustache. Il faudra que je consulte mon fils. Mon neveu et sa femme doivent nous suivre et nous comptions faire ce voyage en famille. Néanmoins, j'en parlerai à Jean...

— Miss Grey s'intéresse passionnément à la poterie. L'antiquité exerce sur elle une vraie fascination. Le rêve de sa vie est de faire des fouilles dans les pays historiques. En outre, elle sait admirablement raccommoder les chaussettes et coudre les boutons.

— Un talent très pratique.

— N'est-ce pas? Tout à l'heure vous me parliez de la poterie de Suse...

Avec enthousiasme M. Dupont reprit l'exposé de ses opinions personnelles sur Suse I et Suse II.

Poirot quitta M. Dupont père et regagna son hôtel. Dans le vestibule, il aperçut Jane en train de prendre congé de Jean Dupont.

Une fois dans l'ascenseur, Poirot dit à Jane:

— Je vous ai trouvé une situation unique. Au printemps, vous accompagnerez les Dupont en Perse.

Jane écarquilla les yeux.

— Vous voulez rire?

— Lorsqu'on vous fera cette offre, vous l'accepterez en manifestant une joie très vive.

— Je ne partirai pas en Perse avec les Dupont, pour la bonne raison qu'à cette époque je serai à Londres ou en Nouvelle-Zélande avec Norman.

Poirot insista:

— Ma chère enfant, beaucoup de temps s'écoulera avant le mois de mars. Exprimer de la joie ne signifie pas prendre votre billet. Ainsi, moi, j'ai parlé d'un don... Mais je n'ai pas encore signé le chèque! A propos, dès demain il faudra que je vous procure un petit manuel sur la poterie préhistorique en Orient. J'ai affirmé que vous vous passionnez pour cette étude.

Jane poussa un soupir.

— Avec vous, le métier de secrétaire ne devient pas une sinécure. Est-ce bien tout?

— Non, non, j'ai dit que vous cousiez les boutons et raccommodiez les chaussettes à la perfection.

— Faudra-t-il leur faire demain une démonstration de mes talents?

— Cela ne me paraît pas indispensable. Je pense qu'ils m'ont cru sur parole.

CHAPITRE XXIII

Anne Morisot

A dix heures et demie le lendemain matin, le mélancolique M. Fournier pénétra dans le salon de Poirot et serra chaleureusement la main du petit Belge.

Il paraissait plus animé que de coutume.

— Monsieur, je désirerais vous dire un mot. Je crois avoir enfin compris ce que vous vouliez nous faire entendre à Londres touchant la découverte du chalumeau.

— Ah!

Le visage de Poirot s'épanouit.

— Oui, continua Fournier, prenant un siège, j'ai longtemps réfléchi à vos paroles et je me suis dit: *Impossible que le crime se soit accompli comme nous le supposons.* A la fin, j'ai vu un rapport entre la reconstitution accomplie par moi dans l'avion et les réflexions que vous aviez exprimées au sujet du chalumeau.

Poirot écoutait attentivement.

— A Londres, vous avez dit, continua Fournier: *Pourquoi a-t-on trouvé si mal caché, le chalumeau, alors qu'il était si simple de le lancer au-dehors par le ventilateur?* Je crois pouvoir fournir la réponse: *le chalumeau a été caché parce que le meurtrier voulait qu'on le retrouve.*

— Bravo! s'exclama Poirot.

— C'était bien ce que vous vouliez dire, n'est-ce pas? Eh bien, moi je suis allé un peu plus loin.

Pourquoi le meurtrier voulait-il qu'on retrouve le chalumeau? A cette question, j'ai répondu: *Parce qu'il n'a pas fait usage du chalumeau.*

— Bravo! bravo! Exactement ma façon de voir.

— Poursuivant mon raisonnement, je me suis dit: Si on ne s'est pas servi du chalumeau pour lancer le dard, *on a employé autre chose*... Un objet qu'un homme ou une femme peut porter à ses lèvres sans provoquer la moindre curiosité. Alors je me souvins d'une liste complète des articles contenus dans les bagages des passagers et dressée sur votre insistance. Deux faits me frappèrent tout particulièrement: *Lady Horbury possédait deux fume-cigarette* et, sur leur table, *les Dupont avaient étalé plusieurs pipes kurdes.*

M. Fournier fit une pause, regarda Poirot, mais celui-ci resta coi.

— L'un de ces deux objets peut être porté à la bouche sans éveiller le moindre soupçon... Ai-je raison, oui ou non?

Poirot hésita un instant avant de répondre:

— Vous êtes sur la bonne piste, mais continuez, et surtout n'oubliez pas la guêpe.

— La guêpe? Là, par exemple, je n'y suis plus du tout. Je ne vois pas ce que vient faire ici la guêpe.

— Vous ne le devinez pas? C'est pourtant par là...

La sonnerie du téléphone l'interrompit.

Poirot prit le récepteur.

— Allô, allô! Bonjour. Oui, c'est moi, Hercule Poirot. (En aparté, il murmura à Fournier:) C'est Thibaut.

— Oui... oui... Entendu. Très bien. Et vous?... M. Fournier?... Parfait. Parfait. Il se trouve avec moi en ce moment.

Abaissant le récepteur, il s'adressa à Fournier.

— Thibaut a essayé de vous téléphoner à la Sûreté.

On lui a dit que vous étiez venu me voir. Vous devriez lui parler. Il me semble très surexcité.

Fournier saisit le récepteur.

— Allô! Allô! Oui, c'est Fournier. Comment?... Pas possible... Mais si... Vous pouvez y compter. Nous vous rejoignons à l'instant.

Il raccrocha l'appareil et jeta un regard vers Poirot.

— C'est la fille. La fille de Mme Giselle.

— Quoi?

Elle s'est présentée pour réclamer l'héritage.

— D'où arrive-t-elle?

— D'Amérique, d'après ce que j'ai compris. Thibaut l'a priée de revenir à onze heures et demie. Il désire que nous allions le voir.

— Bien. Allons-y tout de suite... je laisserai un mot pour Miss Grey.

Il écrivit ces lignes:

Certains faits nouveaux m'obligent à sortir. Si M. Jean Dupont téléphone ou vient ici, montrez-vous aimable envers lui. Parlez boutons et chaussettes, mais ne discutez pas encore poterie historique. Il vous admire, mais ne manque pas de finesse.

A bientôt.

Hercule Poirot.

— A présent, partons, mon ami, dit-il en se levant. Voilà précisément ce que j'attendais: l'entrée en scène de cette ombre du passé dont j'ai dès le début senti la présence. J'espère bientôt voir clair dans toute cette histoire.

Me Thibaut les accueillit avec une extrême courtoisie.

Après l'échange des compliments habituels, le notaire dirigea la conversation sur l'héritière de Mme Giselle.

— J'ai reçu hier une lettre d'elle, dit-il, et ce matin la jeune personne est venue me voir.

— Quel âge a Mlle Morisot?

— Mlle Morisot, ou plutôt Mrs. Richards, car elle est mariée, a exactement vingt-quatre ans.

— Vous a-t-elle montré des papiers d'identité? demanda Fournier.

— Certainement, certainement.

Il ouvrit un classeur.

— D'abord, voyez ceci.

Il leur tendit un extrait de l'acte de mariage, daté de 1910, de George Leman, célibataire, avec Marie Morisot, tous deux habitant Québec, puis l'extrait de naissance d'Anne Morisot-Leman, et différents documents de moindre importance.

— Voilà qui jette un certain jour sur la jeunesse de Mme Giselle, observa Fournier.

— D'après ce que je comprends, dit Me Thibaut, Marie Morisot était gouvernante ou lingère à l'époque où elle fit connaissance avec ce Leman. Un triste sire, qui l'abandonna après le mariage. Alors Marie Morisot reprit son nom de jeune fille.

« L'enfant fut élevée à l'Institution Sainte-Marie à Québec, et bientôt Marie Morisot, ou Leman, quitta le Canada pour revenir en France... en compagnie d'un homme, je crois. De temps à autre, elle envoyait de l'argent pour régler la pension, et enfin elle confia à l'établissement une somme globale pour remettre à sa fille le jour de sa majorité. Sans doute qu'à cette époque Marie Morisot, ou Leman, menait une vie irrégulière et jugeait préférable de rompre avec toute sa famille.

— Comment la jeune fille a-t-elle appris qu'elle héritait d'une fortune?

— Nous avons inséré de discrètes annonces dans

plusieurs journaux. Un de ceux-ci a dû tomber sous les yeux de la supérieure de l'Institution Sainte-Marie, qui a écrit ou télégraphié à Mr. Richards, alors en Europe, mais sur le point de repartir pour l'Amérique.

— Qui est Mr. Richards?

— Un Américain... ou plutôt un Canadien de Detroit... fabricant d'instruments de chirurgie.

— Accompagne-t-il sa femme?

— Non. Il est resté en Amérique.

— Mrs. Richards peut-elle nous fournir quelques éclaircissements sur le meurtre de sa mère?

— Elle ignore tout de sa mère. Encore que la supérieure le lui ait dit, elle ne se souvenait même plus du nom de jeune fille de Mme Giselle.

— Son entrée en scène, dit Fournier, ne nous avance guère, ce me semble, dans la découverte du meurtrier. A la vérité, je n'y comptais nullement. Pour l'instant, je suis une tout autre piste et mes soupçons se portent sur trois personnes.

— Quatre, rectifia Poirot.

— Vous croyez?

— Ce n'est pas moi qui le dis, mais d'après l'hypothèse que vous m'avez exposée, vous ne pouvez vous limiter à trois personnes. (Il fit un geste rapide de ses mains.) Les deux porte-cigarette, les pipes kurdes et une flûte. Souvenez-vous de la flûte, mon ami.

Fournier poussa une exclamation.

A ce moment, la porte s'ouvrit et un vieil employé annonça:

— La dame est de retour.

— Ah! Maintenant, vous allez voir vous-mêmes l'héritière, dit Thibaut, à ses deux visiteurs. Veuillez entrer, madame. Permettez-moi de vous présenter M. Fournier, de la Sûreté, chargé de l'enquête au sujet de la mort de votre mère, et M. Hercule Poirot, dont le nom vous est peut-être familier et qui veut bien nous aider, Mrs. Richards...

La fille de Giselle était une jeune et jolie brune habillée avec beaucoup de goût, mais très simplement,

Elle tendit la main à chacun des hommes présents et prononça quelques paroles aimables.

— Certes, messieurs, je n'éprouve point en la circonstance ce qu'on appelle communément des sentiments filiaux. Comment le pourrais-je? Toute ma vie, pour des raisons inconnues de moi, j'ai été élevée comme une orpheline.

En réponse aux questions de Fournier, elle parla avec gratitude et émotion de la mère Angélique, la supérieure de l'Institution Sainte-Marie.

— Elle m'a toujours témoigné tant de bonté!

« A l'âge de dix-huit ans, monsieur, quand j'ai commencé à gagner ma vie... d'abord comme manucure, puis comme couturière. J'ai connu mon mari à Nice, au moment où il se disposait à regagner les Etats-Unis. Des affaires urgentes l'appelant en Hollande, nous nous sommes mariés là-bas le mois dernier. Malheureusement, il dut bientôt retourner au Canada. Je n'ai pu l'accompagner... mais je compte le rejoindre bientôt.

Anne Richards parlait couramment le français et tout en sa personne indiquait nettement qu'elle était plus française qu'anglaise.

— Comment avez-vous appris le drame?

— Par les journaux, naturellement. J'étais loin de supposer que j'étais la fille de la victime, lorsque je reçus ici, à Paris, un télégramme de la mère Angélique me donnant l'adresse de Me Thibaut et me rappelant le nom de jeune fille de ma mère.

Poirot hocha la tête pensivement.

Il posa encore quelques questions à la jeune femme, mais de toute évidence elle ne pouvait rien leur apprendre de nouveau. Elle ignorait totalement le genre de vie de Marie Morisot et ses affaires commerciales.

Après avoir noté le nom de l'hôtel où elle était descendue, Poirot et Fournier prirent congé de la jeune femme.

— Quelle déception, hein, mon vieux! dit Fournier. Vous vous étiez forgé des tas d'idées sur la fille de Mme Giselle. La soupçonneriez-vous ou doutez-vous encore de sa sincérité?

Poirot poussa un soupir de découragement.

— Non... Les preuves de son identité sont indéniables... Le plus drôle, c'est qu'il me semble avoir déjà vu cette femme... ou quelque autre qui lui ressemble étrangement.

— Vous n'allez tout de même pas insinuer qu'elle ressemble à la morte?

— Non... ce n'est pas cela... Je voudrais pouvoir réveiller mes souvenirs... Son visage m'en rappelle un autre.

Fournier l'observa avec curiosité.

— La fille absente de Mme Giselle vous a toujours intrigué, si je ne me trompe?

— C'est vrai. (Poirot leva les sourcils.) De tous ceux qui espéraient bénéficier de la mort de Mme Giselle, cette jeune femme arrive bonne première, sans conteste possible.

— Très juste, mais où cela nous mène-t-il?

Poirot attendit une minute avant de répondre; il suivait son idée.

— Mon ami, dit-il enfin, une énorme fortune échoit à la fille de Mme Giselle. Ne trouvez-vous pas naturel que je la soupçonne en premier lieu? Trois femmes voyageaient dans l'aéroplane. L'une, miss Venetia Kerr, d'une famille très connue. Mais les deux autres? Depuis qu'Elise Grandier, la femme de confiance de Mme Giselle, m'a laissé entrevoir que le père de l'enfant devait être un Anglais, j'en ai déduit que l'une des deux autres femmes devait être la fille. Toutes deux avaient l'âge requis. Lady Horbury était une *girl* de music-hall dont les antécédents demeurent très vagues et qui jouait sous un nom de théâtre. Miss Jane Grey, suivant ses propres paroles, a été élevée dans un orphelinat.

— Ah! Ah! Voilà donc les sentiers tortueux qu'a suivis votre esprit? Notre ami Japp vous reprocherait une excessive ingéniosité.

— Il m'accuse sans cesse de compliquer les choses à plaisir.

— Vous voyez!

— Il se trompe. J'agis toujours de la façon la plus simple et je ne refuse jamais de m'incliner devant les faits.

— Mais, cette fois, vous êtes déçu. Avouez-le: vous attendiez mieux d'Anne Morisot?

A ce moment, ils arrivaient à l'hôtel de Poirot. Un objet posé sur le bureau du concierge évoqua dans l'esprit de Fournier la remarque qu'avait formulée le petit Belge dans la matinée.

— Je ne vous ai pas encore remercié, lui dit-il, pour avoir attiré mon attention sur ma grossière erreur. Après avoir pris note des deux porte-cigarette de lady Horbury, des pipes kurdes des Dupont il était impardonnable de ma part d'avoir oublié la flûte du docteur Bryant, bien qu'en réalité je ne le croie pas coupable...

— Pourquoi?

— Il ne me produit pas l'effet d'un individu...

Il s'interrompit. L'homme qui se tenait debout dans le bureau et parlait au concierge venait de se retourner en posant la main sur l'étui de la flûte. Son regard tomba sur Poirot et aussitôt son visage s'éclaira.

Poirot s'avança vers lui et Fournier se retira discrètement. Inutile, en effet, que Bryant remarquât sa présence.

— Docteur Bryant, dit Poirot en saluant.

— Monsieur Poirot.

Ils se serrèrent la main. La femme qui accompagnait Bryant se dirigea vers l'ascenseur. Poirot lança un rapide coup d'œil de ce côté.

— Est-il possible, docteur, que vos malades puissent se passer de vous un moment?

Le docteur Bryant sourit... du sourire mélancolique et charmeur dont Poirot se souvenait si bien. Le médecin avait l'air fatigué, mais étrangement calme.

— Je n'ai plus de malades à présent.

Puis, se dirigeant vers une petite table, il dit:

— Un verre de sherry, monsieur Poirot?

— Volontiers.

Tous deux s'assirent et le médecin commanda le sherry au garçon. Puis il parla d'une voix lente:

— Non, monsieur Poirot, je n'ai désormais plus de malades. Je me retire.

— Une brusque décision?

— Pas tellement.

Il se tut pendant que le garçon servait les consommations. Levant son verre, il ajouta:

— Mais elle était nécessaire. Je démissionne de mon propre chef, avant qu'on ne me raye des cadres de la médecine.

Il poursuivit d'un ton calme:

— Dans la vie de chacun de nous se présente un tournant. Parvenu à cette heure psychologique, l'homme doit prendre une décision. Ma profession me passionne et j'éprouve un immense chagrin de l'abandonner, mais d'autres devoirs m'appellent... il s'agit du bonheur d'une créature humaine.

Il fit une pause.

— J'aime une femme... une de mes clientes... que

le mari rendait malheureuse. Il s'adonne aux stupéfiants. Si seulement vous étiez médecin, vous comprendriez la profondeur de ce drame. Comme elle ne possède aucune fortune personnelle, elle ne peut songer à le quitter...

« Pendant quelque temps, j'ai hésité, mais à présent, ma décision est prise. Elle et moi nous partons pour le Kenya, dans l'est africain, et nous referons notre vie. J'espère qu'elle connaîtra enfin un peu de bonheur.

« Elle a tellement souffert...

Après un silence, le médecin poursuivit, en haussant la voix:

— Je vous confie cela, monsieur Poirot, parce que tout le monde le saura. Mieux vaut que vous en soyez averti tout de suite.

— Je comprends, dit Poirot. Vous emportez votre flûte, à ce que je vois?

Un sourire se dessina sur les lèvres du docteur Bryant.

— Ma flûte, c'est ma vieille compagne de toujours. Lorsque tout vous abandonne, il vous reste la musique.

De la main, il caressa amoureusement l'étui de sa flûte, puis il se leva.

Poirot se leva également.

— Tous mes vœux de félicité, docteur, ainsi que pour madame, prononça le détective belge.

Quand Fournier rejoignit son ami, Poirot priait la téléphoniste de l'hôtel de le mettre en communication avec Québec.

CHAPITRE XXIV

Un ongle brisé

— Alors, monsieur Poirot, songez-vous encore à la jeune héritière? lui demanda Fournier. Décidément, cela devient chez vous une obsession.

— Pas du tout, pas du tout! Mais en toute chose il convient d'agir avec ordre et méthode. Il faut terminer une tâche avant de passer à une autre.

Il regarda autour de lui.

— Tiens, voici Miss Jane. Si vous commenciez à déjeuner? Je vous rejoindrai aussitôt que possible.

Fournier acquiesça et se rendit avec Jane dans la salle à manger.

— Eh bien! s'enquit Jane, que pensez-vous de la fille de Mme Giselle?

— Elle est brune, d'une taille au-dessus de la moyenne, elle a le teint mat, le menton en pointe...

— Vous parlez comme un passeport. Sur le mien ne figurent, à ma honte, que les qualificatifs « moyens » et « ordinaires ». Voyez plutôt: nez moyen, bouche ordinaire — comment peut-on décrire une bouche? — front ordinaire, menton ordinaire.

— On n'a tout de même pas mis: yeux ordinaires, observa Fournier.

— Ils sont gris, ce qui n'est pas une couleur renversante.

— Qui vous a dit cela, mademoiselle? lui demanda le Français.

Jane éclata de rire.

— Parlez-moi encore d'Anne Morisot. Est-elle jolie?

— Pas mal, concéda Fournier, très prudent. D'ailleurs, elle ne s'appelle plus Anne Morisot, mais Anne Richards, car elle est mariée.

— Son mari l'accompagnait-il?

— Non.

— Pourquoi donc?

— Parce qu'il est en Amérique, ou au Canada.

Il la mit au courant des diverses vicissitudes d'Anne. Comme il arrivait à la fin de son récit, Poirot les rejoignit.

Il avait l'air passablement abattu.

— Eh bien, mon cher? s'enquit Fournier.

— J'ai parlé à la supérieure... à la mère Angélique en personne. Cela tient du prodige! Dire que je viens d'entendre la voix d'une personne se trouvant pour ainsi dire à l'autre bout du monde.

— La télévision constitue un autre miracle. La science, voyez-vous, est d'un romanesque infini. Vous disiez donc, mon cher Poirot?

— La mère Angélique m'a confirmé les paroles de Mrs. Richards. Cette jeune personne a, en effet, été élevée à l'institution Sainte-Marie. Elle m'a parlé en toute franchise de la mère, qui a quitté Québec en compagnie d'un Français, représentant en vins. A cette époque, elle se félicitait de savoir qu'Anne échappait à l'influence maternelle, car elle avait l'impression que Giselle suivait une mauvaise pente. Elle envoyait l'argent régulièrement, mais jamais n'exprimait le désir de revoir sa fille.

— En somme, votre conversation fut la répétition de ce que nous avons entendu ce matin?

— A peu de chose près... toutefois, avec plus de détails. Anne Morisot sortit de pension voilà six ans et se plaça comme manucure, puis en qualité de femme de chambre d'une lady... elle suivit sa maîtresse en Europe. Ses lettres n'étaient pas très fréquentes, mais elle ne manquait pas d'envoyer de ses nouvelles au moins deux fois par an à mère Angélique. Quand celle-ci lut le récit du drame dans les journaux, elle comprit que cette Marie Morisot devait être la mère de son ancienne élève.

— Et le mari? demanda Fournier. Maintenant que nous savons que Mme Giselle était mariée, l'époux pourrait jouer un rôle...

— J'y ai pensé. C'est une des raisons pour lesquelles j'ai téléphoné. Le mari de Giselle, cette fripouille de George Leman, a été tué au début de la guerre.

Il fit une pause, puis demanda brusquement:

— Voulez-vous me répéter ce que je viens de dire... pas ma dernière remarque, mais la précédente... J'ai idée qu'à mon insu je viens d'énoncer un fait capital.

Fournier répéta de son mieux la substance des phrases de Poirot, mais le petit Belge hocha la tête d'un air contrarié.

— Non, non... ce n'est pas cela... Tant pis!

Il se tourna vers Jane et engagea la conversation avec elle.

A la fin du repas, il proposa de prendre le café au salon.

Jane acquiesça et avança la main pour saisir son sac et ses gants. En les enlevant, elle fit une légère grimace.

— Qu'y a-t-il, mademoiselle?

— Oh! rien. Je me suis cassé un ongle. Je vais le limer.

Poirot retomba sur sa chaise.

— Nom de nom de nom! s'exclama-t-il.

Les deux autres le considéraient avec surprise.

— Monsieur Poirot! s'écria Jane. Qu'avez-vous?

— Je comprends à présent pourquoi le visage d'Anne Morisot me paraissait familier. Je l'avais déjà vue... dans l'avion, le jour du crime. Lady Horbury a fait appeler cette personne pour lui demander une lime à ongles. *Anne Morisot était la femme de chambre de lady Horbury!*

CHAPITRE XXV

« J'ai peur »

Cette brusque révélation produisit un effet foudroyant sur les trois personnages assis autour de la table. Elle ouvrait sur l'enquête de nouvelles perspectives.

Anne Morisot, qui, jusque-là, leur avait semblé tout à fait en dehors du drame, surgissait tout à coup au premier plan. N'avait-elle point été vue sur le lieu du crime? Il leur fallut une minute ou deux pour rassembler leurs idées.

Poirot, les yeux fermés et les traits contractés, agitait frénétiquement les mains.

— Une minute... une toute petite minute, je vous prie... laissez-moi réfléchir et voir à quel point cette découverte modifie mon impression personnelle sur le meurtre de Mme Giselle. Il faut que je me reporte en esprit à ce jour fatal... que je rappelle mes souvenirs... Mille malédictions! Durant tout le voyage, je n'étais occupé que de mes angoisses stomacales...

— Ainsi donc, Anne Morisot se trouvait dans l'avion, dit Fournier. Je commence à voir clair.

— Je me rappelle, dit Jane, faisant un effort pour mieux rassembler ses souvenirs. Une grande fille brune. Lady Horbury l'a appelée Madeleine.

— C'est cela, Madeleine, acquiesça Poirot.

— Lady Horbury l'a envoyée au bout du compartiment chercher une trousse... une mallette de cuir rouge.

— Vous voulez dire que cette personne a passé devant le fauteuil où était assise sa mère? demanda Fournier.

— Mais oui.

Fournier poussa un profond soupir:

— Le mobile... l'occasion... tout y est.

Puis, avec une véhémence qui tranchait avec son impassibilité habituelle, il frappa un coup de poing sur la table.

— Pourquoi n'en a-t-on point parlé jusqu'ici? Et pourquoi ne figure-t-elle pas dans la liste des personnes suspectes?

— Je vous l'ai déjà dit, répondit tristement Poirot. La faute incombe à mon maudit estomac.

— Oui, oui, je comprends. Mais il y avait à bord de cet avion d'autres estomacs plus solides... celui des garçons, ou celui d'autres passagers.

— Je pense, observa Jane, que nul n'a mentionné ce fait, parce que l'incident s'est produit tout au début du voyage, alors que nous venions de quitter Le Bourget. Mme Giselle vivait encore une heure après au moins. Elle n'a dû trouver la mort que bien plus tard.

— Voilà qui semble curieux, dit Fournier, l'air pensif. L'action du poison aurait-elle été retardée? Ce phénomène est assez commun.

Poirot enfouit sa tête entre ses mains.

— Je voudrais réfléchir... réfléchir... Est-ce possible que je me sois égaré à ce point?

— Mon vieux, lui dit Fournier, ces erreurs-là arrivent parfois... à vous comme à moi. Excellente occasion pour mettre votre orgueil dans votre poche et modifier votre point de vue.

— C'est vrai. J'ai sans doute attaché trop d'importance à un petit détail, dans l'espoir de découvrir un indice. Une fois en possession de celui-ci, j'ai échafaudé mon hypothèse. Mais si je me suis trompé dès le début, si l'objet recherché ne se trouvait là que par l'effet du hasard, alors, oui, je l'admets, que je me suis mis le doigt dans l'œil, et sérieusement encore.

— Vous ne sauriez fermer les yeux devant les faits, observa Fournier. Le mobile, l'occasion... Que désirez-vous de plus?

— Rien. Vous devez avoir raison. Le retard dans l'effet du poison paraît extraordinaire. Certains diraient impossible. Mais quand il s'agit de poison, tout est réalisable. Il faut toujours compter avec l'idiosyncrasie...

Sa voix devint inintelligible.

— Discutons notre plan de campagne, conseilla Fournier. Pour l'instant, il serait prudent de ne point éveiller les soupçons d'Anne Morisot. Elle ignore totalement que vous l'avez reconnue et nous avons cru à sa bonne foi. Nous avons l'adresse de son hôtel et pouvons l'atteindre par l'entremise de Me Thibaut. Les formalités légales subissant toujours quelque retard. Deux points demeurent établis: le mobile et l'occasion. Reste à démontrer qu'Anne Morisot avait du venin de serpent en sa possession. N'oublions pas cet Américain qui a acheté le chalumeau et suborné Jules Perrot. Ce doit être le mari... Richards. Elle nous dit qu'il est en ce moment au Canada, mais ce n'est pas son premier mensonge.

— Le mari... oui, le mari. Attendez... attendez...

Poirot appuyait les mains sur ses tempes.

— Je travaille mal, murmura-t-il. Je ne me sers pas des petites cellules grises de mon cerveau. Je bondis sur les conclusions qui, ce me semble, s'imposent à mon esprit. Alors, je me fourvoie. Si ma première idée était la bonne, je ne me laisserais pas influencer de la sorte.

Il s'arrêta net.

— Que dites-vous? lui demanda Jane.

Il demeura quelques minutes avant de lui répondre. Retirant ses mains de ses tempes, il se redressa, replaça deux fourchettes et une salière qui offensaient son goût de la symétrie, puis il prononça:

— Raisonnons un brin. Anne Morisot est coupable ou innocente du crime. Si elle est innocente, pourquoi a-t-elle menti? Pour quelle raison ne s'est-elle pas fait connaître en tant que femme de chambre de lady Horbury?

— Je me pose également cette question, appuya Fournier.

— Nous disons donc qu'Anne Morisot est coupable parce qu'elle a menti. Admettons que ma première hypothèse soit exacte. Cadrera-t-elle avec la culpabilité ou l'imposture d'Anne Morisot? Oui... si mon jugement se confirme. En ce cas, *Anne Morisot n'aurait pas dû se trouver dans l'avion.*

Les deux autres considéraient Poirot avec déférence mais l'écoutaient de façon distraite.

Fournier pensait, à part lui:

« Je comprends maintenant ce que voulait dire l'inspecteur anglais Japp. Ce vieux Poirot crée des difficultés où il n'y en a pas et complique à plaisir les choses les plus simples. Il ne saurait accepter une solution claire sans prétendre qu'elle s'adapte avec sa première idée. »

De son côté, Jane songeait:

« Je ne vois pas du tout où il veut en venir. Pourquoi la jeune fille ne pouvait-elle voyager dans l'avion? Elle devait suivre lady Horbury partout où celle-ci désirait se rendre... Je commence à croire que ce petit Belge n'est qu'un vulgaire charlatan. »

Soudain, Poirot se leva.

— Mais, oui, dit-il, c'est bien possible, et facile à constater.

— Qu'y a-t-il, mon ami? lui demanda Fournier.

— Je retourne au téléphone.

— Vous allez encore parler avec Québec?

— Cette fois, je me contenterai de Londres.

— Scotland Yard?

— Non, la résidence de lord Horbury, à Grosvenor Square. Si seulement j'avais la chance de trouver lady Horbury chez elle!

— Attention, mon ami. Si Anne Morisot nous soupçonnait de nous occuper d'elle, cela n'arrangerait pas les choses. Evitons, par-dessus tout, d'éveiller sa méfiance.

— Ne craignez rien. Je serai discret et ne poserai qu'une petite question... bien innocente. (Il sourit.) Venez avec moi, si le cœur vous en dit.

— Non, non!

— Mais si, j'insiste pour que vous veniez!

Les deux hommes s'éloignèrent, laissant Jane au salon.

Il fallut quelque temps pour obtenir la communication, mais la veine favorisait Poirot: lady Horbury déjeunait chez elle.

— Bien. Veuillez lui dire qu'Hercule Poirot désire lui parler depuis Paris. (Il y eut un moment d'attente.) C'est bien vous, lady Horbury? Non, non, tout va bien. Je vous l'assure, tout va bien. Il ne s'agit plus de cela. Je désirerais que vous répondiez à la question que je vais vous poser. Oui... Lorsque vous voyagez de Paris à Londres par avion, votre femme de chambre vous accompagne-t-elle d'habitude, ou prend-elle le train? Le train... Et alors, ce jour-là... Je comprends... Vous en êtes sûre? Ah! elle vous a quittée brusquement... vous avertissant de ses intentions à la dernière minute. Mais oui, de la basse ingratitude. C'est vrai, ces gens-là témoignent d'une ingratitude monstrueuse. Parfaitement. Non, non, tranquillisez-vous. Au revoir. Merci.

Il raccrocha le récepteur et regarda Fournier de ses yeux verts et brillants.

— Ecoutez, mon ami. La femme de chambre de lady Horbury voyageait d'ordinaire par le train et le bateau. Le jour de la mort de Giselle, lady Horbury décida, au dernier moment, que Madeleine l'accompagnerait en avion.

Poirot prit le bras du Français.

— Vite, mon ami, allons à son hôtel. Si ma petite idée est bonne — et il me semble que oui — nous n'avons pas une seconde à perdre.

Fournier le regarda fixement; mais avant qu'il pût formuler une question, Poirot fuyait dans la direction de la porte tournante s'ouvrant sur la rue.

Fournier se hâta de le rattraper.

— Je ne vous comprends pas. Que signifie tout ceci?

Le groom tenait ouverte la porte du taxi. Poirot sy engouffra et donna l'adresse de l'hôtel d'Anne Morisot.

— Et pressez-vous! Vite! Vite!

Fournier sauta près de lui.

— Quelle mouche vous a piqué? Pourquoi cette course et cette hâte?

— Parce que, mon ami, si, comme je l'ai dit, mon idée est juste, *Anne Morisot court un danger imminent.*

— Vous croyez?

Fournier ne pouvait dissimuler son scepticisme.

— J'ai peur, dit Poirot. J'ai peur. Bon Dieu... ce taxi n'avance pas...

A ce moment, le véhicule filait au moins à soixante à l'heure, se faufilant entre les voitures et échappant par miracle aux accidents, grâce à l'œil exercé et au sang-froid de son chauffeur.

— Il va si vite que nous ne tarderons pas à avoir une collision, déclara Fournier d'un ton sec. Nous avons lâché Miss Grey, qui se morfond en attendant notre retour du téléphone, nous avons quitté l'hôtel sans prévenir personne. Avouez que ce n'est guère élégant!

— Je n'ai que faire de la politesse... quand la vie ou la mort de quelqu'un est en jeu.

— La vie ou la mort?

Fournier haussa les épaules.

« Cette espèce d'entêté va tout gâter. Dès que la jeune femme apprendra que nous courons sur ses trousses... »

D'une voix persuasive, il dit à son compagnon:

— Monsieur Poirot, montrons-nous très prudents.

— Vous ne me comprenez pas. J'ai peur... peur!

Avec une secousse, le taxi s'arrêta devant l'hôtel tranquille où habitait Anne Morisot.

Poirot sauta de la voiture et se trouva nez à nez avec un jeune homme qui sortait de l'hôtel.

— Encore une tête que je connais... Mais où donc l'ai-je vue?... Ah! j'y suis... C'est l'artiste Raymond Barraclough.

Comme le Belge franchissait le seuil de l'hôtel, Fournier le retint par le bras.

— Monsieur Poirot, j'éprouve pour vos méthodes le plus profond respect et la plus grande admiration, mais je me méfie de tout acte trop précipité. Ici, en France, je suis responsable de la marche de l'enquête.

Poirot l'interrompit:

— Je comprends votre inquiétude; mais ne craignez de ma part aucun « acte précipité ». Adressons-nous au bureau. Si Mrs. Richards est ici et que tout va bien, nous nous retirerons pour discuter la conduite à suivre. Vous ne voyez aucun inconvénient à cette démarche?

— Non, non, bien sûr que non.

Poirot passa par la porte tournante et se dirigea vers le bureau de réception. Fournier le suivit.

— Mrs. Richards habite-t-elle ici? demanda Poirot.

— Elle habitait ici, monsieur, mais elle est partie aujourd'hui.

— Elle est partie? demanda Fournier.

— Oui, monsieur.

— Quand ça?

L'employé consulta l'horloge.

— Il y a un peu plus d'une demi-heure.

— Son départ a-t-il été précipité? Où est-elle, à présent?

L'employé se cabra et allait refuser de répondre à ces questions, mais Fournier ayant produit ses titres, il changea de ton et s'empressa de lui fournir tous les renseignements désirables.

Cette dame était partie sans laisser d'adresse. Selon lui, ce départ résultait d'un brusque changement dans les projets de la cliente, car elle se proposait de séjourner une semaine à l'hôtel.

Il fit alors appeler le concierge, les bagagistes et les garçons d'ascenseur.

D'après le concierge, un homme était venu voir la dame. Il s'était présenté durant son absence, mais il avait attendu et tous deux avaient déjeuné ensemble. Quel genre d'homme. Un Américain... Il avait l'air tout à fait Américain. Elle parut surprise de le voir. Immédiatement après le repas, la dame donna l'ordre de descendre ses bagages et de les mettre dans un taxi.

Où se fit-elle conduire? A la gare du Nord, c'est du moins l'adresse qu'elle donna au chauffeur. L'Américain l'accompagnait-elle? Non, elle était partie seule.

— La gare du Nord, dit Fournier... Sûrement pour prendre le train de deux heures en direction de l'Angleterre. A moins que ce ne fût une feinte. Téléphonons à Boulogne et essayons de retrouver le taxi qui l'a conduite.

On eût dit que Poirot avait communiqué ses craintes à Fournier.

La figure du Français témoignait de la plus vive anxiété.

Rapidement et de façon efficace, il mit en branle les rouages de la machine judiciaire.

Il était cinq heures lorsque Jane, assise dans le salon de l'hôtel, un livre à la main, vit apparaître Poirot qui s'avança vers elle.

Elle ouvrait la bouche pour lui adresser des reproches, mais les mots s'arrêtèrent sur ses lèvres. L'expression de Poirot l'inquiétait:

— Qu'y a-t-il? demanda-t-elle. Qu'est-il arrivé?

Poirot lui prit les deux mains dans les siennes.

— La vie est cruelle, mademoiselle.

Jane, de plus en plus effrayée, réitéra sa question:

— Qu'y a-t-il, monsieur Poirot?

Lentement, le détective répondit:

— A l'arrivée du train à Boulogne, on a trouvé dans un compartiment de première classe... une femme... morte.

Jane pâlit.

— Anne Morisot?

— Oui. Anne Morisot. Elle tenait à la main un flacon de verre bleu ayant contenu de l'acide prussique.

— Oh! s'exclama Jane. Un suicide?

Poirot ne répondit pas tout de suite. Avec l'air de quelqu'un qui pèse ses mots, il dit:

— La police croit au suicide.

— Et vous?

Poirot eu un geste affirmatif.

— Je partage son avis.

— Pourquoi se serait-elle tuée? Pour échapper à son remords ou par crainte d'être découverte?

Poirot hocha la tête:

— La vie est parfois bien terrible, dit-il, et il faut une bonne dose de courage...

— Pour se tuer?

— Et pour vivre aussi, conclut Poirot.

CHAPITRE XXVI

Discours d'après-midi

Le lendemain, Poirot quitta Paris, laissant Jane avec une liste de personnes à visiter. La plupart de ces courses lui paraissaient dénuées de sens, mais elle s'en acquitta de son mieux. Deux fois, elle vit Jean Dupont. Il parla de l'expédition, dont elle devait faire partie. Jane, n'osant pas le détromper sans les instructions de Poirot, détourna la conversation.

Cinq jours plus tard, un télégramme la rappela en Angleterre.

Norman vint à sa rencontre à la gare Victoria et ils discutèrent les récents événements.

La presse n'avait donné qu'une publicité restreinte au suicide d'Anne Morisot. Quelques lignes dans les journaux annonçaient qu'une jeune Canadienne, une certaine Mrs. Richards s'était empoisonnée dans l'express de Paris-Boulogne. C'était tout. Nulle part, on ne faisait allusion au meurtre de la mère en avion.

Les deux jeunes gens s'abandonnaient à la joie de se revoir. Jane envisageait la fin de leurs soucis, mais Norman se montrait moins confiant:

— On la soupçonne peut-être d'avoir tué sa mère, mais puisqu'elle a choisi cette façon d'en terminer avec la vie, personne ne s'occupera plus de l'affaire. A moins que sa culpabilité ne soit prouvée, je ne vois pas quel bien en découlera pour nous autres, pauvres diables. Aux yeux du public, nous demeurerons des suspects, tout comme avant!

Il fit part de ses craintes à Poirot qu'il rencontra dans Piccadilly, quelques jours plus tard.

Le détective sourit.

— Vous ne valez pas mieux que les autres! Vous me prenez pour un vieil incapable! Venez donc dîner chez moi. Japp y sera et aussi notre ami, Mr. Clancy. J'ai certaines révélations intéressantes à faire.

Le dîner se passa dans une atmosphère très amicale. Japp, débordant de bonne humeur, affectait des manières protectrices.

Norman suivait gaiement la conversation, mais Mr. Clancy paraissait aussi troublé qu'au moment où il reconnut l'épine fatale.

Poirot essaya à plusieurs reprises de mettre à l'aise l'auteur de romans policiers.

Après dîner, une fois le café bu, Poirot s'éclaircit la gorge et prit la parole d'un air grave, mais empreint d'une certaine fatuité.

— Mes amis, dit-il, Mr. Clancy, ici présent, témoigne d'un intérêt spécial pour ce qu'il appellerait « sa méthode ». Si je ne vous importune pas...

Il fit une pause. Norman et Japp répliquèrent vivement:

— Non, non, c'est très intéressant.

— Puisque vous consentez à m'écouter, je vais vous exposer « ma méthode », touchant la recherche du meurtrier de Mme Giselle.

Il s'interrompit à nouveau et consulta ses notes.

Japp chuchota à l'oreille de Norman:

— Ah! il n'est pas peu fier de sa petite personne, hein? Non, mais regardez-moi cela: quelle vanité!

Poirot lui adressa un regard chargé de reproche.

— Attention! fit-il.

Tous les visages se tournèrent vers lui et il commença:

— Mes amis, remontons à ce malheureux voyage du *Prométhée*, de Paris à Croydon. Je vais vous relater mes impressions personnelles à ce moment, afin de vous montrer comment, par la suite, elles se sont modifiées à la lumière des faits nouveaux.

« Lorsque, peu avant notre arrivée à Croydon, le docteur Bryant, à la demande du garçon, se rendit près de la victime, je l'accompagnai. J'avais le sentiment de me rendre utile... qui sait? Lorsqu'il s'agit de la mort, j'ai peut-être un point de vue trop professionnel. Dans mon esprit, je classe les morts en deux catégories: celles qui me regardent, et celles qui ne me regardent pas. Bien que les secondes soient les plus nombreuses, chaque fois que je me trouve en présence de la mort, je ressemble au chien qui dresse la tête et renifle l'air.

« Le docteur Bryant confirma les craintes du garçon et constata la mort de Mme Giselle. Quant à la cause du décès, il ne pouvait la déterminer sans un examen approfondi. A ce moment, M. Dupont suggéra que la mort pouvait être due à une piqûre de guêpe. Pour appuyer son hypothèse, il attira mon attention sur une guêpe qu'il venait lui-même de tuer.

« L'explication était très plausible, d'autant plus qu'il y avait sur le cou de la défunte la trace d'une piqûre...

« Mais à ce moment, j'eus l'excellente idée de baisser les yeux et je découvris ce qui, à première vue, eût pu passer pour le corps d'une autre guêpe. En réalité, c'était une épine garnie d'un petit duvet de soie jaune et noir.

« Alors, Mr. Clancy s'approcha et certifia que cette épine avait dû être lancée au moyen d'un chalumeau, à la façon de certaines tribus sauvages. Plus tard, vous le savez, on trouva le chalumeau.

« Lorsque nous atteignîmes Croydon, plusieurs pensées me trottaient déjà par la tête. Une fois debout, sur la terre ferme, je sentis mon cerveau se remettre à l'ouvrage, avec sa vivacité normale.

— Continuez, monsieur Poirot, dit Japp en ricanant. Surtout, pas de fausse modestie.

Poirot lui décocha un regard sévère et poursuivit:

— Comme le reste des voyageurs, je fus d'abord frappé par l'audace du criminel et le fait que personne n'avait rien vu d'anormal.

« Deux autres détails m'intriguaient: la présence opportune de la guêpe et la découverte du chalumeau. Ainsi que je le faisais remarquer à mon ami Japp après la séance du tribunal, pourquoi diable le meurtrier ne s'était-il pas débarrassé du chalumeau en le lançant par les trous d'aération de la fenêtre? L'épine pouvait, à la rigueur, passer inaperçue, mais un chalumeau sur lequel se voyait encore un morceau de l'étiquette du marchand, cela c'est autre chose!

« Dans quelle intention? De toute évidence, le meurtrier voulait qu'on ramasse le chalumeau.

« Pourquoi? Une seule réponse semble logique. De la découverte dans l'avion d'un chalumeau et d'une épine empoisonnée, chacun devait naturellement déduire que la victime avait été tuée par une épine lancée à l'aide d'un chalumeau. En réalité, le meurtre n'a pas été commis de cette manière.

« D'autre part, l'examen médical l'a confirmé, la mort a été causée par la piqûre de l'épine empoisonnée. Les yeux fermés, je m'interroge: quelle est la manière la plus pratique d'enfoncer une épine dans la veine jugulaire? *Avec la main.*

« Telle est la réponse qui s'impose à l'esprit et jette une vive lumière sur la nécessité pour le coupable de faire découvrir le chalumeau. Cet instrument implique une idée de distance: or, si mon hypothèse se confirme, l'assassin de Mme Giselle a dû se rendre à sa table et se pencher sur elle.

« Les deux garçons qui servaient le déjeuner ont

eu l'occasion d'approcher de très près Mme Giselle, sans que personne n'en ait rien remarqué.

« Qui encore?

« Mr. Clancy. Seul de tous les voyageurs, il passa tout près du siège de la victime, et, je m'en souviens, c'est lui qui attira l'attention sur l'emploi du chalumeau capable de projeter le dard à distance.

Mr. Clancy se leva d'un bond.

— Je proteste! s'écria-t-il. C'est une infamie!

— Asseyez-vous, lui dit Poirot. Je n'ai pas terminé et je veux vous montrer par quel raisonnement je suis arrivé à ma conclusion.

« J'avais noté trois suspects: Mitchell, Davis et Mr. Clancy. A première vue, aucun d'eux ne semblait être le criminel; mais encore fallait-il s'en assurer et enquêter sur leur compte.

« Ensuite, je songeai à la guêpe. D'abord, aucun des voyageurs n'avait remarqué la présence de cet insecte avant que le café soit servi; fait assez bizarre en lui-même. J'échafaudai de nouvelles hypothèses. Le meurtrier préparait deux versions du drame. Dans la première, la plus simple, Mme Giselle avait été piquée par une guêpe et avait succombé à une faiblesse cardiaque. Le succès de cette version dépendait de la possibilité, pour le meurtrier, d'arracher le dard et d'éloigner ainsi tout soupçon du crime. Japp et moi tombâmes d'accord sur ce point, d'autant plus qu'on avait sciemment enlevé la soie rouge cerise pour la remplacer par de la soie jaune et noire donnant ainsi à l'épine l'aspect d'une guêpe.

« Notre assassin s'approche donc de la victime, enfonce l'épine et libère la guêpe! Le poison est si violent qu'il provoque une mort foudroyante. Si Giselle avait poussé un cri, on ne l'aurait probablement pas entendu, à cause du bruit de l'avion; si, au contraire, on l'avait perçu, la guêpe qui bourdonnait dans le compartiment eût fourni l'explication: la pauvre femme venait d'être piquée.

« Telle est la première version. *Mais, supposons, ainsi que le fait s'est produit dans la réalité, que l'épine empoisonnée ait été découverte* avant que le meurtrier ait pu la dissimuler. Alors, la bombe va éclater; plus moyen de croire à une mort naturelle. Au lieu de se débarrasser du chalumeau en le lançant par la fenêtre, on le place derrière un siège, où il sera certainement retrouvé lorsqu'on fouillera l'avion. On en déduira aussitôt que le chalumeau a été l'instrument du drame. L'idée de distance est soulevée et égarera les soupçons des enquêteurs.

« Dès lors, j'élaborai une hypothèse toute différente, avec trois suspects et peut-être un quatrième: M. Jean Dupont qui, le premier, avait émis l'idée de la mort due à une piqûre de guêpe; placé au bord du passage, tout près de Mme Giselle, il pouvait s'être approché d'elle sans que personne s'en aperçût. D'autre part, je n'osais croire qu'il se fût exposé à courir un tel risque.

« Je concentrai alors toute ma pensée sur le problème de la guêpe. Si l'assassin avait apporté l'insecte dans l'avion pour le relâcher au moment psychologique, il devait avoir en sa possession une petite boîte dans laquelle il l'avait enfermée.

« De là mon insistance à ce qu'on fouille les bagages des voyageurs.

« Alors, se produisit un fait inattendu. Je trouvai ce que je cherchais, mais semblait-il, sur un innocent. Dans la poche de Mr. Norman Gaile, il y avait une petite boîte d'allumettes vide. Mais, suivant le témoignage de chacun, Mr. Gaile ne s'était levé que pour se rendre au lavabo et regagner sa place.

« Toutefois, si impossible que cela paraisse,

Mr. Gaile avait un moyen de commettre le crime, ainsi que le montre le contenu de sa mallette.

— Ma mallette? répéta Norman Gaile, amusé et intrigué à la fois. Par exemple! Je ne me souviens même pas de ce que j'y avais fourré.

Poirot le regarda en souriant.

— Une petite minute, s'il vous plaît. Nous reviendrons sur ce sujet. Je vous expose simplement mes premières déductions.

« Poursuivons. Quatre personnes, à mon avis, pouvaient avoir commis le crime: les deux garçons, Clancy et Gaile.

« Tous quatre avaient eu la possibilité d'approcher la victime; si à l'un d'eux je trouvais le mobile suffisant, je tenais mon meurtrier! Hélas! mes recherches n'aboutirent point.

« Mon ami Japp me reprocha de compliquer les choses les plus simples. Au contraire, j'envisageai cette question de la façon la plus logique. Qui bénéficiait de la mort de Mme Giselle? De toute évidence, sa fille, puisqu'elle héritait de sa fortune. Il y avait aussi certaines personnes que Mme Giselle tenait entre ses griffes... ou que nous soupçonnions être sous sa dépendance... Là je procédai par élimination et conservai seulement le nom d'une personne qui, je m'en assurai, était en relations d'affaires avec Mme Giselle: lady Horbury.

« Dans le cas de lady Horbury, le mobile crevait les yeux. La veille du crime, à bout de ressources, elle avait rendu visite à la vieille usurière. Son ami, un jeune acteur, aurait fort bien pu jouer le rôle de l'Américain qui acheta le chalumeau et suborna l'employé de l'*Universal Airlines*, pour qu'il fît prendre à Mme Giselle l'avion de midi au lieu de celui de huit heures quarante-cinq.

« Comme vous le voyez, le problème offrait deux aspects: d'un côté, il semblait impossible que lady

Horbury eût matériellement commis le crime; de l'autre, je ne concevais point quel mobile eût poussé les deux garçons, Mr. Clancy ou Mr. Gaile à tuer la vieille femme.

« Continuellement, en mon for intérieur, je ne cessai de songer à la fille inconnue de Giselle, son héritière. Un de mes quatre suspects était-il marié, et cette épouse était-elle Anne Morisot? Si son père était Anglais, peut-être avait-elle été élevée en Angleterre? J'écartai sans hésiter la femme de Mitchell: elle descendait d'une bonne vieille famille du Dorset. Davis courtisait une jeune fille dont le père et la mère vivaient encore. Mr. Clancy était célibataire. Quant à Mr. Gaile, il était éperdument amoureux de Jane Grey.

« Je dois dire que je recherchai minutieusement les antécédents de miss Grey, celle-ci m'ayant appris, au hasard d'une conversation, qu'elle avait passé son enfance aux environs de Dublin. Je ne tardai pas à me convaincre que miss Grey n'était point la fille de Mme Giselle.

« Je dressai alors un tableau des conséquences du crime, en rapport avec chacun des passagers du *Prométhée*. Les garçons ne gagnaient ni ne perdaient rien par la mort de la vieille prêteuse, sauf que Mitchell souffrait d'une dépression nerveuse. Mr. Clancy composait un roman sur le meurtre et escomptait en tirer un grand profit. Mr. Gaile voyait fondre sa clientèle à vue d'œil. A celui-ci, le crime ne rapportait rien.

« Et pourtant, dès lors, j'étais convaincu que Mr. Gaile était le coupable. Comme preuves, j'avais la boîte d'allumettes vide et le contenu de la mallette. A première vue, il perdait dans l'affaire, mais souvent les apparences sont trompeuses.

« Je me décidai à le fréquenter. Je sais, par expérience, qu'au cours d'une conversation, on finit, tôt ou tard, par se trahir... Chacun éprouve un besoin irrésistible de parler de soi.

« J'essayai donc de gagner la confiance de Mr. Gaile, je feignis de le mettre dans mes confidences et allai jusqu'à lui demander son concours. Je réussis même à lui faire jouer le rôle d'un faux maître chanteur auprès de lady Horbury. C'est alors qu'il commit sa première bévue.

« Je lui avais conseillé un déguisement discret et le voilà qui se présente à moi accoutré de façon ridicule, anormale! On eût dit un personnage de vaudeville. Personne, je l'aurais affirmé, ne se serait grimé aussi mal. Pour quelle raison? Parce que la conscience de sa culpabilité l'empêchait de se montrer trop bon acteur. Lorsque j'eus rectifié son maquillage, son talent artistique se révéla. Il s'en tira à merveille et lady Horbury ne le reconnut point. Je fus alors persuadé qu'il avait pu se déguiser en Américain à Paris et jouer son rôle sur le *Prométhée*.

« A partir de ce moment, je ne laissai pas de m'inquiéter au sujet de Miss Jane. Ou elle était complice de Norman Gaile, ou tout à fait innocente... autrement dit, sa victime. Un jour proche, elle allait s'éveiller l'épouse d'un assassin.

« En vue de prévenir une union trop précipitée, j'emmenai Miss Jane à Paris, en qualité de secrétaire.

« Tandis que nous étions dans la capitale française, l'héritière que nous recherchions se présenta pour réclamer la fortune de sa mère. A sa vue, je fus frappé par une ressemblance que je n'arrivais pas à déterminer. J'y réussis enfin... mais trop tard.

« Tout d'abord, je découvris qu'elle avait voyagé dans l'avion fatal, et le fait qu'elle n'en avait point parlé l'accusait et bouleversait toutes mes présomptions. Sans le moindre doute, je tenais la coupable.

« Mais si elle était coupable, elle avait un complice:

l'homme qui acheta le chalumeau et suborna Jules Perrot.

« Qui était ce personnage? Etait-ce le mari d'Anne Morisot?

« Tout à coup, la vérité s'imposa à mon esprit... la vérité... à condition toutefois qu'Anne Morisot ne se trouvât point dans l'aéroplane.

« Je téléphonai à lady Horbury et obtins l'explication: la femme de chambre, Madeleine, avait pris l'avion, grâce à un caprice de sa maîtresse, à la dernière minute.

Poirot fit une pause.

Mr. Clancy prit la parole:

— Hum! Tout cela ne me paraît pas très clair.

— Quand avez-vous cessé de me considérer comme l'assassin? demanda Norman.

Poirot se tourna vers lui.

— A aucun moment. *Vous êtes l'assassin*... Attendez. Je vais tout vous dire. La semaine dernière, Japp et moi nous n'avons pas perdu notre temps. Il est vrai que vous avez embrassé la profession de dentiste pour plaire à votre oncle... John Gaile. Vous avez pris son nom en vous associant avec lui, mais vous êtes le fils de sa sœur, et votre vrai nom est *Richards*. C'est sous ce nom que vous avez fait connaissance avec Mlle Anne Morisot à Nice, l'hiver dernier, lorsqu'elle s'y trouvait avec sa maîtresse. Ce qu'elle nous a raconté de son enfance était véridique, mais la dernière partie de son récit a été forgée adroitement par vous-même. Elle savait pertinemment le nom de jeune fille de sa mère. Mme Giselle villégiaturait à Monte-Carlo... où chacun la connaissait sous son véritable nom. Tout de suite, vous avez compris l'avantage pécuniaire que vous pouviez tirer de la situation, qui n'était pas pour déplaire à vos goûts de joueur et d'aventurier.

« Anne Morisot vous mit au courant des relations

entre lady Horbury et Mme Giselle. En votre esprit s'élabora aussitôt un projet d'après lequel tous les soupçons retomberaient sur lady Horbury. Après mûres réflexions, vous avez soudoyé l'employé de l'*Universal Airlines*, afin que Giselle voyage dans le même avion que lady Horbury. Anne Morisot vous avait déjà prévenu qu'elle-même se rendait en Angleterre par le train... vous ne vous attendiez guère à la voir dans le *Prométhée* et son apparition bouleversa sérieusement vos intentions. Si l'on avait su que la fille et héritière de Giselle s'était trouvée dans l'avion, les soupçons eussent naturellement pesé sur elle. Votre première idée était qu'elle se présentât pour toucher l'héritage avec un alibi indiscutable, du moment qu'elle devait voyager par chemin de fer et bateau à l'heure du crime. Ensuite vous l'auriez épousée.

« Cette jeune personne était follement éprise de vous et vous, vous ne songiez qu'à l'argent, et non à votre fiancée.

« Une nouvelle complication surgit. Au Pinet, il vous arriva de rencontrer Miss Jane Grey, pour qui vous eûtes le coup de foudre. Votre passion pour cette jeune Anglaise vous conduisit à tenter un jeu beaucoup plus dangereux encore.

« Vous décidâtes alors d'avoir à la fois l'argent et l'amour. Pour l'argent vous aviez commis un crime et à aucun prix vous ne vouliez renoncer aux profits qu'il devait vous apporter. Vous avez effrayé Anne Morisot en lui disant que si elle proclamait son identité aussitôt après la mort de sa mère, on la soupçonnerait du meurtre. Sur vos conseils, elle prit quelques jours de congé et vous allâtes ensemble à Rotterdam, pour vous marier.

« En temps utile, vous lui avez indiqué la manière d'entrer en possession de son héritage. Se gardant bien de parler de son emploi de femme de chambre, elle devait insister sur le fait qu'au moment de l'assassinat, elle et son mari voyageaient à l'étranger.

« Malheureusement, à la date où Anne Morisot arrivait à Paris pour réclamer la fortune de sa mère, Hercule Poirot débarquait aussi à la gare du Nord, en compagnie de miss Grey. Cela ne faisait pas du tout votre affaire. Miss Jane ou moi-même pouvions reconnaître en Anne Morisot, la Madeleine, ex-femme de chambre de lady Horbury.

« Vous avez bien essayé de vous mettre à temps en communication avec elle, mais en vain. Enfin, vous arrivez en personne à Paris et apprenez qu'elle s'est déjà rendue chez le notaire. A son retour, elle vous met au courant de sa rencontre avec moi. La situation devient dangereuse et vous songez à agir promptement.

« Déjà votre intention était de ne point laisser votre femme survivre longtemps après son accession à la fortune. Tout de suite, après la cérémonie du mariage, vous vous êtes mutuellement légué, par testament, ce que vous possédiez. Touchante précaution!

« Vous pensiez alors, j'imagine, ne point précipiter les événements. Vous seriez parti pour le Canada... aux yeux de tous, en raison de vos mauvaises affaires. Là, vous auriez repris le nom de *Richards* et votre femme vous aurait rejoint. Avant peu, je le crains, Mrs. Richards, hélas! serait morte, laissant à un époux éploré et inconsolable une fortune rondelette. Au bout de quelque temps, vous seriez retourné en Angleterre, sous le nom de Norman Gaile, vous félicitant d'avoir réalisé une heureuse spéculation au Canada! Mais à présent, vous comprenez qu'il n'y a pas une minute à perdre.

Poirot s'interrompit. Norman Gaile haussa les épaules et éclata de rire.

— Vous êtes un fier malin pour inventer ainsi la

façon d'agir des autres! Vous devriez suivre la profession de Mr. Clancy!

Soudain la colère enfla sa voix:

— Je n'ai jamais entendu pareilles idioties! Ce que vous imaginez ne repose sur rien!

Sans se démonter, Poirot répliqua:

— C'est une opinion, mais je possède des preuves.

— Vraiment? ricana Norman. Auriez-vous la preuve que j'ai tué la vieille Giselle, alors que tous les passagers savent parfaitement que je ne me suis jamais approché d'elle?

— Je vais vous dire exactement de quelle façon vous avez commis le crime, déclara Poirot. Venons maintenant au contenu de votre mallette. Vous étiez en vacances. Pourquoi emportiez-vous une veste de dentiste? Je me le suis demandé. Et voici ma réponse: parce qu'elle ressemble à la veste blanche des garçons de restaurant.

« Voici comment vous avez opéré. Une fois le café servi et les garçons dans l'autre compartiment, vous êtes allé au lavabo pour revêtir votre veste blanche et gonfler vos joues avec de petits rouleaux d'ouate. En sortant, vous avez pris une cuiller à café à l'office et, du pas agile des garçons, vous avez suivi le passage, cuiller en main, jusqu'à la table de Mme Giselle. Vous avez enfoncé l'épine dans son cou, ouvert la boîte d'allumettes pour laisser échapper la guêpe; puis vous avez regagné en hâte le lavabo, enlevé ouate, veste et puis tranquillement, vous êtes retourné à votre place. Tout cela n'a dû vous demander que deux minutes, au plus.

« Personne ne prêta attention aux allées et venues des garçons. Miss Jane était la seule personne qui eût pu vous reconnaître. Mais vous connaissez les femmes! Dès qu'une femme se trouve seule (surtout lorsqu'elle voyage avec un séduisant jeune homme), elle saisit l'occasion pour se regarder dans sa petite glace, se poudrer le nez et s'arranger le visage.

— Vraiment? gouailla Gaile. Elle est fameuse, votre hypothèse! L'ennui, c'est que tout cela est faux. Qu'avez-vous encore à dire?

— Beaucoup de choses! Comme je l'expliquais tout à l'heure, un homme finit par se livrer au cours de la conversation. Vous avez eu l'imprudence de m'apprendre qu'autrefois vous avez dirigé une ferme en Afrique du Sud. Ce que vous avez omis de dire, je l'ai découvert depuis, c'est qu'il s'agissait d'un élevage de serpents.

Pour la première fois, la peur se manifesta sur les traits de Norman Gaile. Il essaya de parler, mais les mots s'arrêtèrent sur ses lèvres. Poirot continua:

— Vous portiez là-bas votre vrai nom de Richards. On vous a reconnu d'après votre photographie transmise en Afrique du Sud par bélinogramme. Cette même photographie a été identifiée, à Rotterdam, comme celle de Mr. Richards, époux d'Anne Morisot.

De nouveau, Norman Gaile essaya de parler, mais en vain. Toute sa personnalité sembla se transformer. Le beau jeune homme plein de vigueur se mua en une bête traquée, au regard effaré, cherchant à s'échapper et ne trouvant pas d'issue.

— Votre précipitation a bouleversé tous vos plans. La supérieure de l'Institution Sainte-Marie s'est empressée de câbler à Anne Morisot et il eût paru louche de n'en point tenir compte. Vous avez fait ressortir à votre femme qu'à moins de dissimuler certains faits, elle ou vous, pouviez être soupçonnés de meurtre, puisque tous deux, malheureusement, voyagiez dans l'avion lorsque Giselle fut tuée. Quand elle vous a fait part de ma présence chez le notaire, vous avez brûlé les étapes. De crainte que je ne fisse parler votre femme — peut-être commençait-elle à vous suspecter — vous lui faites quitter l'hôtel en hâte et la fourrez dans le train de Boulogne. De force, vous lui avez fait avaler de l'acide prussique et laissé le flacon vide dans la main.

— Encore un odieux mensonge!

— Pas du tout. On a relevé des meurtrissures sur son cou.

— Vous mentez!

— Vous avez même laissé vos empreintes digitales sur ce flacon.

— Vous mentez. Je portais...

— Ah! Vous portiez des gants? Je crois, monsieur, que ce petit aveu vous conduira à la potence!

— De quoi vous mêlez-vous, espèce de pitre!

Livide, la face convulsée par la rage, Gaile bondissait vers Poirot. Heureusement, Japp fut plus rapide que lui et le maintint de sa poigne de fer.

— James Richards, alias Norman Gaile, prononça-t-il. Je vous arrête sous l'inculpation d'assassinat prémédité. Je vous préviens que tout ce que vous pourrez dire sera consigné et répété au tribunal.

Le misérable fut secoué d'un long frisson et parut sur le point de s'évanouir.

Deux policiers en civil attendaient dehors. On les appela et ils emmenèrent Norman Gaile. Japp les accompagna.

Demeuré seul avec Poirot, le petit Mr. Clancy poussa un cri d'admiration.

— Monsieur Poirot, dit-il, vous venez de me procurer une émotion unique et inoubliable. Vous avez été superbe.

Poirot sourit modestement.

— Mais non. Japp mérite autant de compliments que moi. Il s'est montré d'une perspicacité étonnante en reconnaissant Richards dans la personne de Gaile. La police canadienne réclame Richards. Une jeune fille qu'il fréquentait là-bas s'était, croyait-on, suicidée; mais depuis, certains faits indiqueraient qu'il y a eu meurtre.

— C'est affreux! murmura Mr. Clancy.

— Un tueur, prononça Poirot... et, comme beaucoup de tueurs, il plaît aux femmes.

Mr. Clancy toussota.

— Cette pauvre petite Jane Grey!

Poirot hocha tristement la tête.

— Oui. Comme je le lui ai dit, la vie est parfois terrible. Mais Miss Grey ne manque pas de courage et surmontera cette épreuve.

D'une main distraite, il remit de l'ordre dans une pile de journaux illustrés que Norman avait fait crouler en essayant de se jeter sur lui.

Un détail retint son attention: un instantané de Venetia Kerr aux courses « s'entretenant avec lord Horbury et un ami ».

Il tendit le journal à Mr. Clancy.

— Voyez-vous cela? D'ici un an, on lira cet entrefilet:

« *On annonce le prochain mariage de lord Horbury avec l'Hon. Venetia Kerr.* » Savez-vous qui a préparé cette union? Hercule Poirot! Je suis en train d'en conclure une autre.

— Lady Horbury et Mr. Barraclough?

— Non, ces deux-là ne m'intéressent pas. (Il se pencha en avant.) Non, je veux parler d'un mariage entre M. Jean Dupont et miss Jane Grey. Oui, oui, vous verrez...

Un mois plus tard, Jane vint trouver Poirot.

Blême et les traits tirés, elle avait des cernes noirs autour des yeux.

— Je devrais vous haïr, monsieur Poirot.

Poirot lui dit d'une voix douce:

— Haïssez-moi un peu si bon vous semble. Je

suis certain que vous êtes de ces femmes qui préfèrent regarder la vérité en face, que de vivre au pays des chimères... d'autant plus que vous n'y auriez peut-être pas vécu longtemps. Se débarrasser des femmes était un procédé cher à Mr. Gaile.

— Il me plaisait tant! soupira Jane.

Elle ajouta d'un ton ferme:

— Jamais plus je n'aimerai un homme.

— Naturellement, acquiesça Poirot. Tout cela est fini pour vous!

Jane approuva de la tête.

— Pour le moment, ce que je cherche, c'est une occupation utile, dans laquelle je m'absorberai entièrement.

Poirot se renversa dans son fauteuil et contempla le plafond.

— Je vous conseillerais d'aller en Perse avec les Dupont. Voilà de la besogne intéressante, si vous le voulez!

— Mais, mais... je croyais que ce n'était là qu'un bluff de votre part.

— Loin de là!... Je m'intéresse si vivement à l'archéologie et à la poterie ancienne que je viens d'envoyer par chèque le don que j'avais promis.

« Ce matin, les Dupont m'écrivent qu'ils espèrent vous voir faire partie de l'expédition. Savez-vous un peu dessiner?

— Oui, à l'école, j'étais assez bonne en dessin.

— Parfait. Je pense que vous ferez un voyage passionnant.

— Tiennent-ils vraiment à ce que je les suive?

— Ils y comptent absolument.

— Ce serait merveilleux de partir tout de suite...

Une légère rougeur colora son visage.

— Monsieur Poirot...

Elle le considéra d'un air quelque peu méfiant:

— Ne serait-ce pas là...! Ne serait-ce pas là... un témoignage de votre bonté?...

— De ma bonté? répéta Poirot, rempli d'horreur à cette pensée. Je vous affirme, mademoiselle, que lorsqu'il s'agit d'argent, je suis rigoureusement un homme d'affaires...

Il paraissait si offusqué que Jane lui demanda pardon.

— Je crois, dit-elle, que je ferais bien de visiter quelques musées afin d'étudier les poteries préhistoriques.

— Excellente idée!

Au moment de franchir la porte, Jane revint sur ses pas.

— Peut-être votre bonté ne s'est-elle pas manifestée de cette manière... mais vous avez tout de même été bon envers moi.

Elle l'embrassa sur le front et sortit.

— Ça, c'est très gentil, dit Hercule Poirot.

DERNIERS VOLUMES
PARUS DANS LA COLLECTION
LE MASQUE

1702	LA DOUZIÈME STATUE	**STANLEY ELLIN**
1703	UN SI PAISIBLE VILLAGE	**MARTHA GRIMES**
1704	LES CENDRES DU PASSÉ	**ELISABETH FERRARS**
1705	ET SI ON TUAIT BÉRÉNICE ?	**MICHEL GUIBERT**
1706	A DEUX PAS DU GIBET	**C. S. FORESTER**
1707	LE DIABLE ET SON TRAIN... ÉLECTRIQUE	**PIERRE SALVA**
1708	SAUT PÉRILLEUX	**LARRY H. HUMES**
1709	LE JEUNE HOMME ASSASSINÉ	**GILBERT TANUGI**
1710	LE SECRET DE JULIE	**DOROTHY SIMPSON**
1711	LE PROCHAIN SUR LA LISTE	**JOHN WAINWRIGHT**
1712	CHAPEAU, MISS ORPINGTON !	**MARIAN BABSON**
1713	METS TES PANTOUFLES, ROMÉO !	**EXBRAYAT**
1714	AH ! QUELLE FAMILLE	**ROBERT BARNARD**
1715	LA CLINIQUE DU DOCTEUR WARD	**J.C. SMITH**
1716	LE POT-AU-FEU DE MADAME DA PONTE	**MICHEL GUIBERT**
1717	POUR TE REVOIR, JONATHAN	**ANDRÉ BENZIMRA**
1718	LA FILLE QUI VENAIT DE LOIN	**RUTH RENDELL**
1719	MA BELLE IRLANDAISE	**EXBRAYAT**
1720	CLAIRE... ET SES OMBRES (Prix du roman d'aventures 1983)	**JUNE THOMSON**
1721	L'INSPECTEUR FINCH BAT LA CAMPAGNE	**JUNE THOMSON**
1722	LA TÊTE DU CLIENT	**JOHN WYLLIE**
1723	DIX BRÈVES RENCONTRES	**AGATHA CHRISTIE**
1724	MEURTRE AU PALAIS DE BUCKINGHAM	**T.E.B. CLARKE**
1725	WEEK-END TRAGIQUE	**D. DEVINE**
1726	MEURTRE SUR LA BUTTE	**R. GRAYSON**

ENVOI DU CATALOGUE COMPLET SUR DEMANDE

IMPRIMÉ EN FRANCE PAR BRODARD ET TAUPIN
7, bd Romain-Rolland - Montrouge - Usine de La Flèche.
ISBN : 2 - 7024 - 1192 - 4

H 52/0218/0